——献给沉默的大地及其花朵

中国作家协会2018年重点作品扶持项目

一厘米国境线

YI LIMI GUOJING XIAN

侯珏 著

广西教育出版社
南宁

图书在版编目（CIP）数据

一厘米国境线 / 侯珏著. 一南宁：广西教育出版社, 2020. 2（2023. 5 重印）
ISBN 978-7-5435-8769-4

Ⅰ. ①一… Ⅱ. ①侯… Ⅲ. ①长篇小说—中国—当代 Ⅳ. ①I247. 5

中国版本图书馆 CIP 数据核字（2019）第 272554 号

策划编辑：吴春霞　韦胜辉　　责任编辑：韦胜辉
装帧设计：宸　宇　　责任校对：谢桂清
责任技编：蒋　媛

出 版 人：石立民
出版发行：广西教育出版社
地　　址：广西南宁市鲤湾路 8 号　　邮政编码：530022
电　　话：0771-5865797
本社网址：http://www.gxeph.com
电子信箱：gxeph@vip.163.com
印　　刷：广西昭泰子隆彩印有限责任公司
开　　本：890mm×1240mm　1/32
印　　张：9. 5　插页 1
字　　数：220 千字
版　　次：2020 年 2 月第 1 版
印　　次：2023 年 5 月第 3 次印刷
书　　号：ISBN 978-7-5435-8769-4
定　　价：28. 00 元

目录

C O N T E N T S

楔子 / 1

第一章 战争的涟漪 / 1

1 春雷 / 1

2 行军 / 6

3 坏牙 / 10

4 幽灵 / 14

5 故地 / 20

6 爱情 / 24

第二章 边境传说 / 33

7 女人家 / 33

8 浪漫之夜 / 39

9 家园 / 44

10 蜜月 / 48

11 拦路虎 / 54

12 心事 / 61

第三章 咫尺天涯 / 70
13 天池山 / 70
14 逃兵 / 75
15 儿女 / 80
16 布谷鸟 / 85

第四章 亚热带孤独 / 98
17 夏至日 / 98
18 宠物 / 105
19 七号战友 / 111
20 英雄 / 117

第五章 现实主义 / 122
21 傻瓜 / 122
22 卖菜人 / 127
23 日常夫妻 / 131
24 秘密 / 136
25 末班车 / 142
26 谈判 / 145

第六章 另一个自己 / 150

27 哨所夜色 / 150

28 替身 / 155

29 鸡蛋哲学 / 161

30 转正 / 164

31 人间颜色 / 170

32 坐班 / 178

第七章 朝九晚五 / 185

33 阑尾炎 / 185

34 冤家 / 189

35 归途 / 192

36 夜宴 / 199

37 失眠 / 203

第八章 奔波 / 207

38 考古队 / 207

39 女婿 / 217

40 在路上 / 226

41 死皮赖脸 / 232

42 打盹 / 240

第九章 重返人间 / 248

43 城里人 / 248

44 手足 / 252

45 大暑 / 256

46 审判日 / 263

第十章 两个小堡垒 / 275

47 在山上 / 275

48 幻觉 / 279

49 鬼针草 / 282

50 堡垒 / 288

51 木棉树下 / 294

楔子

老零像山体长出的一块石头，埋伏在边境北侧，已经有几个小时了。

他的目光越过虎皮蕨锯齿状叶沿，紧盯对面山间小道。上级情报称，目标蓝龙会在今晚交易，其团伙可能携带杀伤性武器，冻肉里藏有大批“黑货”。

一只蚂蚁都别想逃出我的手掌心，老零想，这么多年来，天池山的人还没出过什么闪失。哨所管辖的八公里国境线，在比例尺为一比五十万的军事地图上只有一厘米左右，天池山俨然是一个巨形秤砣，死死压住这条细细的红线。

西南偏南的区域，是喀斯特石山和亚热带丛林构成的世界。国庆黄金周结束前夕，这里看上去与平时并无二致。

草木簌簌，像海藻在水中摇摆。令人毛骨悚然的蜈蚣在苔藓的茸毛上蠕动。

必须专注、专心、专一。老零屏住呼吸，将右手食指按压在步枪扳机上，却不知道，一出悲剧正在几公里外的家中上演……

第一章　战争的涟漪

1　春雷

一九七九年，春节的鞭炮声尚未消退，早起的鸟儿已在山雾间扯开嗓门。桂西南那孟公社邮电所的邮递员，牵着一匹矮马步行了数十里山路，终于在太阳下山前抵达紧挨国境线的弄盆大队。

大队支书正在“咕噜咕噜”地抽水烟，皱紧眉头查看生产队会计手册。邮递员在门外拴好马，进屋讨水喝，顺手把一沓报纸放在支书的办公桌边上。支书早想换个口味，就习惯性地抓起报纸撕下报头，准备卷一支烟来抽。一行大字随即映入眼帘：邓副总理访美促进中美友好合作关系的发展。

“啊哈！形势一片大好嘛！看来，美国佬的心也是肉做的！”

虽然那是一条严重滞后的新闻，但支书还是小心翼翼地把半张报头接回原处，并兴致勃勃地对邮递员说：“想当年，我们响应毛主席的号召，跨过鸭绿江去……”

然而，当他转头再嘲一口水烟，准备跟邮递员大谈鸭绿江的故事时，家门口的战事还是打响了。

一架米格-21战斗机从头顶呼啸而过，炮火如烟花一般落在西面的地平线上。附近山坳里的坟地被轰然炸开，腐朽的棺材板连同碎石飞到了山沟沟里。

天池山脚下，弄盆大队的几个村庄鸡飞狗跳，牛羊乱窜。在地里忙活的生产队员纷纷扔下锄头箩筐，大呼小叫，陆续躲进树林和山洞中。

“狗娘养的，这来得也太快了！”缓过神来的支书将水烟筒一掷，立即吩咐大队干部去各生产队召集民兵，自己则拖着一条瘸腿跑到最近的弄汤，“当当当”地敲响铜锣，挨家挨户通知群众集合。

“打仗了！打仗了！”他大声呼叫，“炮弹不长眼睛啊！各家各户看好自家娃，一起跑去防空洞！”

这时，弄汤零家的独子零志勇，正和一群小伙伴在峡谷里的小溪中筑坝围塘，揉碎枫杨树的叶片来制作毒汁闹鱼。饥饿像一所学校，教会他们必须在二月二“龙抬头”之前，多抓一些鱼儿回去腊干，以便春耕之后补充营养。

谁知，一颗炮弹从天而降，不偏不倚地砸在溪流上游的水潭里，轰然炸起十几米高的白色水柱，野生蓝刀鱼顿时飞向天空，又如树叶般哗哗地掉在岸边的草地上。

零志勇和伙伴们个个目瞪口呆，来不及捡起被掀翻的渔具，就近顺手抓几条鱼，拔腿就往家里跑去。他们一路大声叫嚷：“打仗了！打仗了！”好像这场战争是由他们引发似的。

孩子们屁滚尿流地奔逃，刚好跟前来寻找他们的家长碰上，大家惊魂未定，抱头痛哭，个别胆大的孩子还想返回去拿鱼，被大人拦住。后来有家长清点人数，所幸孩子们都找齐了，且无人受伤。

次日凌晨，解放军部队就像春雷在大地上滚动，忽然集结到边境各处要塞；披着绿皮帆布的大卡车，一辆接着一辆，源源不断地开往大峡谷的南面。

“保家卫国”的标语很快贴满了各个村镇巷道。

几百号人口的弄汤顿时人去楼空。

生产队被迫停工，边境线上全面戒严，临近几个县十八岁以上的民兵都被召集起来，择优组成特种小分队，奔赴指定地点待命。其余民兵则护送老幼妇孺向后方紧急转移。没有运输车，就用牛车拉运基本家什。防空洞不够，就躲进原始森林的岩洞里。

支书奔走宣传，命令大家提高警惕，一切行动听指挥。他说：“大家放心！我们很快就会胜利！教训教训小屁孩嘛，无论是谁，都不能霸占我们老祖宗留下的田地，一寸都不能！”

军车像甲壳虫一样爬过山腰，临时修建的山路像一串羊肠，有的驾驶员因为不熟悉路况，造成车体侧翻，滚下山崖，车上一箱箱军用物资散落山沟。零志勇和伙伴们看到了，觉得可惜，就沿着打猎时走过的小路摸去，想搞点饼干来填填肚子。但那属于违法行为，孩子们还没闻到压缩饼干的味道，就被放哨的民兵亲戚拽了回来。支书拎着孩子们的耳朵，将他们一个个塞到大撤退的人群中。

人们沿着峡谷通道向北转移。

溪水从地下河天窗处冒出，带来一群群死鱼的尸体——附近的水源显然已经被敌方特工投毒。人们看着白花花的瀑布倾泻在大峡谷的山崖之间，却不能去碰，哪怕一滴也不能。大家饥渴难耐，只好收集岩壁上滴落的山泉饮用。大家分头寻找山泉和岩洞，甚至有人砍掉野生芭蕉树，吸食里面的水分，仿佛又回到了新中国成立前的岁月。

避难的山洞内，杂草丛生，很难找到一处合适的地方安坐。有力气的人翻动石块，扛来木头，垫上草席，做成临时的避难所。连年干旱，使山洞外面的庄稼歉收，洞内却始终阴凉潮湿，各种茅草和藤蔓欣欣向荣。然而洞内丰饶的植物并不能当饭吃，饿肚子的人只能去挖葛根和酢浆草来充饥。

村里一些上了年纪的老人见到此情此景，不禁唱起了古老的壮族悲歌：

老天大旱已四年，五年大旱难谋生。
连续六年逢旱情，无法种地与种田。
十年旱情好残酷，不知饿死几多人。
树叶草根已吃光，民间不见一粒谷。
……

男的唱罢，老妇们跟着唱：

又喊打来又喊杀，战场处处是血花。
田州征粮刮谷仓，东兰征谷刮米缸。
田州土司叫撤兵，泗城土司开城门。
百姓抢粮为生养，土司抢印为当王。
……

零志勇穿行在熙熙攘攘的人群中寻找他的父母。有人告诉他，他父亲应征去做了运输队队员，正在山下集结，队伍准备出发，他母亲和村里的其他妇女都去相送。

因上级规定小孩一律不许随便外出活动，零志勇只好捡起地上的石头，叮叮当当地打磨，拿来竹竿制作标枪，期待有人一声令下，叫他去打仗。

那些把丈夫送上前线的妇女回来后，听到老人的歌声，情绪随之激动，便跟着那溪水一般的吟唱节奏，起腔应和起来，歌声像夏夜稻田里的蛙鸣，此起彼伏，很快就连成一片。男男女女，你一句我一句，整齐地唱了起来，仿佛竹林随风摇摆。

零志勇缓缓放下手中的石头，一脸诧异，内心早已被这场面震撼了。他从来都不相信山歌能够当饭吃，但这次他确确实实见识了山歌的力量，因为一直到天黑月亮升起，人们还在忘情地歌唱，早已忘记了饥饿。

当时零志勇才十六岁光景，正处于身子骨最需要补营养的年龄，肚子空荡荡，饿得咕咕叫，口腔直冒烟。他听着那些如泣如诉的古歌，似懂非懂，只隐约知道，那是几百年前先祖们东躲西藏、命悬一线、提心吊胆时的苦中作乐：

今日什么日？巡山走一圈，从上巡到下，不见妹脸面。

今日什么日？巡山走一圈，从高走到低，不见哥脸面。

今日什么日？田垌静悄悄，田边静又静，增添哥心愁。

今日什么日？田垌静悄悄，周围看不见，不成了情哥。

……

2 行军

没几天工夫，边境形势便出现转机。我方部队从东西两线顺利向南推进，敌机不敢来犯，而且敌方的大炮鞭长莫及，我方万炮齐发，取得压倒性优势。

上面动员广大边民团结起来，支援前线，保家卫国。参与的方式主要是运输粮食弹药到前线，再从前线协助伤员撤退，或搬运尸体下山装进卡车。胆子大的就做交通向导，带领解放军穿行于丛林雷区，向敌方隐蔽阵地渗透。

“全国人民都在支持我们，粮食管够！”支书在群众动员会议上激动万分地说。但大家还是感觉饿。

为了吃到压缩饼干，零志勇躲过母亲的监督，偷偷地去找民兵排长——他的伯父报名。伯父此前曾担任边境护耕队的小队长，因战争需要，改任公社民兵排长，带着一众人马支援前线，已经来回很多趟了。

“不怕死？”伯父问他。

“不怕！”零志勇回答说，“你没看到大家都受够了吗？！”

“有种！我们零家人有种！”

伯父捏了捏零志勇瘦弱的肩膀，露出一脸赞赏的神情，并给他做了登记。向组织汇报情况后，伯父就招呼手下安排零志勇跟随在马队后面，看管乡亲们捐的粮食及护送淡水、药品等去前线。一同赶往前线的，还有零志勇刚满十八岁的堂哥零志兵。

暴雨如箭，射进泥泞的山路。马鞭挥舞，马队艰难前行。太阳好像跟人开玩笑似的，从雨中亮出脸来，摆出巨大的彩虹架在天边。

马队终于到达前线宿营地，零志勇在一顶帐篷前见到了多日没见的父亲。父亲人没事，但浑身沾满血迹，脖子上还有干硬的泥浆。他心情复杂地跟父亲打招呼，可是父亲似乎已经变成哑巴，除了一句“你怎么也来”，就没有多说什么话。

零志勇倒吸一口气，因为他平生第一次看到这样的景象：父亲身后那一具具用白布覆盖的尸体，还有那些从牺牲战士身上解下来的野战装备、残缺不全的军用挎包、搪瓷口盅、解放鞋、血红的纱布、药品箱……这些东西堆积如山，被逐一登记标注。从后方开来的医务车，进进出出，一辆接着一辆。

方圆几十公里内的军事高地已被削平，增援部队继续向南开进。

南面山区地形太过复杂，听说第一批参加战斗的部分指挥员看不懂复杂的军事地图，被白纸上的无数个圆圈弄晕了眼，吃了不少亏，因此上级紧急调动大批高级指挥官下到连队来协助。

不久，零志勇被列入民兵特种小分队，与父亲、伯父、堂哥等人一起，去南面的高山密林中搜寻失踪的战士，并在路上布下标记。

走在既熟悉又陌生的羊肠小道上、荆棘丛中、密林深处，零志勇感觉到自己和父亲的心灵无比接近，连步伐、呼吸都是同一个节奏。他紧跟在父亲身后，看着父亲警觉的脑袋，从耳根流下的汗水，湿透的衣背，沉稳的动作，甚至觉得父亲体内滚烫的血此时此刻也在自己身上滚动着。当他的手臂被茅草割出血痕，血液瞬间从皮肤内渗出，他舍不得让它浪费，毫不犹豫地伸出舌头去舔，那味道有些咸，也有些腥。

关于行军作战的知识，零志勇曾在一些书上看到过，也曾在村里听老兵讲过，但那些回忆的战争场景毕竟过于抽象，而且经过渲染，与此时此刻亲身感受到的残酷场面有天壤之别。在真实的战场中，死神无处不在。任何个人英雄主义的豪迈，来到战场上必须变成一举一动的谨慎和小心。何况他们不是正规军，只是一群民兵，还没有机会前出敌阵与敌人进行正面较量，只能在后方和侧翼实施合同战术辅助。

弄汤民兵特种小分队顺利绕过了两道山梁。

这里的春天和夏天没什么太明显的区别，他们每个人的胸口已经冒出可以看得见的热气。草木纵横交错，像重重的铁丝网拦住他们的去路。他们只能按照野猪拱出来的野路子行走。山林里雾气很重，地面湿滑，穿着薄薄的解放鞋踩在尖锐的石头棱角上，双脚生疼。

从灌木丛进入杂木林，从杂木林穿过茅草疯长的山坡，山坡前方是断崖，大家又抓着葛藤、铁线蕨，小心翼翼地爬下断崖，涉过雾气氤氲的小溪，来到一段阴森的幽谷。

树木枝叶覆盖的狭窄山谷，形成噩梦一般的绿色隧道，溪水从远处流过来，漫过隧道底部滚圆的鹅卵石，又向远处流去，蒸腾的水雾弥漫四周，谁也说不准冷枪和流弹会从哪里飞过来。特别是在夜幕降临时分，或者是在早上太阳出来之前，地面能见度只有五六米，大家好像走进阎罗王挂满蚊帐的阴间。

忽然，前方传来一声鸟叫，让人冷不丁腿脚打战。这时尤其要防备零星渗透过来的敌方特工放冷枪，以及敌人布下的竹签阵陷阱。布陷阱是敌人的常用伎俩，此前已有不少人不明就里地丧命。

队长立即举手，示意大家蹲下来，停止前进。他紧握步枪环视一周，鼓起嘴唇学野鸟叫了几声，口哨声消失，没发现什么动静，他才把枪收回，腾出一边手掌，用另一只手的食指在掌心比画，接着小声对大家说，往那边去。

“那边”是哪边，大家心照不宣。

这边境地带虽然地形复杂，但大家平日里放牛牧羊、砍柴打猎，不知走过多少遍，只是在眼前的情况下，心态跟以往不同而已。大家背着搜救装备和防身武器，走了大半天，已十分疲惫，于是队长把队伍带到一处三面是岩石的角落隐蔽，叫大家坐下来补充能量。

出发时随身携带的干粮不多，有人索性就地拔了几棵新鲜的鱼腥草，伴着干粮胡乱吃下。之后，队长给每人发一颗薄荷糖，作为生津止渴的良药。

太阳愈发毒辣，林风停止，各种昆虫在树林草叶间聒噪个不停。距离下一阶段的行动还有一段时间，大伙儿趁这间隙，放松腿脚，抽起了烟。烟是解放军送的，父亲见零志勇没有，就凑到他身旁，分出一支递给他。

“要不要？”父亲问。

零志勇起初不敢接。还小的时候，他曾经偷偷地学着父亲的做法将烟叶切成丝，找来废弃纸片，卷成喇叭状，放进嘴里吧嗒吧嗒地抽。由于吸得太猛，烟雾极大，飘到了屋外，进入父亲的鼻子里，后果便是他的屁股挨父亲用扁担一顿暴打。现在，父亲却主动把烟递给他。他看了父亲一眼，动了动嘴唇，还是不敢伸手，只是做出一个莫名其妙的表情。

“走路辛苦，试一支。”父亲说。

“不会上瘾？”零志勇问。

这时，坐在一旁的伯父发话鼓动：“解放军给的，来一支，没事。”

“火。”零志勇从父亲手上接过烟说。

父亲把手收回，拿出一根火柴划开，用手捂着火苗给他点上，接着移动火苗给自己也点上。

“莫吞进肺里，呛死人，暴露目标。”父亲用低得不能再低的声音提醒他。

“好。”

“砰！”一声闷响，当零志勇说出“好”字时，父亲的脸上几乎同时开了红花，苦楝子大小的子弹从他的右脸颊射入，从嘴巴射出，两颗牙齿从肉里蹦了出来，掉在零志勇的脚下。

“爸！”零志勇大叫。

被偷袭了！所有人应声趴倒在地进行隐蔽，同时摸枪寻找狙击手的方位。

父亲歪着头，痛得想喊娘，却喊不出声音。鲜血像泉水一样从他的脸颊冒出来。零志勇本能地扑过去护住父亲的身体，在队长的指挥下将父亲拉到一棵树底下，抱着父亲颤抖的肩膀，为他止血包扎。

3 坏牙

三年后，战事趋缓，但边境线上零星冲突不断。部队新一轮的征兵令传到那孟公社，公社人武部旋即把具体任务传达到弄盆大队。

支书这时正在学习另外两份中央文件，琢磨着有关家庭联产承包责任制和计划生育的事情。

“意思是说，以后就不吃大锅饭咯？”他从上衣口袋里掏出一包已经干瘪的红灯牌纸烟，抖出一支给自己点上，然后问老会计，“不吃大锅饭，我们这地方的人岂不都得饿死？再说，连生娃都限制了，还有什么人去干活、去打仗？”

老会计盯住支书的案头，那里摆有一张巴掌大的剪报，上面是邓小平同志会见撒切尔夫人的照片。会计说：“这个……所谓解放生产力嘛，无论是胖子还是瘦子，依我看，谁要是偷懒谁就得饿死。至于计划生育……我们先看看全国的情况再说。反正天一黑，老百姓的裤头是松是紧，谁管得了那么多。”

两个身居中国基层的老党员，你一言我一语，努力消化着国家的大政方针，丝毫没有觉察邮递员又来了。

邮递员以前用来驮运邮件的那匹矮马，在先前的战事中被流弹击穿腹部而死，这件事至今仍然令他伤心不已。今天，他照例不说话，像往日那般将一扎邮件插进屋下的信报箱，然后寻一处阴凉地方坐下歇脚，从邮袋里取出发皱的铝制饭盒，开始填肚子。

会计走出屋外上茅房，看见邮递员在默默吃饭，只是对他点点头，然后顺手取了邮件回去。

支书拆开人武部发来的挂号信，看到了征兵通知。

于是第二天清晨，弄汤的山路上又“当当当”响起了铜锣声，人们继而听见支书那熟悉的大嗓门：“注意啦！注意啦！当兵的机会来啦！好男要当兵啊，一人当兵，全家光荣啊！”

原本稀稀落落的村庄，立马聚集了许多人。这么多年来，在人们的心里，支书的嗓门就代表着公家权威。

“报名参军的机会来啦！一人当兵，全家光荣，好男要当兵啊！扛枪上战场，光宗又耀祖，子孙也沾光。大炮坦克随便摸，坐上火车回家乡！”说着喊着，声音开始沙哑的支书，情不自禁地掉下了眼泪——就在几个月前的一天，距离村子数公里远的边界某高地上，解放军某部在一次战斗中遭遇敌人偷袭，损失了一个连，十分惨烈。“他们可是刚刚长齐胡须的好苗子啊！”支书当时对围观的群众说，“这些小伙子为了守住身后的同胞，在主力奉命撤退之后，仍然留下来布防，却偏偏……唉！可惜啊，他们也是父母的心头肉啊。”

那天，暴雨将天地洗刷干净，天空被低层的云团染成灰白。一具具尸体被抬下山来，被白布覆盖着，整齐地摆在村口的晒谷坪上。战争惨状震撼了所有边民，人们咬牙切齿，想要报仇雪恨，尤其是眼睛瞪得血红的青壮年，像一头头愤怒的公牛，已经没有心思去干农活了。零志勇夹在人群中间，目睹了这一切：牺牲的解放军战士身旁，还躺着两个民兵排长的尸体，其中一具缺胳膊，另一具少腿。父亲拨开人群，冲上前去扑通跪下，大声呼号：“我的哥呀——”

那确实是一场噩梦。伯母已经哭晕好几次，她像一张蜘蛛网掉在地上，拼命地向前爬，想看伯父最后一眼，但是被堂哥零志兵死死抱住。堂哥面色发青，眼睛血红，愤怒地盯着远处。

最后在村中长者的安排下，零志勇和几个年轻人一起去山上为伯父挖墓穴。带队勘查风水宝地的，是他歪着大嘴巴的父亲。

因为伯父不是正规兵，无法送去烈士公墓，只能按照家乡的习俗埋葬。选址时，支书特意指示父亲说：“到对面那座山吧，那里有一片木棉树林，还可以看到水。”父亲点了点头，神情无比凝重。

安葬伯父时，父亲向零志勇要了一支香烟。零志勇感到很诧异，因为父亲的嘴巴根本合不拢，他要这个烟有何用？谁知父亲接过烟，放进嘴里含住，划开火柴点燃之后拿下来，用颤抖的手将香烟插到了伯父的坟头。那一刻，在场的所有年轻人都沉默了。大家站在山上，耳边响着呼呼的风声，空气里似乎夹杂着海水的腥味。

是热带气旋过境了。连绵不断的暴雨，洗刷了大地上的血迹。鲜红的液体渗入泥土，将在未来爬上木棉树的枝头。

现在，看到瘸腿支书进村征兵，脖子上已冒出喉结的零志勇跃跃欲试，生怕错过上阵杀敌的机会。

他急不可耐地让小伙伴拿来推子，帮自己前后左右推了推头发，然后找来家里割猪草用的镰刀，对着小溪水装模作样地刮了刮胡须；还趁伯母和堂哥不在家，蹑手蹑脚地去把伯父遗留在箱子里的军装偷出来，正儿八经地穿上；又借来一辆二八大杠自行车，奔去那孟公社。

在征兵办报名处，一位姓覃的干事见了他，直接摆摆手，叫他赶紧回家去读书，还说读不了书就帮父母干点农活。

“为什么啊？”零志勇问。

覃干事说：“一看就知道，你的体重根本不够格，瘦得跟竹竿似的，就别来浪费时间了。”

这不是打击人吗？零志勇一阵死缠烂打，还搬出他三年前的英勇事迹，甚至威胁说不给他报名，他就在卫生院住下了，直到把体重提上来为止。

覃干事没办法，只好抽出报名表给他填。随后，他兴冲冲地拿单子去公社卫生院体检。给他检查五官的医生是个年轻的胖妞。胖妞叫他张开嘴，零志勇就使劲地张开嘴巴，仿佛要把眼前的胖妞一口吃下去。胖妞举起手电筒一照，露出了惊愕的表情，她那张芭蕉叶大的脸马上变成了一张尖利的竹叶。

“难搞咯。”胖妞说。

“哪里难搞？”零志勇问。

“生虫，左右三颗大牙都是蛀牙。”

“啊？那怎么办？能补吗？”

“啊？”胖妞也表示十分惊讶，露出了一排牙，其中门牙是空的。她用漏气的门牙反问零志勇，“你说什么？补？空的地方都可以装下三只母猪咯。只能拔，拔了还能再长，年纪再大一点就没机会了。”

零志勇有些不服气，说：“你的牙齿不也掉了吗？还不照样上班，坐这里吹电风扇！”

“我是医生，又不当兵，想要当兵哪能带一口坏牙呢？”

“哎呀，你就行行好吧，给我过了，反正我又不是像你一样掉大门牙，别人看不出来的，求你了！”

“赶紧滚蛋！要是给你过了，我在领导那里就过不了，丢了饭碗你养我呀？”

“你那么胖，我哪里养得起啊！”

没等胖妞把手电筒砸过来，零志勇已经闪出五官科的门口，跑到小镇的街道上了。

4 幽灵

零志勇像个幽灵在街上晃荡了好一阵子，直到肚子饿了，才不得不掏出仅有的几块钱，掰开花。他先去街角吃了一碗米粉，剩下的钱拿去五金店买铁钳。

“阿勇，你来这里干什么？”

零志勇万万想不到，堂哥零志兵也在五金店买相同的东西。零志兵比零志勇大两岁，看起来成熟许多，但因为营养不良以及最近几个月的丧父之痛未消，显得面黄肌瘦、忧郁冷峻。

“玩玩。”零志勇回答，眼睛看向天花板，手插在裤兜里。

“别骗我了。赶紧回去，该干吗干吗，我的事不要你插手。”零志兵以兄长的语气说道。

“凭什么？”

“我比你胆子大，风头我去出！”

早已想当兵的零志勇哪里肯让步？他推开堂哥，向店长要了一把相同款式的铁钳。零志兵趁堂弟还没付钱，一把将他拖到街上，抓住他的衣领，再次用恐怖的眼神盯住堂弟。零志勇身手灵活，趁势来一个金蝉脱壳，将身上松松垮垮的衣服留给堂哥，自己从他腋下溜了出来，继续大摇大摆地走进五金店。

零志兵将手上的衣服甩到路边，一个箭步冲进店里，抓住零志勇的手臂往外拽，谁料堂弟浑身是汗，滑溜溜的，抓不住，自己反而差点摔倒。他怒气上涌，再次向前搂住堂弟的脖子，威胁说：“你好不识相，跟我抢什么抢！我爷就两个儿，两个孙，总要留一个在家里传宗接代，那个人就是你！”

“不行，我要上前线！我要去为伯父报仇！”

“还轮不到你说话！除非没有我！”

兄弟俩情绪激动，争执不下，闹到最后干了一架，一度滚在地上四肢打绞，互相不服。直到有人去派出所叫民警来，才将他们从地上分开。民警了解情况后，哈哈大笑，说这到底是弄汤的娃，有血性，只不过，兵不是每个人都能当的，要身体条件过硬，政审合格，还需要家访，大队推荐，这可不是儿戏。

听到“家访”两字，兄弟俩顿时没了脾气，乖乖地走向街边，骑上各自的自行车，在众人的注视下离开了那孟街。

那孟街始建于宋代，传说是大将狄青南征侬智高时构筑的军事要塞，也有人说是侬智高为抵御外敌入侵所筑。

要塞背靠两座大山，形成夹击俯冲之势，扼守峡谷入口，既能控制水源，又留有非常大的军事纵深。街道尽头是石山峡口，曾经叫关，又名为卡。

峡谷前方三公里，是一片狭长的河流冲积小平原，与对面国家的北部山区接壤，当年该国独立革命领袖曾经从这里出入边境。民国时期，街上驻扎过一个营，新中国成立后则驻扎过一个边防连。

兄弟俩骑自行车从边防连大门口飞驰而过，冲上斜坡上的山路。

半路上，零志兵选一个岔路口，将自行车停了下来，对着路边一棵高耸入云的老木棉树不断拳打脚踢，号啕大哭。这时，有一个瘦如野猴的青年，忽然从树杈上飘然而下，幽灵一般地闪现在零志兵面前——他已经在高高的树杈上待了很久，不知是在掏鸟蛋还是在刺探情报。

“大白天的哭什么哭？吵死人了。”那瘦猴说。

“你这小鬼是谁？”零志兵脸色大变，直觉告诉他，眼前这人有可能是敌方渗透过来的特工。零志兵刚要伸手去逮他，他却像只野兔，弯腰躲闪，避开零志兵的双手，直奔其身后，快速跳上零志兵的自行车，向山下溜去。

“站住，你给我站住！来人啊！有特务啊！”零志兵一边大声呼喊，一边追逐而去。

没过几分钟，零志兵在一个转弯处追上了自行车，原因是堂弟零志勇听闻堂哥的呼喊，杀了个回马枪，已经将瘦猴摁倒在地。

“算你们幸运，我居然走错了岔路！”瘦猴被兄弟俩制服还想嘴硬。

“你哪个公社的？叫什么名字？为什么长得不像本地人？”零志兵问。

“姓蓝名龙，”瘦猴说，“行不更名坐不改姓。”

“哦——我想起来了，你是……”

“赶紧滚！”零志勇没等堂哥说完，便松开了手，气愤地说，“下次要再遇见，非把你的门牙敲下来不可！”

当天晚上，垂头丧气回到家的零志勇，把自己关进房间里，硬是用铁钳把那三颗蛀牙全部拔掉，偷偷扔到屋顶的瓦片上。

屋顶“叮叮当当”，蛀牙滚起一串清脆的声响，像炒黄豆发出的声音。小时候，他曾听母亲说，人的身子骨是老天爷给的，要是换了牙，牙齿得放到屋顶上去给神仙保存。

疼痛，无边的疼痛，让这个十九岁的年轻人失眠了整个晚上。

第二天一大早，零志勇面部浮肿，仿佛口腔里含着两颗鸡蛋，流着眼泪走出房间。父亲问他究竟什么情况，他已经说不出话。母亲以为他上火，牙龈发炎，就熬了白米粥，送去给他喝。他却喝不下，捧着白色的瓷碗接了半碗带血的口水。

零志勇只好再次前往公社卫生院。先是爬了几公里上山坡道，接着连续走了十公里的下山路，路上坑坑洼洼，自行车碾在上面，一路颠簸，叫人痛苦不堪。谁知到了卫生院，给他上药的医生还是那个嘴巴漏风的胖妞。

胖妞见状，哭笑不得，劝告零志勇说："你这个愣头青，何苦呢？上不了战场保家卫国，在我们这边境线上耕田种地，同样也是一种奉献啊！"

"都怪你跟我过不去！"零志勇嘴里埋怨胖妞，心里却有了另外的打算。

打完消炎针回到家后，零志勇忽然像变了个人似的。他沉默寡言，一心留意收集那些流传在民间的武侠小说、武功秘籍、气功宝书，尤其是那些被同龄人翻烂了的战争故事连环画。

此后不久，堂哥零志兵因为父亲立功，获得政府拨发的一笔抚恤金及享受照顾政策，又在他母亲的安排下，讨了个长相不错的外地老婆，过上日出而作、日落而息的生活。

那孟公社要改名叫那孟乡，弄盆大队准备更名为弄盆村公所，生产队要解散的消息传遍乡村，人们相信吃大锅饭的岁月即将结束。堂哥零志兵积蓄了一身力气，顺理成章接替父亲任民兵排长，在村支书的带领下投入分田到户的勘查工作。

不出几个月，零志勇就一字一句地在煤油灯下看完了当时流行的小人书：《水上交通战》《海岛红哨》《智胜敌舰》《拔敌旗》《小茂青参军》《小茂青擒敌》《敌后武工队》《西沙儿女》《半斤芝麻》《战斗在北部湾上》《国境线上》等。其中，十大元帅连环画特别令他热血沸腾，因为在家门口刚刚平息的这场战事中，徐向前、许世友的威名传遍了整个乡村。

零志勇暗中立志，这辈子一定要成为一个武艺高强的人，有朝一日能上阵杀敌，为父亲和伯父报仇雪恨。为此他还砍来竹子自制红缨枪，偷偷跑去一块隐秘的河湾稻田，对着稻草人练习刺杀。

附近村屯有一群半大的孩子，放牛的时候发现了他的秘密，也纷纷效仿，找来黄麻秆和竹枝，制作弓箭，练习射击田地里的稻草人以及那些在河岸边飞行的白鹭。

夕阳的余晖照射峡谷，山脊线镀上了一层金边，小山村里唯一的一台黑白电视机，远远传来慷慨激昂的歌声。

“霍元甲开始了！霍元甲开始了！”

小伙伴们叫嚷着，纷纷收起自己的“武器”，像闻到谷子气味的鸭子那样，跳过一道道田埂，屁颠屁颠地跑回村子里去。

香港电视连续剧《大侠霍元甲》，点燃了一九八三年的内地荧屏，也点燃了边境青年零志勇的荷尔蒙。他拖着红缨枪走进村里，却没有回家，而是跑去对面村屠夫家的客厅里，跟小孩子们一起盯着安放在神龛前的电视机。

那是全村唯一的电视机。因为电压和信号不稳定，屏幕上雪花闪烁，画面随时可能消失。每个人都把眼珠子瞪得跟野葡萄似的。

因为零志勇年纪最大，个头最高，小孩子们没有人敢挡住他，主动把前排正中的位置让给他。他也当仁不让，领受孩子王的荣耀。

屋外，夕阳拖着尾巴缓缓沉入山峦；屋内，孩子们里三层外三层地把电视机围了起来，为霍元甲摩拳擦掌，为大侠拍手称快。当画面定格，片尾曲播出时，大家还像木桩似的，待在电视机前久久不愿离开。

一天晚上，堂哥零志兵突然冲进屠夫家客厅，像拨芋苗一般拨开人群，直接一脚将零志勇屁股下的凳子踢走。零志勇轰然翻在地上，一脸茫然，不知何故。堂哥气愤地说："电视机能填饱肚子吗？我阿叔阿婶在家都吃不下饭了，他们都忙得没空去屙尿，你倒好，成天鬼混逍遥，顶个球用？！"

5 故地

边境线上的土地经过人们重新平整，已经被测量好了面积，插好了草标，正敞开怀抱等待新主人。

不久后，让人神经紧张的田地抽签大会终于宣告结束。有的人像中了大奖，欢天喜地；有的人像丢了魂魄，情绪低落；当然也有的人比较务实，回到家里马上修整农具，准备跟贫瘠的土地大干一场。

"运气太差了！太可惜了！"父亲跟生产队长去验收田地回来，一脸沮丧地向母亲抱怨道，"我看那几块巴掌大的地，开裂得可以直接架锅造饭，下面不知还有多少石头，今后不把牛给累死才怪。以前队里派工，大家最害怕的就是去那鬼地方了。有时狠狠一锄头锄下去，泥巴翻不起来，还冒火星。那里位置又高，没有水渠经过，要人工挑水浇灌秧苗，累倒过好几个大汉。"父亲摇着头唉声叹气。

"屙不出屎不要怪地硬。好歹都是自家的地，自己抽中的签，你不去种，我去！"母亲一边咳嗽，一边对父亲说，"现在集体把田地承包给我们，我就不信吃不饱饭。志勇，你说对不对？"

"不晓得哦，反正叫我一辈子跟在牛屁股后面种地，肯定不行，除非去当兵打仗。"

“儿呀，不种地吃什么？难不成还要三个姐姐回来帮你吗？以前在生产队吃不饱，芋头只留给壮劳动力吃，为了养活你们，我和你爸连夜去山上捡拾野米椎呢。那时候老鼠跟人抢食，你爸常熬夜去挖老鼠洞找米椎，才把你们养大成人。现在趁我们还能干，你得学会这些农民的活路呀，将来的日子还长呢！”母亲有气无力地说完这些话后，又一阵猛咳。

父亲却没有母亲这般委婉，他直接把话挑明：“去当兵？我看你还是死了这条心吧。估计将来没什么仗可打了，去到部队几年又退伍回来，白白耗几年。再说将来打仗开飞机放大炮，都要有科学文化，你高小没毕业，还轮不到你呢！”

“谁说的？”

“呵呵，这可是支书说的。”

“我不信！战争还没彻底结束呢，天池山上，不是还有驻军吗？”

“那是暂时的，将来局势稳定，我估计要全部撤走咯，一个都不留。再说了，种地才是硬道理，对面国家的老百姓肯定也不愿意再折腾。”

零志勇还是不肯相信现实，他在心里想着，那些仇都不用报了吗？那些被鲜血染红的土地，就这样被遗忘了吗？

第二天，他借口去街上买东西，离开家之后，鬼使神差地爬到了天池山上。在一棵高大的木棉树下，零志勇遥望依稀可见的家乡，大声呼号：“啊——啊——”

结果，他被几个围上来的民兵摁倒在地。

“臭小子，你到底有几条命？万一招惹了敌人，一枪打过来，你就没机会‘啊啊’了。”

“叔，放开我。”零志勇认得他们，四年前，他曾经和父亲、伯父他们协助解放军将弹药搬运到这里，便说，“这地方我又不是第一次来，看你们这帮家伙，拿着枪，胆子还小得像颗芝麻！”

“芝麻你个头！”大家把他扶起来，带到安全的地方才跟他说，上级为了观察敌情、巩固国防，决定在这里设置哨所，启用民兵驻守防御。

“你们还要不要人？算我一个。”零志勇问。

“回家种地去吧你，我们可是脱产领工资的，你想来，得去问问那门大炮同不同意。”有民兵指了指不远处的炮台说道。

那是一处清代军事防御工事。

天池山北面向东一侧，有块突出的风化石台，石台下方是百米深渊。深渊上，悬崖峭壁，一夫当关，万夫莫开。小时候，零志勇在村里当孩子王，曾经带小伙伴们偷偷去那里探险。听村里老人讲，清代广西提督苏元春，曾于山顶南侧构筑炮台，部署德国克虏伯兵工厂建造的120毫米口径大炮。炮台内侧，借用岩洞作为掩体，在树丛下砌上花岗岩方砖和拱门，驻军防御。当年那些腰挎长刀、身穿大褂的兵勇，上下炮台运输物资，得爬一百八十余级石阶。“后来防务废弛，只留下那门大炮了。”老人说，“六十年代，村里人想上去将它拆下来炼钢铁，但是根本搬不动它。”

听老人家讲故事时，娃儿们个个好奇得很，都想上山去看一看，但碍于路途险峻，一直不敢去。零志勇胆子大，后来就秘密组织几个死党，假装帮队里寻找走丢的牛犊，耗费了吃奶的力气，终于摸到了山上。

山上的风景，深深地震撼了几个孩子幼小的心灵。他们站在大炮下面排成一行，向着炮口所指的方向，长长地撒了一泡尿，比赛谁射得最远。

由于上山的路太过艰险，上去下来，零志勇他们肚子饿得顶不住，腿也直发抖，所以之后很长一段时间里他们都没再去过。这个易守难攻的地方日益荒凉，无人问津。前几年因战事需要，它成为我方防御高地，在先导战斗和后期防御中发挥了极其重要的作用。

零志勇故地重游之后，带着一脸惆怅，回到了村庄。

突然有一天，那孟公社的民兵营赵营长来到村里，委托村公所张贴启事，计划公开招收五个青年民兵上山守哨。正在山中与伙伴们挖蜂蛹的零志勇，听闻这一消息后，扔下工具，急急忙忙跑回村里报名。

然而，同样听到风声的父亲，却在村口拦住零志勇，死活不同意儿子的决定。

“你不能去！”父亲十分冷静地说。

“凭什么？保家卫国有错吗？我为什么不能去？”光着脚板的零志勇连连发问。

老人家反问：“哪天炮火突然又飞下来，你不怕死？”

“怕死我就不是你儿子！”

“丢了性命倒是其次，就怕今后没有仗打，在山上干耗着，岂不成了野人？”

“山上那么近，撒泡尿的工夫就可以回家，我又不是出家去当和尚，还有工资拿，说不定将来立功，还有转干的机会呢！”

“屁！”父亲说，“大把正规兵退伍，哪里会轮到你。我看不用多久，你肯定会灰溜溜地跑回来，到时别说我没提醒过你。”

“只要能够拿枪，没军衔我也干！”零志勇斩钉截铁地回答。

父子俩僵持了两天。

第三天，父亲没法，只好说：“天要下雨，娘要嫁人。你翅膀硬了，好，我管不着，但有句话得提前说，千万别打一辈子光棍，给我们零家丢脸。”

“等着瞧。”零志勇说。

一个月后，零志勇和附近几个村的几个青年通过了政审和体检，收到了人武部的录取通知。他早早就准备好行囊，只等着出发的号令。

离家那天，母亲咳个不停，仍然紧跟在零志勇身后，一直把他送到村口，最后语重心长地交代他：“山上的毒蛇多，千万要注意安全呀！”

零志勇安慰母亲：“我又不是去朝鲜打仗，就在家门口站岗呢，煮顿饭的工夫就回到家了，您放心就是！”

6　爱情

天池山海拔一千三百余米，坡度平均五十二度。亚热带地区特有的乔木和灌木，从四面八方涌向天池山，蓬勃的枝叶一团又一团，像翻滚的海浪直逼山腰。但峰顶犹如沙和尚的秃头，石灰岩裸露在直射的阳光下，仅有十几棵罗汉松沿山顶四周围成一圈。朝阳照射，晚霞笼罩，从峡谷仰望，天池山山顶俨然专供神仙洗手的水池。

岩石是天池山的骨骼。天池山的山体表面大部分区域经受亿万年的风化和雨水冲刷，加上鸟兽粪便和枯枝败叶的层层腐化，形成稀稀疏疏的薄土层。土层含沙量极高，表面长有零星的苔藓，在阳光的照射下不反光，在雨水的冲刷下也没有塌方，人们猜测不出它内部是坚固还是松软。因此，即便春夏时节绿草如茵、茅花荡漾，一般人也不会随意到上面去。

在山势低凹处，林木茂盛的南面断崖乍看起来没有那么危险，可是哪怕最有经验的樵夫，也懒得来此受罪，因为传言此地的嗜血蚊虫大如“肥猪”，蜘蛛甚至可以毒死耕牛。加上地处热带和亚热带的交界处，长期以来，山体四周接受风吹雨淋及阳光照射，覆盖在山体上的低矮野生植被非常茂盛，内部生态系统十分复杂，据说旧时人们经常见到华南虎、豹猫、蟒蛇、鹰隼等珍禽猛兽出没其间。

刚加入天池山哨所的哨员们，平时除了要定时开展军事技能训练，学习最新的国防政策和专业规章、边境巡逻手册，按计划出勤巡逻、检查界碑外，还要花费心思应付恶劣的生活环境，日子并没有人们想象的那么容易。

缺水缺电、蚊虫叮咬这些麻烦自不必说，没过半年，一同上山的几个年轻人就开始烦躁不安、叫苦不迭。因为十天半个月，甚至连续一两个月，山上一个扎辫子的人都没有，大家都快不记得女人长啥样了。好不容易发现上级寄来的一些报刊的插图上，有姑娘的照片，可很快报刊就被大家翻烂了。

哨所上没有淡水供应，平时用水要么等老天爷下雨，要么派人下山走几里路去一处石壁泉眼接水，然后一担担挑回，可谓滴水贵如油。按常理说，挑水是一个苦力活，上山之前，大家在村里生活，平时宁愿步行去河里洗澡，也不会把水挑回家里再洗。但是在山上待久了，大家都抢着干这份活，表面上是为哨所服务，多做贡献，其实都怀有一点私心，那就是希望在下山的空当儿，能够在路上碰见一两个去赶集的姑娘，以便在她们面前显示自己的存在。因此有一段时间，山上的水缸、水桶、水盆等储水容器总是满的。

老哨长体谅哨员们挑水辛苦，就组织大家在营房后方的坡地挖了一口嵌地水池，到山下挑黄泥回来封住缺口和缝隙，在暴雨来临时，接了满满一池子水。起初，沉淀几天便能使用的雨水，后来出现了问题。有人一直拉肚子，有人身体直发痒。

“这怎么行，明显影响战斗力嘛！”老哨长说。为了避免老鼠和其他动物污染水池，他组织大家找来树枝和石头，砌墙围挡。可是不久，水池四周居然长满了青苔，水面上还漂浮着许多蚊虫的尸体，打开树枝覆盖的水池，发现里面的水已发黄发臭，极度影响食欲。

所幸后来到哨所视察情况的上级了解到哨所的条件艰苦，决定改善哨所环境。

一九八三年冬，正值农闲时节，地方军分区下文称，为了改善哨所生活条件，决定对边境地区几个民兵哨所进行扩建加固，号召各哨所组织力量，积极开垦哨所周边地块，自力更生种植蔬菜。

一开始，哨员们积极性很高，上上下下锄草搬石、画线动土，顶着烈日挥汗如雨。可是一个多月过去了，力气几乎花完，改建所缺物料却迟迟未到，人力也不足，工程进展缓慢，于是有人在心里打退堂鼓，念叨着下山回家种那一亩三分地。“至少收成看得见。”有哨员说。

正当哨所的军心微微出现动摇时，有一群如花似玉的姑娘及时上山来了。

四五十个青年响应号召，从全县各地汇聚天池山脚下，参加拥军固边义务劳动，为哨所开挖石料、土方，搬运水泥、沙石。其中，有十几个挑着担子的姑娘成为令人瞩目的主力军：她们巾帼不让须眉，人人都想要争当三八红旗手。

哨员们的眼睛都像长了刺，被姑娘们的衣服给死死勾住了。

姑娘们初来乍到，白天往山上挑建材，晚上驻扎在山下石场的工棚里。为防止山上的哨员精神开小差，她们都自觉地将自己包裹得严严实实，天还没亮就出门干活，说什么早晨空气清新，图个凉爽。但是天上的太阳害苦了她们，没到上午九点钟，山顶的气温已经蹿到二十五度，她们不得不脱下一层防潮的外衣。到午前十一点，气温上升到二十八度，她们开始卷起了长袖和裤管，咬着长辫子艰难迈步。干到正午吃饭时，每个人的的确良衬衫都已经湿透，她们不得不解开前襟最上面的一颗衣扣了。

姑娘们露出粉嫩的脖子和雪白的肌肤，白嫩的手臂像出水的莲藕。

俗话说，男女背靠背，干活不觉累。哨员们一边打石头、挖地基、砌墙，一边看着这些勤快可爱的姑娘，自己磨破了手掌也浑然不知。

姑娘们吃完午饭，休息一阵，下午继续挑石料上山，汗水湿透衣背，腰部被衣裤磨得又红又痒。终于挨到傍晚，好不容易爬到山顶，她们纷纷以找水喝为由，走进营房，脱下草帽，一个劲地给自己扇风。有些大胆的姑娘还叉开大腿，把的确良衬衫的扣子开到不能再开的部位，开怀大笑。更加俏皮的姑娘，则忽然唱起山歌，歌声像一片片芭蕉叶，撩得荷尔蒙过剩的哨员们春心荡漾。

不料平时一棍子打下去不出一个屁来的哨员们，却个个是深藏不露的阿牛哥——零志勇除外——他们站在泥坑里，举起铁铲、十字锄和瓦匠刀，也齐声对起歌来。一时间，天池山上歌声飞扬，仿佛过节。借着歌声的掩护，哨员们摇身一变，成了爱出头的花头鸭，手舞足蹈，眼睛盯着姑娘们直发绿，就差没从眼里射出弓箭来。

老哨长靠在木棉树下，鼓着眼睛看着这一切。

姑娘们忘了疲惫，歌声一浪高过一浪。其中有个姑娘，唱着唱着，眼睛就开始飘忽了，她注意到人群中有一个特别奇怪的哨员。他长相老实憨厚，看着很有干劲，眼睛贼亮，却不喜与人交流，其他哨员都脱下军装，仅穿一件背心，展露雄健的肌肉，他却没有随大流，唱山歌也只微微张嘴滥竽充数，听到几句少儿不宜的歌词，脸马上发红。没过多久，她就打听到，原来他就是自己的恩人零志勇。

七娲去找零志勇，零志勇问她是谁，她猛拍他的肩膀说："真是贵人多忘事，我是七娲呀！"

"七娲，你真的是七娲？！"

回过神来的零志勇这才想起，四年前，他和父亲从边境执行任务回来，在一条小河边，远远看见一个衣衫褴褛的姑娘一边走一边哭泣。他和父亲起初还以为遇见了伪装成难民的敌人，小心翼翼地靠近，埋伏在树丛后侦察，直到听见她用壮话自言自语，才知道是当地人。于是上前去与她交谈，给她食物，按照她说的地址，一边护送她回家，一边沿路打听她刚失散的弟弟的下落。最后去到隔壁公社，说明情况，才从一群流浪的孩子里找到了她的弟弟。

“都快不认得了。”零志勇腼腆地说，“你跟你弟还好吧？”

“好就不到这里来受罪咯！都快脱一层皮了。”她说，“没想到会在这儿遇见你。对了，刚才你为什么不唱歌？”

“不会嘛，除非你教我。”

“哈哈！真要我教你？”

“算了算了，我这公鸭嗓，你就别浪费时间了。”

七娲继续哈哈大笑。

开饭时，七娲走到哨所前的木棉树下跟零志勇搭讪，他却愣愣的，像块石头一样，不怎么敢开口说话。“哨长看着呢！万一传出去，不好。”他说。

当时，零志勇听说母亲已经在山下托人帮他物色对象，因此当天鹅肉送到嘴边来了他也不敢造次。

但七娲并不知情。

“我吃不了这么多，给你。”七娲把碗里的米饭分一半给他。

他则趁人不注意，把自己藏在口袋里的一枚鸡蛋掏给她，作为回赠，那是哨所的营养补贴。

七娲又把碗里仅有的一块肥肉夹给他。

零志勇火速吃完午饭，回到营房，从军用挎包里掏出一包东西给七娲。

七娲接过，原来是一大包用构树叶片包裹的新鲜地菍果子，像一堆玻璃球那样好看。

“昨天傍晚巡逻回来时，顺路摘的，放一个晚上已经熟透了。”

“为啥平白无故送给我？你先尝一颗。”七娲捻起一颗果子递给零志勇。

两人一来一去的动作，终究逃不过姐妹们的眼睛，大家纷纷起哄，围过来争抢七娲手上的果子，闹得零志勇拔腿就跑。七娲和大家分吃地荞果，吃得牙齿都变紫了。

没出一个月，哨所改造工程竣工在即，多名姑娘以歌为媒陆续找到如意郎君，而歌声响亮的哨员也撩得意中人，他们纷纷私定终身，盘算着下山成家。只有零志勇颗粒无收，成天跟在老哨长的屁股后面处理工程垃圾，像一头年轻的公牛，走进野草丛生的密林，披荆斩棘去界碑附近巡逻。

不过，那天吃完庆功酒之后的离别时刻，零志勇和七娲隔着圆木拼成的大饭桌有过一次目光的碰触。那次对视，让他彻夜难眠。而她下山以后，也有好长一段时间睡不着觉。

春节时，姐妹们纷纷出嫁了，七娲依然待字闺中。直到三月三，终于有人提着酒肉到家里跟她父亲说媒。她假装害羞，故意挑了水桶出门，以避开长辈们的谈话。

然而当听到媒婆介绍的对象竟然是天池山上的零志勇，她没等父亲表态，就放下水桶，匆匆跑回屋里，主动表示同意这门婚事。她以为这是零志勇抛出的“绣球”。

其实七娲不知，婚事是零志勇父母亲安排的。在派人去说媒前，他们退掉了先前物色的人选，父亲特意上山找到儿子说：“婚姻大事，门当户对最重要，你跟人家七娲姑娘的事，大家都传开了。”

“不——不妥吧？！我们哪有什么事，不就是吃顿饭说几句话嘛，真是人言可畏呀。”

“有什么事你心里清楚，在我面前就别装蒜了。”

“随便你们吧。人家愿不愿意还是另外一回事呢。”

“没把握的事情我会来找你吗？这么大岁数了，再不主动找个对象，方圆百里的姑娘就没你的份咯。”

零志勇的脸顿时变红。他向老哨长请示，要留父亲在哨所上吃晚饭，住一宿。类似情况以前也有过，老哨长自然是同意的。次日，老哨长还同意他请假，特准他陪老人家下山去街上采购定亲的聘礼。

“在山上干得怎样？”走在山路上，老人家问儿子。

“还行，就是那个路太难走，以前放牛砍柴，没觉得这么难走。”

“那是以前，一股劲，没提防。现在可不同，扛着家伙在身上，不能看走眼，八公里边境线巡逻下去，脚不累，心都累。”

“我们立功了，你知道吧？”

“不就抓了几个敌特，放了几个炮吗？谁不晓得。”

“你说得倒轻巧，我们当时屁都不敢放一个，生怕中了埋伏。”零志勇一脸自豪地说。

“反正眼下外交大局已定，你们要做好长期耗下去的准备，支书都跟我说了，国家要把精力放到搞经济上来。我还听说，广东深圳那边已经在动土搞特区，邓小平同志去那里走了一圈。他说，发展才是硬道理。”

“支书消息灵通，有没有听说国家要给我们民兵提工资？”

“别做梦了，国家刚打完仗，兜里没钱。老百姓能安心种田就阿弥陀佛了。听说这两三年隔壁村都有人拿余粮去卖了。你不打算回来种地？”

一边说话一边赶路，父子俩离天池山已经很远了。再往下走几公里，就到边境口岸的那孟集市。零志勇望着山下的集市，对父亲的建议很不屑。

“你看我是种地的命吗？回去能干吗？地里都是石头，还能种出金子来？你们别指望我回去刨那几块地了，反正我待在山上，至少还有白米饭供应。”

“白米饭不要钱？”

“我现在每个月工资扣除了伙食费，还有些结余，都能买几头猪崽了，我们好歹拿的是现钱，比山下强多了。”

“那还不是一个人吃饱全家不饿。”父亲表示不屑。

“吃国家饭，旱涝保收。”

“没出息，我怎么生了你这么个不争气的儿子，连个正规兵也当不上，我想不通。哎！”

“我爷爷不也是在清朝当过正规兵吗？你自己为什么不去当正规兵？再刺激我，喜酒你就自己回去办得咯。”

“得得得，不说了，都是伤心事。当年要不是支书抢在前头，占了参军名额，我现在兴许就像他一样瘸腿犁不了地咯。如果运气不好，可能就躺在三八线了……”

“你都讲多少遍了！如果不挂彩，还有可能提干搬进城里住呢，是吧？”

“好汉不提当年勇。你三个姐姐嫁出去了，现在这门亲事要是成了，我也瞑目了。人家七娲姑娘不错，念恩情，料想今后会理解你。不过后面的路还长，你悠着点，千万别缺胳膊少腿，以免拖累人家。”老人家说着，把手放到身后，鼻孔仰向天边，似乎已看透世间百年。

而此时零志勇的思绪，已经飞到七娲那里去了。

第二章　边境传说

7　女人家

七娲本姓隆，虚岁比零志勇大两岁。她小时候曾听亲生父亲提起，爷爷老隆在清朝末年被一伙土匪抓到山上当脚夫，被迫跟随绿林好汉跑到对面国家去谋生，结果没混几年就被赶了回来。

民国以后，已经下山种地的老隆因为跟土匪有说不清的瓜葛，又被地方军阀部队赶出去，不得不背井离乡，前往龙州，在左江地区给人做长工。恰逢当时地下党搞"农运"，他参加了反抗苛捐杂税的运动，救下了一个受伤的红八军战士。那个落单的战士身无分文，无以为报，就摘下一颗帽徽送给他。这时她的父亲出生了，奶奶却因为难产失血过多而死。

幸亏当地一个烧山开荒的瑶族老庚，拿出他家里的杂粮接济老隆，否则父亲小隆也活不下来。

那时有一部分人没土地，四处流浪寻找革命组织。后来他们听说东兰正在搞共耕社，于是翻山越岭走了一个月，跑到红水河畔的东兰县参加韦拔群的农军。老隆觉得带个娃娃在身边，要走一个月，比登天还难，也想过把儿子送给别人，但又担心这辈子没有子嗣接续香火，只能留下来继续砍柴为生。

不久后，听说另外一群老乡去贵州参军，混得挺不错，老隆于是决定前往投奔，可是走到半路遇上剪径的土匪，父子俩为了逃命，走散了。爷爷老隆从此不知去向，七八岁的父亲小隆沿河一边走一边哭，最后被一个好心的猎户留下，收为义子。

十年之后，七娲的父亲小隆和他的义父靠打猎和开荒，好不容易在山里扎了根。小隆娶了当地一个农户的女儿为妻，靠耕几亩田地谋生。没想到世事不太平，有一天，流窜的土匪躲进山里，顺手将他们辛辛苦苦建立起来的小窝洗劫一空。

义父为了维持生计，铤而走险，进山猎虎，不幸掉入自己早前设计的陷阱，一命呜呼。小隆和妻子沿山而行，将义父的尸骨埋葬在高山上。

挨到革命形势好转，七娲的父亲看准时机下山来，入了户籍，分到田地，偏偏又遇到了大灾荒。父亲的结发妻子靠吃谷糠挺过第一年，吃艾草野菜挺过第二年，吃树皮白茅芽挺过第三年，第四年春终究还是挺不过去，离他而去。她离去时，已怀了几个月的身孕。此后几年，七娲的父亲孑然一身，起早摸黑，在艰难困苦中修建了一间土房，重新娶了一个妻子，她就是七娲的生母。

七娲跟零志勇说过，母亲怀上她那时，以为好日子到了，谁知却撞上三年困难时期，母亲之死与奶奶之死如出一辙。

“七娲七娲，我为什么安这个名？壮话的意思就是借一条裤子，穷呗。”七娲说。

她还小的时候，家里确实穷得快揭不开锅，又没有女人家做纺织棉布的活，逢年过节没有一条完整的裤子穿，出趟远门到圩镇赶集，就不得不向左邻右舍去借裤子。心灰意冷的父亲，觉得生活艰难，终于狠下心，将她托付给一个家境稍微宽裕的同姓人家寄养，并且请了当地的道公来作证，自愿将七娲过继到那个家长名下。他自己则背井离乡，坐船沿着左江外出讨生活。

七娲的亲生父亲一去，此后杳无音信。

十几年时间里，七娲目睹了种种人间悲剧，“四人帮”被打倒没几年，边境炮火打响了。他们村靠近边界，战火烧过家门，一车车解放军向本地集结，向南而去。养父响应号召，报名去支援前线，帮忙运送炮弹和生活物资。不料村庄被渗透过来的特工在深夜放一把火烧毁，许多家庭妻离子散，她的养母也因此葬身火海，五岁的弟弟隆七天则不知所终。

七娲此时已经成年，打算去把弟弟找回来。向后方撤退的村里人劝她保命要紧，但她性格倔强，知道感恩，哪里愿做不仁不义之人？于是七娲向着炮火方向前行，沿山谷与河流，一路呼喊着弟弟的名字。养父出发前曾叮嘱她和养母要保重，尤其要看好七天，不能让他乱跑。现在养母没了，弟弟也不见踪影，她有何颜面面对养父？

部队向南推进，零落的村庄尚未恢复元气。漫山遍野除了刺眼的阳光，就是泥泞的小路。七娲口渴难耐，肚子饿得前胸贴后背，只好去喝山泉、吃野果。偶尔遇见行人，开口便问有没有看到一个小男孩，人们觉得她疯了，她就哭诉自己的经历，但是兵荒马乱的，没有人肯花时间来听，甚至有人认为她是敌方伪装过来的特务，想要把她绑了送交军方。

她不知道到底是自己疯了，还是世界疯了。

生活的坎坷让七娲早已看透生死，颠沛流离的生活让她顾不上收拾、打扮自己，她显得比同龄人更加成熟，也更加执着。反正没有找到弟弟之前，她踏破铁鞋也决不会一个人回去。

接下来，七娲就遇见了从前线返回的零志勇父子。在他们的帮助下，在百里之外的另一个公社，找到了流浪的弟弟。当时的七娲做梦都没想到，恩人零志勇在后来居然会成为自己的丈夫。

第一轮战事结束后，养父回到烧成废墟的家里，精神几近崩溃。当人们收拾家园恢复生产时，他一蹶不振，变成酒鬼，终日喝得烂醉如泥，逢人便问有没有看到他的老婆。他不敢面对现实，宁愿相信妻子失踪，也不愿听到她被烧死的真相。

这时，七娲明白自己是弟弟和养父唯一可以依靠的亲人，就主动承担家务，每天都要收拾烂摊子，洗衣做饭，养鸡养鸭，穷人的孩子早当家。当时她和养父、弟弟住的房子，是同村人帮忙在废墟上盖起来的草棚。因此当她成为半个家长时，做梦都想拥有一栋高大宽敞的房子。

一九八四年端午节，七娲嫁给零志勇那天，哭得几乎晕了过去。哭，不是因为身世，而是因为舍不得正在读高小的弟弟隆七天。这些年，姐弟俩相依为命，由于养父时醉时醒，疯疯癫癫，他们没少受别人的白眼和欺负。七娲经常护着弟弟，弟弟也经常护着姐姐，如今就要离别，往后难在一个屋檐下吃饭了……

可是不出嫁又能怎样呢？她已经出落成一个大姑娘，女大当嫁，她也必须为弟弟寻找一个可以依靠的姐夫，为养父找一个可以依靠的女婿。她只好强忍着泪水，在同族两个嫂子和几个姐妹的护送下，坐上零家赶来的迎亲牛车，一路低唱哭嫁歌，从一个边境村庄去往百里之外的另一个边境村庄。

刚成家那会儿，零志勇家的情况也好不到哪里去，一栋石头泥巴房子，比上不足，比下有余，锅碗瓢盆碗筷基本够用，但也没有几件值钱的家具。家里的田地种出来的粮食勉强可以糊口，如果再添个丁，估计一家人都要饿肚子了。

不过这情况再怎么不济，也比七娲娘家那边好。毕竟公婆还健在，而且听说家公还懂得做木匠——当初媒婆去说亲时，确实说过："你家公打过仗哟，还是个唢呐师傅，十里八乡都请他去呢！还有啊，你家公的父亲以前是村里的木工师傅哟！老人家肯定有手艺传下来，只不过搞公社做集体，闹'文革'，反'走资'，后来又遇上打仗，所以他们把手艺和家伙藏着。现在情况好了，改革开放了，依我看，你们零家肯定又要发达了！说不定你家公已经在动手做全套木家具了。"

媒婆还说："你们家零志勇可是吃国家饭的人哟，在山上放哨，很受领导器重。"好像七娲已经是嫁到零家多年的媳妇似的。

几年前，七娲寻找弟弟时见过家公；半年前，她上天池山挑石头，见过丈夫。他们的家境瞒不过人，她心里明白媒婆显然在夸大其词，但她懒得捅破那层纸，让媒婆尽管去说吧，最好说得所有人都知道，十里八乡传遍，她七娲要嫁的可是个根正苗红的好男人，今后谁也别想再欺负她的弟弟和养父了。

嫁到零家后，七娲却有些失望。她没有看见预想中的全套木家具和缝纫机、自行车、电视机、录音机等时髦物件，看到的，只有零志勇父母和三个姐姐挪出来的旧东西。看得出，这些家具已经被擦洗过多遍，最后用米糊贴上了一层报纸，以及一些喜庆的年画。不过有几床棉被是新的，上面贴有红纸，标注着三个姐姐的名字。被套的款式，在附近地区少见，这让睡惯了自织布被套的七娲不禁眼前一亮。

她是被送嫁的几个姐妹和两个本家嫂子护送进婚房的。这满屋子的东西，虽然比不上富贵人家气派，但也让人心满意足。尤其是婚床，又宽又稳，虽然没有涂上天那水或油漆，却整齐耐看，散发着一阵阵来自山林的迷人木香味。送嫁的两个嫂子均已人过中年，看见男方置办喜事很用心，就用过来人的口吻赞叹七娲“真会嫁，有福气”。这一招七娲很受用，脸很快就红了。她那红扑扑的脸上已经出现了几道皱纹，那是苦难的岁月早早给她留下的印记。

闹洞房的当天晚上，有好多后生仔进屋里来调侃伴娘，讨要香烟抽，借机对几句风流歌，打暗号问八字。也有许多小孩子在三姑六嫂的怂恿下挤进新娘的房间，讨要喜糖和花生。这些陌生人说话乱糟糟，不过无一例外都赞扬了新娘的婚床很漂亮。

下半夜，喝得醉醺醺的零志勇，被同村伙伴推进洞房，又被送嫁的姐妹轰出去。他准备闪出门口前，七娲问了他一句话：“哎，这个婚床可以啵！姐妹们都说好，去哪里定做的呀？”

“这得问我大哥了。”

“你大哥正在陪你小舅子家那帮人划拳猜码呢，他忙得连我和娃儿都没法靠近，好像是他办喜事似的！”大嫂不知从哪里冒出来，回了一句。

8　浪漫之夜

端午过后，用完一个星期的假期置办喜酒的零志勇，决定带新婚妻子七娲回哨所跟大家见面。

按照母亲吩咐，夫妻俩从家里捉了一只老母鸡、一只花头鸭，再带上一张猪头皮、一对猪脚、两斤魔芋豆腐、十斤黄豆、一袋红薯、几斤花生米和糖果，外加三瓶米酒、一条香烟、一竹篓糯米板栗粽子和蔬菜，趁太阳还没西斜，就出发了。

父亲赶着牛车送他们到天池山脚下。

山上值守的哨员看到零志勇如期回来，猴子下山一般跳下台阶，兴高采烈地去迎接他们。

父亲跟大家礼节性地寒暄了一会儿，便称家里忙，掉转车头原路返回。

新人婚后回来请客、发喜糖，哨员们自然不能闲着，下山挑水、进树林里找野菌、生火做饭、拉线接灯、切肉洗菜、刷锅洗碗，大家撸起袖子一起动手准备晚餐，喜庆的氛围不比山下逊色。

趁这空隙，零志勇带七娲参观他们的大本营。哨所建在山体凹面，坐南朝北，与四十米外的山顶炮台呈掎角之势。营房建筑由三部分组成，分别是卧室、厨房和综合活动室。厨房位于中间，连接两端，三者形成一个半包围结构，左边的活动室连接下山的石阶小路，右边的卧室安置床铺、摆放武器装备并与旧时的暗道连通，厨房前后开门，一扇通往山顶，一扇面对半包围结构内的空地。

参观完毕，七娲说："真羡慕你们啊！环境比我们家还好。"

零志勇呵呵傻笑。

夕阳为山脊线描上金边时，天池山上的晚餐正式开始。被彩霞映照得满脸通红的七娲，喜盈盈地给大家敬烟、发喜糖，零志勇带她逐一给大家点烟、敬酒。

天黑了下来，哨长突发奇想，取来停电备用的蜡烛点上。大家在一盏白炽灯和一排烛光中享受凉爽的晚风和难得的欢乐时光。不知不觉夜已深了，但大家仍然不舍得离席，往日的作息时间在欢声笑语中一再被打破。待月上中天，仍然没人愿意去睡觉。大家早已腾出床位，借口到营房外乘凉，言下之意是让新嫂子进去睡，大家集体在外面站岗。

“零哥，嫂子来一趟不容易，赶紧带她进房间休息吧，别让人家在外面受凉！”有哨员说。

“大家的心意我领了，你们白天工作辛苦，快去休息吧，明天还要出勤。我没事，在外面坐着挺好，顺便帮你们放放哨，天亮就回去了。”七娲说。

“这哪行？嫂子还要给零哥生娃呢，万一受凉闹风湿可不是开玩笑！大家说对不对？我们这些粗人习惯了，聊聊天，抽几根烟就到做早饭的时间了。”有哨员说。

此时零志勇已经满脸通红，打着酒嗝，两眼垂铅，心里很想回到自己的床上躺下。但七娲不许他丢人现眼。她自幼命苦，虽说没读过几天书，可也是个明事理的人。于是她站起来，三下五除二收拾好一片狼藉的桌面，手脚麻利地洗了碗筷，擦了窗台，接着从随身布袋里拿出针线，给大家缝补衣服鞋子——实际上是堵住大家散场的退路。忙活了好一阵子，她才走出营房大门，到哨所边上跟大家一起看星星。

星星闪烁于苍穹，好像伸手可摘的银子。一轮明月西斜，银盘上的玉兔和吴刚依稀可辨。

哨所门前有棵高大的木棉树，枝枝丫丫整齐地伸向天幕，星星和明月仿佛从树枝上飞起的宫灯，让人心生浪漫的遐想。

“哨长，这棵木棉树是什么时候种下的？这么大啊！”七娲随口说，想跟大家搭个讪。

老哨长回答她说：“前面这株木棉树，肯定是老祖宗种下的，但是不清楚是哪个年代种的。听说在龙州那边，也有几棵这么大的老木棉树，传说是明朝留下来的，我估计都是同一批苗子。”

“今晚的月亮好亮啊！”七娲没话找话说。

“是呀，今晚的月亮好亮！谢谢弟妹上山来犒劳我们一顿酒，大家常年在山上，伙食差，肚子寡淡得很。”老哨长说。

哨员们自觉碍事，也觉得酒后犯困，纷纷灭了烟头，起身回到营房，将墙根下弯腰弓背打瞌睡的零志勇拽出来，送到七娲身旁，把星星和月亮留给这对新婚夫妇。

七娲明白大家的好意，随便数落丈夫几句，为了掩人耳目，将他拉到哨所前的斜坡，两人并排坐在木棉树下的石块上。

沉默，心跳了一阵，七娲就侧身搂住丈夫的肩膀，靠在他身上，心里感到无比的安稳和幸福。

零志勇终于被夜风吹醒，他借着未散的酒气对她说：“山上的情况就这样，只有鸟叫和虫鸣，一年到头没得几天回家去，你这么年轻能干，能够等我多久？现在后悔还来得及哟！”

七娲立即将他推开，假装生气地捶他的背，说：“都怪我命不好，碰见了你，耳根又软，听不得媒婆的好话。不过今晚这么一接触，我挺喜欢你这些兄弟的，都是大好人，不容易，他们也有爹娘妻子，他们待得你待不得？我琢磨了，要是在家里过不下去，我就上山来陪你们一起巡逻。”

“开什么玩笑？扛枪放哨，可没有你们女人家的事。”零志勇挺了挺腰板，双手握拳，咯咯作响。

“哟，别得了便宜还卖乖！你们哨所改建，没我们这些三八红旗手能成？”

“那是一时半会儿的热情，将来的日子长着呢，我也说不准将来会怎样，就怕让你跟着我吃苦，不值得。”

“你这个坏蛋，为什么叫媒婆来的时候不说清楚？骗人家上了船才说这些风凉话，你的良心在哪里？”七娲于是把一头长发铺到零志勇的肩膀上，凑近他的耳根说，“以后我给你生一堆娃，长大了让他们来接你的班不就行了。”

零志勇把脸转过去，看着月光下娇美的面容，闻着她醉人的气息，顿时充满了激情。他想亲她一口，可她推开他说：“真不害臊！酒醒了再说。”

“酒不醉人人自醉，你以为我真喝多了呀！”零志勇表现出难得一见的狡黠。

这一夜，他们两人就静静地相拥着坐在木棉树下，一直到东方露出鱼肚白，灰白的水雾山岚飘上哨所，露水打湿了两人的头发和衣襟。

清晨的哨所和往常一样红旗飘扬、炊烟袅袅，哨员们纷纷起床洗漱。他们看见七娲已经在屋外拿着竹扫帚沙沙地打扫卫生，还帮他们每个人都洗好了脏鞋，在向阳的墙角下逐一摆开晾晒。而地面有连串的水迹，原来零志勇已早早去山下挑回了一担水。

大家纷纷给新郎新娘举大拇指，并对零志勇开玩笑说：“这么好的媳妇，可以多要几个啊！”闹得孤岛一般的哨所，平添了许多人间气息。

早餐大家喝白米粥，伴着七娲带上来的榨菜和新鲜豆角。

远山的云海渐渐消散，太阳光完全照到边境之前，七娲和零志勇在哨所门口、木棉树下拍了两张纪念合影之后，便依依不舍地离开了哨所。零志勇送她下山，一直送到山路的转弯处。

“你回去吧，我自己顶多走半个小时就到家了。去巡逻的路上要小心，可别被毒蛇咬了。”她交代他说。

零志勇不知道说些什么好，就把自己戴的手表脱下来递给她，说这是自己攒工资换来的。但她不要，说这是他的宝贝，在山上时间掐得紧，没它不行。然后从怀里掏出一枚串着红丝线的铜钱，交给零志勇。

“干什么用？”

“这是给你辟邪的，我亲生父亲留下来的吉祥物，我珍藏了这么久，比命还重要，千万不能搞丢哟。”

零志勇接过铜钱，鼻子发酸。

七娲说：“回去吧，家里有我呢，只要你每天想起我就行了，要是真想得厉害，就看看这铜钱，我在里面。”

零志勇紧紧握住铜钱，感觉到它还带着七娲的体温。

七娲趁他不注意，冲上去在他脸上亲了一口，然后掉头就往家的方向小跑而去。几只夜宿山鸟被惊动，扑棱棱地飞过山崖树丛。

“隆七娲，你等着，我一定会立功回来的！”

零志勇面对一片茫茫山林大声发誓，然后，有些失落地爬回山上，跟兄弟们一起整理装备。

哨所新一天的出勤巡逻工作雷打不动。这个夜晚和这个清晨，像木棉花的香味一样，留在了零志勇的记忆深处。

七娲独自步行，回到家中时已近午饭时间。三个赶回娘家喝喜酒的姐姐早已返程，只有家公家婆在院子里来回忙碌。

热热闹闹的婚宴结束了，吃饱喝足的人们消失在大山之中。七娲叫两位老人休息，自己挽起袖子去收拾置办喜酒留下的种种家务。一切清理完毕，她才直起腰杆，回到空荡荡的房间坐下来缓口气。

她静静地看着梳妆镜里的自己，感觉既熟悉又陌生。又看了看房间的四壁，贴在墙上的鲜红色双喜剪纸，仿佛老树开出的新花。她想，难道这就是人生？

9 家园

前几年，零志勇的三个姐姐已陆续嫁到外地。

大姐被崇左的一个泥瓦匠带走了，二姐嫁给县城附近的一个照相师傅，三姐去边境收割水稻时，跟对面国家一个香蕉种植户的儿子私奔了。

三姐的事情，当时在大队里闹得沸沸扬扬，人们都说她是叛徒，要父亲去追她回来。大队支书出面说：“这是民间人口流动，历朝历代都有的事，不要上纲上线，在整个那孟公社，哪个大队敢保证没有异国的种子？”最终平息了事态。

三个姐姐嫁出去时，家里都没有得到一分钱聘金。只有二姐夫家从县城送来的一台上海牌缝纫机，被全村人围观了好几天。后来父亲将其转卖，得到一笔钱，一半用来修缮老屋，一半留下置办零志勇的喜酒。父亲说：“我们家二十几年没办过酒，这次要风风光光补回来。”为此，母亲哭了一整夜。

堂哥零志兵见叔叔家困难，卖了自家养的一头猪，到边境口岸采购了半车战争前进口的外国木料，叮叮当当半个月，做成了一张大木床。

木床抬进婚房时，零志勇的父亲对侄子零志兵说：“太便宜那小子了。他欠你的，将来必须还上。”

“谁叫我们是兄弟。兄弟嘛，不计较这些。”零志兵说，“我相信他没你想的那么糟糕。”

但老人家对儿子还是不怎么放心。

昨天拉着牛车送儿子和儿媳去哨所路上，父亲对零志勇说：“你那几块钱工资补贴好好收着，最好交给老婆管，将来生孩子，家里人生个大病，还有逢年过节，恐怕都要掰着手指头用。你母亲的咳嗽，也不是一天两天了，草药吃了几箩筐也不见好。”

坐在牛车上的七娲听出家公话中有话，跟着说：“我小学没读完，可不懂得算数哦！以后家里有什么吃什么，挣钱的事，女人家没本事。你们喝粥，我绝对不会吃干饭。妈那个咳嗽病，我看哪天志勇有空，还得带她去县城看一看医生。”

“县城七远八远的，去到那里估计都快咳死了。她这病，估计是志勇还小的时候落下的。那时生产队困难，我们经常淋雨，她可能是着凉伤了心肺，最近这几年症状才冒出来。”老人家说完，似乎觉得自己话多了，就不再说话。

在房间里稍作休整，七娲立即换身衣服出门，准备下地去干活。母亲知道儿媳勤快，就拄着拐杖，带她去山里认识自家田地。路上走走停停，停停走走，母亲一块地都不落下，一五一十地告诉七娲那些田地的来历和故事。

黄昏时分，她们从山坳里绕道返回，查看最后一片坡地。那是一块花生地，旁边有一株枝繁叶茂的菩提树，挂满了拇指大小的红色菩提子，尚在灌浆期的小果子鲜嫩可爱。

“恁好看的果子！”七娲惊叹道，“以后来这儿锄地种花生，累了坐树下休息，不怕太阳晒咯。”

“这块地能长东西，要是觉得远，也可以种黄麻、芝麻或者棉花。我年轻时到这里种的棉花呀，每年都可以做半床棉被呢。”

“以前搞集体时您还能自己种？”

“你不知道，这块地当初是我家公，也就是你们阿公开垦的自留地，原本是一片石头坑，是他一担担泥巴挑上来填满的。后来队里觉得好，收回去归集体耕种了。”

“哦，原来是这样。现在又回到我们手里，阿公他在天有灵了。听说阿公以前也当过兵。”

“这就说来话长咯。你去问问志勇，他记性好，什么都懂。”

婆媳俩加快脚步，想赶在天黑前回到家。这时，她们远远就看到山的那一头冒出滚滚浓烟，同时，还有“当当当”的铜锣声。一种不祥的预感迅速涌上她们的心头。

“出事了！”她们几乎同时脱口而出，“火灾！”

婆媳两人一路小跑，大约半个小时后，终于出了山坳，走上马路，来到弄汤的村口。

眼前的场景让她们大惊失色。

整个村庄看上去一片沸腾，几乎全村的男女老少都聚集在零家周围，熙熙攘攘。五十多米外的另一边，零志兵家的房子已经变成一个空荡荡的骨架。村里四五十个男人，拿着水盆水桶，乱哄哄地往火堆里浇水，已经烧成木炭的家具、房梁夹杂在泥墙和瓦砾中，冒着腾腾白烟。支书敲着铜锣，大声指挥灭火和救人工作。

“我的老天爷啊！谁造的孽啊？！”零志勇的母亲顿时号啕大哭，扔开拐杖，上气不接下气地冲向人群。

“妈——七娲——”这时，一个熟悉的声音从身后传来。七娲转头看去，只见零志勇带着几名哨员朝村里奔来，手里还扛着锄头、铁铲等工具。

“你们怎么才到啊！”七娲大叫，“快去救人啊！房子都烧没了！”

可是一切都迟了。

零志勇的伯母，被熊熊烈火烧成一堆焦炭。

堂哥零志兵建了没到两年的房子，毁于一旦。

大嫂挺着大肚子，手牵仅有两岁大的儿子祖豪，坐在零志勇家门口哭得几乎快断了气。

零志兵浑身沾满泥浆和烟尘，在地上长跪不起。村民们个个相对无言。蜻蜓和鸟雀漫天乱舞，悲伤的气氛在弄汤上空盘旋。

哨员们迅速投入火灾后残垣的整理工作。

天快黑了，人们心情沉重地陆陆续续各回各家。

零志勇跪在堂哥的身边，不知道说些什么好，因为一切安慰的话都显得苍白无力。

作为边境村民的领袖，支书于当晚组织村民开会，商议和安排这次意外事故的善后事宜。一方面查明火灾原因，另一方面筹集粮食、衣物等生活必需品帮助受灾的一家人，同时通知各家各户，由于天干物燥，千万要注意防范火灾、排除隐患。

事后查明，这起火灾的罪魁祸首是两块猪头肉。

零志兵的媳妇向支书等人坦白：小叔零志勇结婚办喜酒，杀了两头猪，除去待客之用，尚有几斤猪头肉，送给了她家婆。她带回家中挂在灶台上腊干，谁知冒出的猪油太多，滴落到柴火上，导致厨房连片燃烧，从而引发了火灾。

零志兵咬牙切齿，想打他的媳妇，怪她为什么这么大意。

零志勇拦住堂哥，说："这事纯属意外，怪不了谁，嫂子肚子里还有娃呢，要尽快振作起来，后面还有更大的担子要我们来挑。"

10 蜜月

三个月后，零志兵家的废墟上重新建起一栋泥瓦房，只是面积比原来缩小了一半。

零志兵在亲戚们的帮助下忙了几个月，最后房子的问题解决了，却欠了一屁股债。刚刚分到手的那几块田地，还在缓慢地等待收获，根本吐不出银子来。

零志兵失眠了两三个晚上，头上已见白丝。终于有一天，他狠下心，跟隔壁村的人搭伙，一起去了外地，听说是受雇于外地木材贩子，进山里砍木头、放排。他的老婆孩子则留在家里。

但是零志兵那挺着大肚子的老婆，却死活不肯到新房子里住，她还想在叔婶家住下去。

“我怕。”她说。

零志勇的父母心头软，对她没辙。心想，反正两家人凑一块开火吃饭，也不冷清。七娲刚过门，一来有个照应，二来有个人解闷。

零志勇家的老房子，是传统的木石结构单层泥瓦房，地基和承重墙由石块构成，泥砖做的墙壁，瓦片和树皮茅草盖在圆木房梁上。这所房子的框架，是零志勇祖父年轻时建起的，共有一进三间，北面一间正房，东西各一间次房，大门口两边的耳房放置农具和柴火物料，北面两间耳房分别是粮仓和杂物间。在零志勇成家前，父母住正房，儿女住次房，零志勇是家里的独子，所以单住一间，三个姐姐合住一间。待三姐妹再也挤不下时，她们也该出嫁了。

农村人的厨房大多建在房屋的旁边，与猪圈、牛栏、鸡舍、茅房连成一圈，包围主屋。

三个姐姐未出嫁时，零家住房吃紧。她们出嫁后，住房又突然松下来。零志勇要成家时，父母搬到三个姐姐的次房，腾出正房给他，因而他们家尚有一间次房空着。零志兵家遭遇火灾之后，刚好可以搬进来住。可是他们一家三口挤在一间不太像话，再说农村习俗规定，大肚婆不能跟丈夫同居，于是零志勇母亲就暗示七娲，能不能照顾一下大嫂的起居。

七娲说，反正志勇回了哨所，我刚过门也需要个说话的伴，大嫂想多待些时日，没问题。

可是大嫂一待就是三个月。

七娲陪她睡了九十多个晚上，苦不堪言，又不能说出口。孕妇七七八八的事情比较麻烦，又怠慢不起，七娲只能尽心伺候。七娲也曾旁敲侧击问过大嫂，要不要回娘家？车费要多少？大嫂却说娘家人在哪里自己都不懂，那一年家乡发洪水，人都走丢了。

七娲无言以对，只能忍着。

刚学会说话的祖豪，自幼习惯跟他妈妈睡，死活不愿意跟爸爸睡。经过全家人连哄带骗，他才同意跟叔公睡。

祖豪跟叔公睡，却经常做噩梦、磨牙。叔公半夜醒来，点燃煤油灯去厨房找水给侄孙喝，可是他那裂开的大嘴在灯光下异常恐怖，反而把祖豪给吓哭了。祖豪一哭，叔公就拿藤条来打祖豪，闹得一屋子人整个晚上不得安宁。

白天下地干活，晚上失眠，七娲一下子瘦了不少。母亲见儿媳妇憔悴，偷偷煮了两个鸡蛋给她，却被父亲看见，狠狠使了眼色。母亲不得不多煮几个，分给侄媳和侄孙。不是母亲不懂得怜悯，实在是因为家里捉襟见肘，没有更好的法子：家里养的几只鸡鸭，是要留给侄媳坐月子时补身子的。

父亲每天去地里打转，恨那些庄稼长得太慢。母亲的咳嗽越来越厉害，终日熬药喝也不见好转。好几口人吃饭，只有七娲一个人是壮劳动力，她无论怎么去地里使劲干活也挣不来钱，距离秋收季节尚有一段时间，家里的米缸很快就要见底。家里的油盐，全靠零志勇在山上的那点工资来买。

当家才知柴米贵，七娲想回趟娘家，却舍不得那几块钱路费。

白露刚过，正是山里的钩藤生长旺盛的时节。七娲起早摸黑去山里砍钩藤，用牛车一车一车地拉回家里来，进行除叶、剪切、晾晒等，最后积攒了两三个大麻袋的成品，等着零志勇休假回来一起拉去集市上卖。

可是零志勇的假期一拖再拖，她干脆自己架上牛轭，拉了牛车，想拉往口岸集市那孟圩去卖。去那孟圩，必经天池山脚下，从天池山到那孟，有连续十公里的下坡路，她害怕自己控制不住牛车，就进村找人搭伙一起去。可是村里的嫂子们却对她说："你傻呀，北面的那碗圩，一路平地，干吗要去南面的那孟圩？"

"那孟圩比较大，价格也高嘛。"

"我看你是想去见你老公吧！新媳妇哪里受得了守活寡哟。"

七娲的脸就红了。

但是，为了证明去那孟圩可以多卖几块钱，她一不做二不休，挥起牛鞭向天池山方向驶去。

到了天池山脚下，她爬上哨所，问哨长能不能让零志勇请个假，帮她拉点货去街上卖，这段下坡路又弯又窄，她怕自己吃不消。哨长是个通情达理的人，不过规矩不能破，纪律是铁打的。他对七娲说："有同事休假还没回来，小零今天早上已经出勤去边境巡逻。这样吧，明天上午，我批准他离哨半天。如果你愿意，今晚留下来住，我们大家伙搬到健身房打地铺。"

七娲的脸又红了，红到了耳根。

她说："这么麻烦呢，实在不好意思！你看，我一个女人家实在没有办法，走这趟来回累死人。”

“明白，”哨长说，“家属支持我们，我们也要支持家属嘛！况且我们这天池山哨所的建设，也有你们三八红旗手的功劳，这里随时欢迎你来。”

“哨长说话客气了。”七娲说。她从心里感到温暖，也就不再拘谨，走进厨房和营房，想为哨所做点事。可是哨所干干净净，整整洁洁，没有什么可以让她做的，她从营房走出来，对哨长说：“你们这里好啊，搞得比女人家的房间还干净。”

哨长笑了笑，叫她去木棉树下休息，说那里凉快，自己则挑起水桶下山。“山上人手不够，你没来，我还不敢离开呢。都出去巡逻了，哨所可不能空着。”哨长一边走下台阶，一边回头对七娲说，“你们家的牛和牛车，就放在山下好了，等我挑水回来，给牛割草料去！”

“谢谢您啦！”

七娲站在台阶上看老哨长下山，直到他的背影消失在山路中，才返回木棉树下，解开头上草帽的绳子，理了理头发，享受山上的凉风。在巡逻的队伍归来之前，她已经为大家做好了饭菜。

对于七娲擅自上山，而且打算留下来借宿，零志勇有些不高兴。他向哨长和其他哨员保证，以后这样的事情绝不会发生。哨长毕竟是哨长，他从大局出发，对零志勇说：“不碍大局，我们本质上都是农民，而且你家距离哨所近，家属来看望我们，求之不得。”

晚饭过后，闷闷不乐的零志勇依然坚持己见，硬是拉七娲离开哨所下山回家。

月光将山路照得发白，路上只有牛车轮轴转动的声音和牛蹄踩在地面的声音。七娲坐在装满钩藤的麻袋上，想不通丈夫搞这一出到底是为啥，只感觉热脸贴冷屁股，心里很难受。

零志勇回头向天池山上望去，哨所的孤灯已被夜色淹没。

他对七娲说："你真不懂什么叫严肃，哨所是男人待的地方，没我允许你不该来，这可是国家军事设施，不是自己家，想来就来。现在边境情况复杂，许多人盯着哨所的动静，对面国家可能还有枪口瞄准我们；而且山上有武器，有国旗和巡逻记录，万一出了事故，你能负责？"

七娲原本以为丈夫会责备她上山去麻烦哨员们，影响大家休息，万万没想到他把情况说得这般严重，心里很是委屈，竟"呜呜"地抽泣起来。

哭完了，七娲重新鼓起勇气，一五一十地把家里近来的窘境告诉丈夫。

"吁——"零志勇叫停黄牛，转身凑近七娲，照镜子一般认真地看着她的脸，然后从胸口掏出此前七娲送给他的那枚铜钱，放回七娲的掌心，对她说，"这辈子做我的女人，你真的受苦了。好好拿着它，平时不要太过劳累，以免动了胎气。"

"你怎么知道我怀孕了？"七娲惊诧。

"哨员们个个眼睛带刀，除了你自己，还骗得过谁！"零志勇说着，心里充满了对未来的希冀，"国家政策会越来越好，国家对边防也很重视，我要是干得好，坚持下去，将来肯定会有前途，保护你和娃儿不成问题。"

"哟——光靠一双泥腿子管个巴掌大的地方，口气还挺大！"七娲假装不屑，说，"就算我倒了八辈子霉吧，这辈子才栽在你的手里……”

七娲还没说完，零志勇已侧过身将她拥入怀里。走在前面的黄牛非常知趣地放缓了回家的脚步。

11　拦路虎

边境山区的夜晚，空旷、寂静、神秘。天和地的距离，因为空气清新而显得无比地接近，月亮和星星仿佛就挂在脑袋上方。在眼前无限延展的山峰、峡谷、坡地和梯田，俨然如沉在海底亘古不动的礁石岩床。地面植被铺上一层乳白色的薄纱，牛车和牛车上的人，仿佛是与世隔绝的生命在深海里移动。

回家路上，因为房子的问题，七娲向零志勇问起他阿公的事情。零志勇于是将阿公的故事和盘托出：

“我阿公早年外出打仗，曾经跟随冯子材的队伍去勘测边境，驻扎在南面和西面的山里。后来孙中山起事，清帝垮台，部队就地解散。原先的一些人就落草为寇，与南面龙州雄霸一方的黄飞虎一伙啸聚山林；另外一些人则跟随陆荣廷跨过边境，企图东山再起。而阿公怕死，萌生了解甲归田的念头。他剪了头发，卖掉兵器，把自己化装成流浪的乞丐，一路讨饭回到家乡。

“一九一九年，阿公的父母皆已过世，他才四十出头，尚未成家，村里人认定他肯定打一辈子光棍。阿公拆掉他父亲留下的大房子，把木料卖掉换大洋，请人搭建了一栋木石结构的泥瓦房。泥房建成第三年，一小股流窜的土匪闯进弄汤，杀人纵火，扬长而去。几天几夜暴雨过后，进山逃难的人们回到村里，发现自家的木屋荡然无存，只有我阿公家完好无损。

“那时人们建一所房子不容易，听说我阿公有这么一栋房子，便有许多人登门找他说媒求亲。后来他结婚生子，就是水到渠成的事情了。

“更为巧妙的是，在此后的二十多年光景里，土匪、军阀在这一带混战，枪炮不断，我阿公家除了被烟火熏黑，并没有被摧毁，重新粉刷一遍又可以住人。

“新中国成立后，‘土改’‘四清’‘文革’，各种运动一浪又一浪，人们想要从我们老宅里找出地主剥削阶级的蛛丝马迹，却没有任何收获。

“后来，阿公活过了一百岁。他去世那年，我才十二岁，刚刚懂一点事，而我爸已经五十岁了。我伯父比我爸大两岁，做生产大队的民兵排长。当年抗美援朝，我爸和伯父想去当兵，因为阿公阻挠没去成，只能留在老家当个民兵。

“当时我爸的副业是唢呐师傅，农闲时去给办红白喜事的主家吹吹唢呐，挣点油盐补贴。他若不是打仗时嘴巴被打烂了，现在还可以吹唢呐呢。

“我们这些住在边境上的农民啊，其实就像山里的石头，得经受各种日晒雨淋、刀削斧劈，才有一条活路，才可能让子孙后辈看见希望——这是我上了天池山之后，跟战友们走了许多山路才想透的一点道理，希望你不要见怪。”

“不怪不怪。不是一家人，不进一家门，我和你的情况差不多。”七娲感到空气有些发凉了，趁还没到家，便小鸟一般依偎到丈夫怀里，拿他的手放在自己的肚皮上摸了摸，说，“以后我给你多生几个儿子，一半送去外面读书，一半送上山去跟你守界碑吧。”

然而，当七娲期待丈夫回答时，零志勇却挺起身来大喝一声：“前面是谁？！想干什么？”

“真是好一对浪漫的鸳鸯啊，零同志！什么时候办喜酒也不通知哥儿几个一声。”马路中央站着三个人影，他们横着一条竹竿，拦住了牛车的去路。言语中，零志勇已判断出为首那个人就是出没在边境一带搞走私生意的蓝龙。

蓝龙继续说：“想不到我们会在这里碰面吧？来来来，停下来，正好有嫂夫人作证，我们抽支烟，好好聊一聊，算一笔账。”

“志勇……”七娲害怕极了，紧紧地握住丈夫的手，他的手此时已坚硬如铁。

“你们吃了豹子胆？也不看看这是什么地方！天亮着呢！”

零志勇一边大声呵斥来人，一边翻身下车，动作敏捷地从牛车底部抽出一把明晃晃的镰刀。那镰刀加上刀柄足足有两尺多长，是边民平时上山砍藤的称手家伙。传说瓦氏夫人率领的抗倭伬兵，就使用过这种物件。

蓝龙的年纪与零志勇相仿。此人个头虽小，脑子却极为精明，分布在数十里国境线上的丛林便道就像他手上的掌纹，他了解得一清二楚，因而能轻易躲过边防公安的侦查。

江湖上传说，蓝龙十四五岁便跟随边境盗伐者四处寻找铁木和见血封喉树。他长着一双宽大的耳朵，听力异常灵敏。

前几年，边境战事紧张，口岸被封闭之后，穿越国境线的走私活动忽然猖獗起来，带领蓝龙的老大不满足于砍伐珍稀木材，开始把手伸向毒品和假钞，并在人迹罕至的密林岩洞里开设赌场。蓝龙带着几个年纪比自己大一截的手下，负责探路、放风和报信，与边防人员玩起“捉迷藏”，屡屡得逞。

蓝龙的老大为了奖励他，划定一些地方给他管辖。蓝龙没有急于蛇吞象，凡是违禁物品一律不沾，主要做大米和活猪的生意，在国境线两边养了一批摩托车队，蚂蚁搬家一般，明修栈道暗度陈仓，仗着人多势众，和边防人员玩起了猫和老鼠的游戏，在边防人员的眼皮底下进行毫无规律的货物渗透和走私活动。天池山哨所有几次进行埋伏、阻击、围追、堵截，均让蓝龙侥幸逃脱。到了圩镇赶集的日子，蓝龙还大摇大摆地出现在街上，当着群众的面向穿制服的哨员及派出所民警打招呼。

因为没有人证物证，大家拿蓝龙没有办法。而且他这个人狡兔三窟，没有固定居所，户籍上也查不到他的名字。早年打仗之前，他父亲翻山越岭去对面国家带了个当地女人回来，既没有登记结婚，也没有置办喜酒，他母亲糊里糊涂就将他生了下来。

蓝龙和村里的孩子一起玩泥巴长大，一起进学校读小学，若非有人无意中骂他“狗杂种”，他根本不知道自己的血统属于哪里。人们骂多了，他心里有了仇恨，小学四五年级就循着母亲走过的路溜去外婆家，一年之后又在他出生的村子出现，隔一阵子又消失好长一段时间。他在两个国家分别上同一个年级的中小学，无论哪边的人问他：“在哪里读书？几年级了？”都得到同一个答案：“在那边读，留级了。”

针对这类人，当时中国尚未有详细的明文规定，如何界定和处理他们的身份问题。负责人口普查的基层乡村工作人员因找不到可靠的依据，便由之任之，久而久之就成了一个遗留问题。

蓝龙年满十八岁之后，便成了边境线上的地头蛇，在这片方圆百十里的土地上号称“跨国自由人”。

凭借这一特殊身份，他常年活跃在边境地区，如鱼得水。当然，他也是边防人员的重点关注对象。

战事趋缓之后，我方加强了国境线日常巡逻的力度，蓝龙赖以生存的许多丛林密道被边防人员牢牢掌握。他的活动时间由白天改到夜晚，由任意的日子改为节假日。

节假日期间，他们看准边防力量十分薄弱，故意声东击西拉长战线，分散警方的注意力，利用双方边民的亲戚人情往来做掩护，瞒天过海，金蝉脱壳。

但姜还是老的辣。自从零志勇等年轻人进入哨所之后，老哨长带领着比较充足的兵员，开始实施守株待兔之计。

有一次，零志勇和另外两个战友作为一个小组，带足了干粮，在山间小道附近潜伏了整整四天时间，终于截获一批偷渡者——一群被拐卖的异国妇女。将她们押回派出所审问之后，才知道幕后的主使就是蓝龙。

嗅觉敏锐的蓝龙，已在中国境内铺开两条路：一条通往西南和西北山区，为那些急需传宗接代的光棍提供廉价媳妇；一条通往珠三角地区，尤其是刚刚兴起的著名特区。

这批妇女很快被遣送回国，一直目中无人的蓝龙终于尝到了苦头。当他知道堵他财路的居然是一个叫零志勇的本地民兵时，就曾对手下发誓，一定要给零志勇点颜色看看。

年方二十一岁的零志勇，血气方刚、眼神凌厉，确认周围没有埋伏之后，便举着镰刀站到牛车前方，准备来一次硬碰硬。毕竟他的身份有一个“兵”字，而且头上戴的帽子还有五角星。

“哟，零兄弟还真不够友好，搞那么严肃干吗？哥儿几个又不是第一次见面，太见外了。”

“你什么意思？想收买路钱，还是想上哨所或者去派出所坐坐？”

“真会开玩笑！”蓝龙把手摊开说，“我们今晚一不偷二不抢，三不犯什么法，两手空空的平头百姓，你还能拿我们怎样？”

“那你们给我让开，牛角可不长眼。深更半夜站在路中央到底搞什么名堂？”

“就是想跟你聊聊。”说着，蓝龙扔过来一个小包裹，落在零志勇跟前，“这是一点意思，算是见面礼，这些钱顶得嫂夫人砍一年的钩藤。”

“志勇，不能要！”七娲在牛车上大叫提醒丈夫。

“男人办事，女人不要插嘴。”零志勇吼道。接着，他对蓝龙说：“我说蓝龙老弟，都知道你神通广大，可你别太小看人了，也不到弄汤问问，我零志勇是谁，我有那么容易下水吗。”

“哥儿们，不要敬酒不吃吃罚酒，到山上穿一身皮了不得了。嫂子可是快要生的人，嘿嘿，日后你方便我方便，大家各有一条活路，皆大欢喜嘛。”

“多谢了，我正赶回家呢。如果没什么事，请让开。”零志勇牵住牛绳，准备往前走。

“耶，你们看看，他还真是个高尚的人喔。那么，兄弟们就不客气了，上！”

蓝龙一声令下，左右两个打手各拿竹竿的一端向零志勇直冲过来，他们想合力将眼前这个人绊倒。

零志勇毕竟不是吃素的，一个箭步迎接上去，压腿弯腰将下盘放低，躲过其锋芒之势，从竹竿下方闪开。对方扑了个空，顺着惯性向前俯冲，差点撞到牛车上。

趁对方还没反应过来，零志勇迅速转过身，冲到牛头前面，手举刀落，“当”的一声，反手将刀背砸在竹竿上，震得两端的人手指发麻；然后提刀向左，用刀背狠狠击打对方手臂，再跳到右边，一个飞毛腿将那人踢下路基。

“啊！救命啊——”七娲尖叫，在牛车上吓得一身冷汗。

这时，蓝龙掏出了他的沙枪，准备扳开扳机。

零志勇早已料到蓝龙有这一手，直接向他大吼一声，说时迟那时快，吼声尚未落地，人已冲到蓝龙跟前，直接一个“火星撞地球”，用厚实肩膀将蓝龙撞出一丈开外。只听见“嘣”的一声，沙枪打向了天空。零志勇挥舞着镰刀跳上前去，又一次手起刀落，用刀背直接捶向蓝龙手里的沙枪。

蓝龙“啊”的一声松开手，一尺长的沙枪，枪管和手柄顿时断成两截。

“今天有女人在，我放你们一马，没砍死你们这帮混蛋，赶紧滚开！下次再见，恐怕就没这么走运了！”

经过这几个回合，蓝龙一伙三人躺在地上，痛得嗷嗷叫，已无还手之力。零志勇见好就收，跳上牛车，挥起牛鞭，带着七娲火速离开了现场。

12　心事

次日，零志勇返回哨所之前交代七娲，平时出门务必多留个心眼，虽说边防人员家属得到公安机关重点关照，但还是不能掉以轻心。

“到处是熟人乡亲，我不怕。”七娲说，“身正不怕影子歪，走在大路上哪有被毒蛇咬的理。”

怀孕期间，七娲仍然下地干活，悉心照顾公婆。

零志勇自从听了父亲的劝告，每个月都把发下来的那点工资，扣除基本伙食费后，悉数交给七娲保管和开支。家里虽然拮据，却总能应付柴米油盐，如此这般，婚后的岁月静好、酸甜苦辣，和别人家没有多大区别。

零志兵去外地打工，很快便能接济家中妻儿的开支。他的钱有时候通过邮局寄回来，有时候托老乡捎回来，甚至小儿子祖杰出生时，他还能掏钱买了一头羊、一头猪置办三朝酒。人人都夸志兵的老婆有福气，她自己也觉得自己功莫大焉，毕竟生了两个儿子，让那些生不出孩子，或者怎么生都生不出儿子的人，徒增许多压力。

大嫂很享受这种生儿子的优越感，经常在七娲面前“传道授业解惑”，七娲越来越觉得不自在，夜深人静时悄悄摸自己的肚皮，希望摸到的第一张牌是张好牌。她的肚子越来越大，有时很尖，有时很圆。大嫂就评头论足，一会儿猜测是个男娃，一会儿猜测是个女娃。

“大嫂，就不能说点别的吗？”七娲终于忍不住，开口对大嫂表示不满，“这摸得着看不见的东西，说多了就不灵了。”

每当这时，家婆就在屋里把咳嗽声放大两倍。家公也寻找机会说，他捞回来的河虾已经晒干了，抽空包些回去给亲家下酒。

七娲明白老人家的意思，不跟大嫂计较那么多，把地里的事情提前收拾好了，趁下雨天的空闲，撑一把伞出门，搭车回娘家。

七娲平时省吃俭用，就为了攒个路费，月头或月尾回一趟娘家住两宿。一来看望养父和弟弟隆七天，二来图个清静。

春天里，百花齐放，处处一派生机。哨所上的两个民兵跟副哨长一起，提出辞职下山谋生活。他们有的说家里壮劳动力不足，女人没力气耕那些地；有的说老人老了，卧床不起，孩子没断奶，没人带；有的甚至直接说，在山上这些年，算对得起组织，对得起国家了，趁双脚还能走路，想去外面世界看一看。

这情有可原，不就一纸工作合同嘛，到期了可以不续签。老哨长不忍心拦他们的路，同意了。因此，零志勇顺理成章被推举为新的副哨长。由于他军事技能过硬，脸上被晒得黝黑，大家便改口称他为“老零”。

升了“官”的老零，工作积极性大增，在保证巡逻质量的前提下，出了不少提升哨所战斗力的方案。为了让哨所在全市民兵比武大赛上争得荣誉，他以身作则加强技能训练，组织军体拳、射击、战术配合、手榴弹投掷、弹药搬运、障碍物翻越与排除等活动，甚至带队到山下和小镇驻扎的边防连举行篮球友谊赛，锻炼大家的体能与配合意识。虽然哨所离家里不远，但他好像忘记了家里还有一个待产的女人。

七娲早产临盆那天，迟迟没见老零的影子，急得快哭出来。她从中午出现宫缩，到晚上羊水破裂，痛了一整天，也没个亲近的人在身边照顾。按照壮族风俗，女人生娃的时候男人不能靠近，家公在村子里从西走到东，又从东走到西，连续派人上山捎话，都没有音信回来，他想亲自骑车去天池山，又怕家里出现无法掌控的意外；而家婆病怏怏地躺在床上，更不能奢望她能起来帮忙烧个热水。

“老天爷啊！我儿怎么还不回来啊！”家婆在床上唉声叹气。身体好的时候，她和儿媳妇去地里干活，抬头就能看见天池山哨所，但是眼下，儿子好像远在天边。

大嫂偏偏这天一大早就带两个孩子去县城赶集，好像躲着七娲似的。

七娲痛得不行，就一面叫家公去请军嫂，一面挺着大肚子摸到村前屋后，叫唤那些房族里的各位嫂嫂前来帮忙。

然而，她们有的也去赶集，有的在村外的地里干活。听说七娲快生了没帮手，急急忙忙地赶来家里，带着浑身汗水和泥土，气喘吁吁，忙上忙下，却不得要领。七娲提前准备的各种物件，毕竟不是她们自家的，不熟悉，拿什么捡什么，还要靠七娲这个产妇指挥。家婆听见外面的动静，在屋里嗷嗷叫，却下不了床，只能干着急。眼看七娲下身已经抽搐，头上冒汗珠，一直折腾到天黑，家公和军嫂总算赶到，把七娲从无边的苦海中救了出来。

军嫂不容易，一人管全村五六个自然屯上千人的打针问药，这些自然屯相距甚远，有时主家骑自行车或者驾牛车来接还好说，如果没有交通工具，出诊一趟得走上半天。无论刮风下雨，她总是马不停蹄。

军嫂是北方人，打仗期间在部队当过护士，后来留在当地成家，自学成才。人人都相信她的白大褂和医术，大病小病都要请她，只要她拿听诊器听一下或者拿体温计量一下，大家就放心了。后来没过两三年，国家实施计划生育政策，军嫂有了培训的机会，去进修妇产科专业，获得了接生的资格。这直接导致乡村里的土郎中和接生婆受冷落。

家公第一次赶到军嫂家接人时，接不到人，不得不折回天池山，托人再次传话给老零去找郎中，他则去另外一个自然屯接军嫂。他赶到那里时，军嫂正在为另一个妇女接生，只能等她忙完。

这一头，老零不在哨所，一大早就跟哨长带队去边境巡逻了。山上的兄弟原路追去传消息，老零听说妻子早产，便中途与其他哨员换班，径直跑去附近村屯请郎中。

老零下午抵达郎中家，谁知郎中这时已一心修佛，说他已多年不碰帮人接生的事，害怕手上生疏坏了大事，建议老零去找接生婆。“如果军嫂实在忙不过来的话，接生婆还是有一套的，以前四里八乡的娃哪个不是她接生的。”郎中说。

老零于是去到另一个屯的接生婆家，可是接生婆不在，子女说估计她上山采蘑菇了。老零就说：“我去找她。”家人又说，她十几年前已经被红卫兵打断了手指，干不了这活了。

老零连撞两墙，既沮丧又焦急万分，灵机一动，一口气跑去几公里外的村公所，借来唯一的办公自行车，向乡卫生院疾驶而去。骑了十几公里山路，上坡又下坡，天黑时分来到乡卫生院前，人已经快要散架。

然而卫生院大门紧闭，医生已经下班了。老零从保安处打听到胖妞医生的住址，飞身前往，像个抢劫犯似的登门找人。胖妞和她的丈夫都是医生，见到火急火燎的不速之客，倒不意外，急人所急是医生的本职，她于是放下碗筷带老零去找妇产科医生。得到的消息却是，卫生院唯一的妇产科医生早上去县城参加培训还没有回来。

“我的天啊，那怎么办？人命关天，快想想办法，实在没人，今天你无论如何得跟我去一趟！”老零说。

此时天已大黑，胖妞看着老零急得快要哭出来的样子，只好勉为其难，回到卫生院快速收拾几件工具，跟他去了。

从乡里到弄汤屯是长长的上坡路，连续十公里。老零恨不得变成孙猴子，翻个筋斗云就能飞回家，可是，现实中他只能无可奈何地一路小跑，还要推着自行车冲上坡。胖妞拿着手电筒，落在后面，叫苦不迭。

一个小时后，老零爬到哨所脚下的坳口。

等到胖妞跟上来，又去了半个小时。好在接下来是下坡路，老零让胖妞坐好，自己跨上自行车，往山下驶去。速度之快，令胖妞几乎吓破了胆。

晚上十点多，老零哐当哐当地推着自行车跑回家中。胖妞跟着进了大院，脚步一停下来，被颠簸了许久的肚子直翻滚，一开口，呼啦啦吐了一地。

筋疲力尽的七娲，此时正躺在房间给新生婴儿喂初乳。听见丈夫回到家，情不自禁“哇哇”地哭出声来。

“生了生了，谢天谢地！我回来晚了！”老零在客厅里团团转，心里既兴奋又内疚，对着竹帘内的七娲说，“你莫哭莫哭！我回来了！你们没事就好了！”

胖妞认识军嫂，知悉困难已经解决，惊魂未定的她，找一张凳子坐下，久久站不起来。军嫂瞪着眼前的老零，一面道喜，一面数落，说："你们真是的，情况这么危急，也不早一些做准备。"

"哎——"老零叹气，接着问军嫂他后面该做些什么。军嫂说得找个人来帮忙护理产妇，女人坐月子，碰不了冷水，营养要跟上，千万不能到屋外着凉。她挎着十字医药箱准备出门，问老零能不能送她一程。老零感激她，说："您别着急，先喝口水，住一晚上，明天再走也不迟。"军嫂说她从来不在群众家过夜，因为说不定这时候还有人去家里找她救急呢。

老零挡不住军嫂的脚步。出发前，他叫村里的一个大嫂进房间把女儿抱出来，看一眼那张花蕾一般稚嫩的熟睡的脸，然后出门骑上自行车，驮军嫂回去。当老零再次回到家，已是下半夜。

虽然身心疲惫，但毫无睡意的老零，在天亮时分便起身干家务活，烧水杀鸡，炖汤做饭。初为人父的男子汉，凭着感觉做他应该做的事。而胖妞因为太晚回不去，寄宿在他们家，次日早早起来搭乘顺风车回卫生院上班了。老零的父亲看着这一切，默默地走出村庄，去山中捡拾柴火。

老婆生娃，老零请了三天假。这三天里，他按照习俗将家里养的一头一百多斤的大猪宰了，摆十几桌饭菜，置办了孩子出生的三朝酒。三个姐姐回来喝喜酒，原本想多待几天，但因为家里地方不够住，而且各自有放不下的事情，第三天就收拾包袱走了。

只有二姐走到村口时觉得过意不去，就转身回头，说弟弟不容易，这个月她代表大姐和三妹照顾弟媳和母亲。一筹莫展的老零，这才安了心，便拎着几块扣肉和一袋红鸡蛋，奔回山上去了。

离家前，七娲把老零叫进房间，对他说："志勇，我好疼！"

“哪里疼？”七娲躺在床上，脸色苍白，额头盖着一块折成条状的毛巾，老零用手摸了摸毛巾，又帮她理了理凌乱的头发，接着说，“你辛苦了，受罪了，好好保养身体。等孩子满月，你出了月子，我拿了比武奖状回来，带你去街上好好逛一逛。”

“我心疼。”

“怎么了？说什么胡话？”

“不是胡话，是认真的，你能不能答应我一件事？”

“别说一件，就是一百件都不成问题。”

“我那弟弟，你得帮我好生照应。”

“哦——我还以为什么天大的事呢！你放一万个心吧，小舅子大过天，哪里用你提醒！”

七娲欣慰地笑了。

老零仍舍不得走，弯下腰对熟睡中的女儿亲了两口，并对七娲赞叹说：“我女儿长得跟你一样漂亮。”

“你回去吧。带些红鸡蛋去分给山上的弟兄。”七娲说，“有空去扯一些野牡丹、金银花来晒干，下个月带回来。”

“要那东西干吗？”

“带回来就是了，男人怎么那么啰里啰唆。”

老零说，好，那东西漫山遍野都是，带一车回来都没问题。七娲说：“你别吹牛，平时巡逻时间紧，莫因为这事耽误了公家的事情。”

老零走后，七娲还是惴惴不安。因为她已经有两三个月没见着弟弟隆七天的影子和收到养父的消息了，前天派人捎话去娘家让他们来喝喜酒，至今仍不见他们来。

隆七天自从高小辍学后，整天研究旁门左道，不愿下地干农活。他特别爱上山找野味，将各种传统捕猎工具玩得炉火纯青，例如专门抓山鸡和斑鸠的绳套，打鸟的弹弓和沙枪，捕田鼠的竹夹，抓黄鼠狼、豹猫、果子狸和竹鼠的铁夹，乃至诱捕野猪的陷阱，捞虾的玩意儿，钓鱼、网鱼、闹鱼的全套工具……天上、地下、水里的东西，只要是能吃的活物，都逃不过他的手掌心。

有那么两三年，隆七天在家里挂满了各种类型的腊肉，各种毛色的兽皮。他打猎卖钱，父亲用钱买酒，父子俩天天吃着野味，一时在村里风光无限。七娲几次托人去给隆七天说媒，都不成事。

忙碌让人忘记时间的存在。老零一回到山上，就全力以赴备战民兵比武的事情，偶尔想到家中嗷嗷待哺的女儿，卧病在床的母亲，坐月子的妻子，却不敢多想，自欺欺人地将她们抛在脑后，在心里安慰自己说，有朝一日我定会给她们一个大惊喜。

七娲也是一样，当妈之后又是喂奶又是熬粥，又是端屎又是把尿，看着怀里的孩子一天一个样，心里美滋滋的，若不是旁人提醒，她几乎忘记了山上还有个丈夫。

月子尚未坐满，七娲就被村里的女人告知，山上的野猪隔三岔五来偷食苜蓿，她于是让二姐帮带孩子，自己包着头巾去地里收苜蓿。老零的父亲不管这些小事，他天没亮就进山里去，到了晚上，提几只土鲶和牛蛙，还有一袋子小蓝刀鱼回家。

这段时间，二姐多次做弟媳的思想工作，建议他们搬离老家。

“哪怕去县城帮人扫地都比在老家好，我弟弟可以做保安，你帮人洗菜刷碗，等孩子上了学，条件肯定比这山沟沟优越一万倍。

国家政策松了，谁还一辈子种这几分田地，饭都吃不饱！”

“那老人家怎么办，总不能一起跟去吧。眼下的情况你比我清楚，留他们在家里，我也不放心。这事不小，还得问你弟。”

“我弟那老实巴交的样子，别指望他。他从小在外面游荡惯了，一个人吃饱全家不饿，哪里晓得聪明人已经想着法子远走高飞！依我看，到了大地方学一门手艺，总比在山上强。”

“我知道你在县城生活，见过世面，不过还是等孩子会说话走路了再说吧。路都不会走就学跑，不现实。”

二姐说不动七娲，便气鼓鼓地出门，刚好迎头撞上父亲。父亲哼哼两声，黑沉着脸出去了。家里的老黄牛跟在他身后，那是他这辈子最大的财产，生产队解散时，他抽签抽中的。

父亲把牛牵到一条水沟旁吃草，自己坐在石头上看天，又望了望数公里外的天池山，心中不知在想着什么事。

第三章 咫尺天涯

13 天池山

天池山是方圆百里的最高峰。

每天太阳下山前，总有几只黑蚁从山脚爬到顶峰。有一支蚂蚁小分队头尾相顾，穿过隐秘的时空缝隙，昼夜行军，从山脚到山顶，从盘根错节的地面到金字塔状的树冠，再从数不清的枝叶中分辨出最高的一枝，冒险攀缘。

黑蚁们充分发挥两只触角对气味、风速、温度的感知能力，利用头部复眼的感光功能和腰部的灵活性，在腹部的平衡下，精准使用六条腿的钩爪功夫，绕过叶基和叶鞘，跨越鳞状圆形球果，终于抵达一根颤巍巍的松针末端。在盛夏黄昏的凉风中停顿片刻，完成蝼蚁世界的壮举后，黑蚁小分队陆续退回地面，来到散发食物气息的大型动物活动场所，埋头寻觅可供糊口的食物微粒。

最后，它们的生命瞬间结束于一双双解放鞋的胶质鞋底，在太阳和风的作用下，化为大千世界里的尘埃。这些尘埃，很快被气流吹散，融入亚热带植物呼出的一股股雾气及高山岩石剥落的粉尘之中，随风飘逝在茫茫的地平线上。

地平线上，尚有许多肉眼可见的足以震撼心灵的景观。远看奇峰矗立，千姿百态，在看似一片混乱中遵循着某种秩序，像咆哮的大海、奔跑的马队、散乱的羊群、耕地的水牛、耙田的农夫、喂奶的妇女，也像一盘蒸熟的馒头、出锅的饺子，更像一群古代的士兵，互相推搡着朝天边进发。

放眼望去，天地之间不乏鹤立鸡群者，它们是常人难以攀登的高峰，是古今兵家必争之地。比如万山丛中的孤峰——老零驻守的天池山。

但是美景的背后，是不可言状的现实。

有一年，乡上的养殖能人老唐爬上天池山哨所，给大家送来一笼乳鸽。他以为这些鸽子会繁衍生息，长肉下蛋，改善驻守人员的伙食。谁料没出一个月，在养殖场舒服惯了的鸽子们，竟然叛逃了。

鸽子们不仅需要适应山上白天的炎热和晚上的寒冷，还要防备天上的老鹰和地下的黄鼠狼不时地偷袭。最后，那批鸽子大部分病的病、死的死，没病没死的，也许是忍受不了山上的单调与寂寞，看准人们开笼喂食的机会，仗着本能，陆续振翅一跃，远走高飞去了。它们留在山上的羽毛和粪便，让哨员们自力更生的希望再次破灭，让拥军固边的好心人的愿望落空。

哨员们后来也尝试过养牛、养猪、养羊，甚至养蜂、养兔、养鼠，但均以失败告终。能适应山上生活的只有本地土鸡，这种土鸡相传来源于北方，保留了南北鸡种的优点。

据说早在秦始皇派五十万大军南征百越时，鸡就作为战略物资，随猎猎军旗南下，被关在笼子里，吃小米、黄豆，然后长肉下蛋，给军中高级将领补充营养。后来南方平定，一些部队就地屯边，少量吃不完的秦鸡留了下来，成为后来千里迢迢迁徙到此的中原妇女们与屯边的将士们安居乐业的财产。

这些鸡很快与本地的山鸡杂交，培育出全新的品种。两百多年后，东汉伏波将军马援南征交趾，带来了它们的亲属。于是体内藏有大秦和骆越基因的鸡蛋与大汉血统的鸡蛋，像冬末春初的冰雹，一路落在荒山野岭、野店村边。当地百姓捡回家孵出的鸡雏，已经分不清是什么品种，但绝不是一般的货色。

又过了几百年，到了宋代，移居广西的中原人日益增多，他们带来了唐宋培养出来的艺术鸡。秦汉合流的战斗鸡与这些艺术鸡完美结合。经过长期的强强联合，此后一千余年里，这些鸡经过无数次战乱的考验，已经具备了高超的本领。

它们不仅耐寒而且耐高温，五谷杂粮、草虫鱼肉，无论酸甜苦辣、粗细脆嫩，都可以进食，而且很少生病。最绝的是，它们还具有非常强烈的进攻性，小小的身躯，却能吓跑虚张声势的大鹅，吓退流着口水的土狗。陌生人如果真要逮住它们，必然会在手上留下许多血孔或爪痕。它们的尖嘴和啄木鸟的长喙可有一比，爪子利如铁钩。同时，由于骨头坚硬，皮毛坚韧，它们一度成为当地民间斗鸡爱好者的秘密武器。

可惜好景不长。

斗鸡行业历史悠久，各路玩家千奇百怪，唯一不变的是斗鸡的选拔标准，即骨架壮大、脚粗如棍、血统纯正。在这种行业标准的严苛要求下，具有两千多年战斗血统的本地土鸡，便因个子矮小、腿脚瘦细、血统混杂而被淘汰，成为当地人的传家宝和桌上美餐。

“咕咕咕——咕咕咕——”

炊事员老胡手拿沉甸甸的铁皮碗走出哨所，来到菜地旁，将金黄的稻谷撒向地面。

站在树枝上的鸡群听到主人叫唤，纷纷飞身下来，连滚带爬抢食地上的谷粒。这是它们一天之中最美妙的时刻。

看着它们啄食，老胡心里美滋滋的。

从低海拔来到高海拔，这些当地特有的土鸡，用了不少时间才适应山顶的环境。地上没有蛐蛐蝈蝈，就飞到树上去找毛毛虫；泥土里没有蚯蚓，就去木棉树下寻找掉落的木棉花、木棉籽或者哨员们扔的剩骨头。自然放养的鸡长得慢，但是好吃，可是山上的场地毕竟太小，地面供应的食物也有限，凡是能吃的草茎、地菍、蛇果、酢浆草根块之类，都被这些鸡给啄掉了，老零十分看重的台阶两边的车前草，也被它们的爪子翻了个底朝天。

曾经有好一阵子，老零的业余时间便是设法保护车前草的生命。

他找来树枝和竹条，用刀削尖插在车前草周围，用铁线蕨编织防护网，阻挡鸡群的进攻。谁知道那些鸡在一只公鸡的带领下，寻找破绽，一阵猛攻，把防护网掀开，进去将车前草刚刚开出的花朵摧残了。

正在午睡的老零闻声而起，见状大怒，转身抄扫把，冲去驱赶鸡群。鸡群更加来劲，与他玩起了捉迷藏的游戏，老零没有办法，只好背上箩筐到山下弄来一堆小石头，围绕这硕果仅存的车前草，树起一座严密的小型“碉堡”，只露出一点缝隙容阳光进去。

有一次，军分区的领导下来检查工作，发现了这座“碉堡”。

“简直是过家家嘛！”

领导告诫大家，哨所建设当然要搞好，但不要乱花费力气在无关痛痒的地方，要提高政治觉悟，发扬艰苦奋斗的精神，时刻保持警惕，把主要精力放在提高军事本领上。

领导走后，老零感到十分失落，读书看报都觉得索然无味。

然而一个月后，有一个快递包裹从百色市区寄来，大家以为是哪个关心国防的群众寄来吃的东西犒劳他们，欢欢喜喜地打开一看，居然是好几捆干燥整齐的车前草、七叶一枝花、玄参、藿香、夏枯草等。纸箱底部，还附带一本《广西药用植物名录》。

“去！撒尿不对桶，还不如送点茶叶好呢！”大家非常扫兴。

老零却如获至宝，说：“这下可好了！”他咧嘴一笑，捧着那本书回到营房，端坐桌前，像个小学生似的仔细研究起来。

此后很长一段时间，外出执勤巡逻的时候，老零总爱走走停停，十分留意路上的花花草草，连臭牡丹这种随处可见的植物，他也要连根拔起，拿到小溪洗干净后带回哨所晾干。当然，进入老零法眼的还有党参、癞蛤蟆草等。

大家问他要这东西干什么，他只是长叹一口气，并不愿多言。

大家又问，我们是一个战壕上的兄弟，有难同当，有福同享，你到底有什么不可告人的秘密。

老零被追问得急了，不得不说出真相：“家用，家用！大家要是真有心，不妨学一学中医，自己拿书去看，这些东西或许能多省几个买药钱。”

14　逃兵

县里召开国防动员大会，老零代表天池山哨所前往参加。会上，老零获悉隔壁的那龙镇龙岗山民兵哨所缺人，便咨询了一下县人武部的谢科长，把隆七天带去体检，推荐隆七天去那儿守哨。

龙岗山距离天池山百余里路，是本县另一处重点建设的哨所。隆七天的身体条件好，打着老零的旗号，一路绿灯，被顺利安排上山工作。

那一阵子，老零感觉工作和生活挺顺利，月底休假，他扛着一大包草药回家。在家里，他展开了一系列试验，用党参、癞蛤蟆草煎汤给母亲服用；父亲说腰痛，他琢磨着老人家的肾可能出了问题，又用车前草和金钱草搭配煎汤给父亲治疗。七娲捉来一只老母鸡，和野牡丹一起炖汤。

“这是哪门子吃法？还没见过呢，感觉味道怪怪的。”老零问她。

“这东西可好了，拿来炖母鸡，老人吃了不油腻，孩子吃了强身健体，女人吃了补气血。”

“哪里学来的？”

“这可就说来话长了，”七娲神秘兮兮地说，“记得刚刚懂事那时，连续几天吃不上饭，饿得两眼昏花，父亲不知从哪里抓了一只鸡，扯来野牡丹的根一起炖了半天，我俩关起门来，连汤带肉吃个精光，把肚子都吃撑了。那真是世间美味，当神仙也莫过如此吧。这种吃法是父亲小时候在瑶山上学来的，那时我爷爷有个瑶族老庚，常年在山上生活，懂得一些养身的土法子。”

“扯得太远了，”老零说，“不就是吃个鸡嘛，还有那么多故事。”

“人嘛，只要生活好一点儿，就开始念旧了，最近我老想着小时候那个味道，特别地想。”七娲说，“不过那时，父亲想用野牡丹的气味掩盖鸡肉的香味，还是被别人发现了。丢了鸡的那户人家，嗅着香味摸到家里来，纠集一群人把父亲拉出去，在村里当众痛打了一顿。那时我还小，帮不上忙呀，心里特别委屈，饥饿让父亲做了贼，谁愿意呢？”

七娲一边掉眼泪一边接着说：“现在日子终于好了，可惜我的父亲却没了。”

让她再说下去，估计大家都吃不下饭了，老零于是制止她，故意扯大嗓门将话题转开，叫道：“彤儿！多喝点汤，把鸡腿吃了，长得胖胖的！”

“好嘞！”女儿回答。

“对了，去看你伯父在不在家，请他过来跟我喝两杯。”

“爸爸，你想喝酒呀？”

“这么好的菜不喝点酒怎么行？”

零彤拿着鸡腿屁颠屁颠地出门去了。

回家的日子毕竟短暂，哨所和界碑才是老零最挂念的地方。可是他到了山上没多久，就听说龙岗山那边出了状况。隆七天上个月还写信回家说他正在进行军事技能训练，这个月他就出现在村里的桌球室旁边——竟然一声不吭地逃了回去。

这件事引起老零的愤怒，让他觉得非常丢脸。

收到消息，他和谢科长连夜去到隆家，对隆七天又是批评又是思想教育，总之千方百计地劝隆七天主动检讨，再回山上。谁知这个小舅子嘴上答应，却脚底抹油，跟他们玩起了捉迷藏，第二天便躲进山里，找野味去了。最终因超过规定时限，隆七天被上级正式通报批评，文件传遍了全市边境哨所。

人们一问逃兵是谁，都说是天池山零志勇的小舅子，嫁到弄汤的隆七娲的弟弟。

“哐当！”在山上实在待不住的老零，请假回家，气得饭还没吃，就直接把碗摔碎在地。

七娲嫁到零家这些年，还未见过老零气急败坏的样子，现在，弟弟当了逃兵，丈夫无比抓狂，但她不敢吭声。

七娲一边掉着眼泪，一边一片片地捡起碎碗片。

此时女儿零彤跟着堂哥祖豪、祖杰，躲在门背，像猫一样露出小脚丫。

“哐当！”

又一只碗被砸烂，锐利的瓷片刺破了空气。

老零的父亲只能偷偷地拉三个孩子出门去，任由儿子像一只老虎在家里发疯。因为这时恰好是新中国成立四十周年的特殊年份，哨所出了这档子事，老零觉得实在丢人。母亲重病在床，这会儿也喝不下儿子给她煎的汤药了。

老零对着村口大喊：“零家要是敢出逃兵，看我不打断他的腿！”

七娲听出来他话中有话，一是说给三个孩子听，二是想把他的立场通过嗓门告诉村里人，外家的小舅子当逃兵不是他零志勇的错，虽然这件事已经令他蒙羞。

此时南沙群岛局势紧张，国际社会风起云涌，西南边境的各哨所也在加强警戒。因此，忙于执勤的老零连续几个月都不能休假回家。

如此一来，隆七天犹如脱缰野马，变成了游走山林的猎人和游荡县城的浪荡子。他捕猎国家保护动物，为人运送香烟玉石等物品。本已沉迷酒海的父亲发现儿子越来越不肖，隔三岔五不见人影，每天睡到日上三竿，开口说儿子几句，还反遭顶嘴，被骂老不死。老人家实在气不过，捡起酒瓶向儿子脚边砸去。

父子俩陷入僵局。

最后，隆七天居然离家出走，一去就是两个月，也没有个音信。可怜的父亲，在一个天气闷热的黄昏，喝醉之后吃下了一包老鼠药，踉踉跄跄地走到村中心小学，躺进教职工食堂内，在红陶地板上睡了一个凉快的长觉。第二天来上班的厨房职工发现他时，他口吐白沫，已经没了气息。

岳父的丧事是老零一手操办的。他为岳父买棺材，用牛车拖着走了几十里地，去为这个早已经死了心的老人收尸入殓。他请来道公师公，按照当地风俗，敲锣打鼓，唱唱跳跳，持续三天三夜。

七娲则哭了七天七夜。

隆七天回来帮父亲覆土之后，灰溜溜地离开了养育他的家乡，据说是去广东闯荡。临别时，老零似乎已尽释前嫌，语重心长地跟他交代几句，希望他浪子回头，说只要姐夫在一天，他永远都可以再回来。这一幕被七娲看到了，她哭得更加凶猛，泪水犹如六月的暴雨，简直要把身上的水都哭干。

在此多事之秋，和七娲一样感到无比悲伤的还有弄盆村的老支书。

因为在新一轮村公所选举中，他居然找不到合适的村支书接班人。按照年初的想法，人民公社改为村公所之后，他想花些时间摸透路数，然后把担子交给年富力强的党员零志兵。

但是零志兵却有更大胆的想法，居然主动请缨报名去做地理向导，跟着部队奔赴边境山区参加扫雷了。跟他去的还有几个年轻党员——当年打仗，他们都是民兵特种小分队的成员。

一夜之间，村里只剩一些老弱病残，不堪重任。有想法有能力的人又各怀心思，陆陆续续将户口迁走。经过老支书手上开户籍证明的，已经不下二十户。

一天，老支书忧心忡忡地来到零志勇家找到七娲，问零哨长什么时候回来，村里有要事想和他商量。七娲说："这个不晓得哦，志勇都连续两个月不见人影了。"老支书又去找零志勇的父亲，批评他说："老弟呀，你怎么能放大侄子去扫雷呢？村里连个愿意做事的好苗子都找不到了！"

零志勇的父亲回答："暴雨什么时候来，谁懂呢，我们这些老铜锣没用咯，再用力敲也没人听喽！"

"那，你看阿勇怎么样？你不是一直想要他回来吗？"

"老哥啊，你自己去山上问他吧。"

"岂有此理！"老支书连续说了几个"岂有此理"之后，一瘸一拐地离开了弄汤。三十八年前，他的一条腿在朝鲜半岛被子弹打穿，伤好后就瘸了，如今他多么希望双腿正常，这样他就可以继续在支书的岗位上撑下去。"要是我能像你们一样活蹦乱跳，干到死都不会求人！"他自言自语地说。

事实上，村里想要零志勇下山来支持工作，那是不可能的。

一九八九年冬，天池山国防民兵哨所的第一任老哨长正在办理退休手续，老零即将接任。此时，又有一名哨员辞职，老零分身乏术，几乎没时间回家。

“她真够狠的！”临近春节前，七娲再次爬到哨所，告诉老零，家里出大事了。

“又怎么了？”

“你那个大嫂，她跟别人跑了！”

15 儿女

屋漏偏逢连夜雨，老零觉得老天爷也太闲了，怎么净扯一些麻烦事情来折腾人呢？

坏消息是隔壁村屠夫的老婆带回来的，她看到零志兵的老婆背着行李进了车站候车室。

“是一个男人带她走的，那男的肯定不是本地人，长那样，我还从来没见过。”她绘声绘色地告诉七娲。

幸运的是，大嫂没有把两个孩子带走。她只是把存折里的钱全部拿走了。

老零和七娲坐车追到县城，找遍了汽车站、火车站，根本无济于事，人家早已预谋好了，一点儿蛛丝马迹都没留下。外面的世界那么大，老零和七娲一点办法都没有。他们买了两斤苹果和橘子，还有几个包子，回到家里，哄骗两个侄子，说他们的妈妈去外婆家了。两兄弟一脸懵懂，开开心心地啃着包子和苹果，长这么大，他们根本不知道外婆家在哪里。

但老零前脚刚刚踏进哨所，更不幸的事情迎面袭来——上面通知他，赶紧去县人武部和民政局签字。

“你哥出事了，赶紧！”

这消息，无异于晴天霹雳，将老零再度劈下山去。

此时县城的街道，已陆陆续续挂上了节日的灯笼。老零牵着祖豪祖杰两兄弟的手，去办理大哥的善后手续。情况说明书上白纸黑字写着：民兵预备役士兵零志兵同志，在边地扫雷排险战斗中，不幸壮烈牺牲……

与大哥一同在雷区光荣捐躯的，还有一名扫雷大队的年轻班长。

那位班长的亲属，千里迢迢从北方赶到祖国南疆的偏僻县城，参加孩子的遗体告别仪式。他们在火葬场看到同来送别的老零一家。隔天，了解情况后，他们通过有关部门跟老零一家沟通说，想收养零志兵的两个孩子。老零回复说：“让我们想一想吧。”

大哥的骨灰，最终被埋葬到他父亲坟墓的旁边，一棵木棉树下。

晚上回到家里，三个堂姑一把鼻涕一把泪，问祖豪祖杰两兄弟愿不愿意去北方看雪，祖豪说愿意，祖杰说不愿意。

祖豪被叔公扇了一巴掌。

祖杰问叔公：“你为什么打我哥哥？”

“不肖子孙！”说完，老零的父亲黑着脸走出家门。

此时老零母亲吃饭已经不能自理，七娲在她房间里伺候，给她喂米汤。母亲的嘴巴像崩溃的河堤，拦不住米汤。娘家遭此变故，姐姐们都回来了，却也只能整天在屋子里比赛哭泣，祖豪仍然哇哇大哭，老零来到院子里抽闷烟。

凄冷的月光落在老房子的屋檐上，掩盖了剥落不堪的泥墙。这栋房子还能住多久？老零心中没有底。

是的，只有回到哨所，回到立着界碑的土地，走在踏实的边境线上，老零的心里才有底。

前两年，老零已经完全习惯哨所的工作和生活，曾经劝过大哥一起上山干。但是大哥舍不得老婆孩子，就没答应，说宁愿去外面砍木头，也不愿上山做“和尚”。老零心想，真是世事难料，如今他的女人有吃有喝还远走高飞，要是伯父伯母还在世的话，岂不被气死。

抚养侄子的重担，自然就压在了老零和七娲的身上，他们没有任何推脱的理由，也没想过要推脱。

老支书抹着眼泪，一瘸一拐地进村来，给祖豪祖杰兄弟俩送来了申请到五保户的消息。

老零的父亲咬牙切齿，不知说什么好。虽然，他已经几乎没有了牙齿。

好在这时希望工程来了。

在老支书的努力下，弄盆村成为第一批试点，一九九〇年秋天，赶在孩子们开学前，弄盆村希望小学竣工并投入使用。祖豪原本要走二十几里山路去另外一个村中心校读小学，新的学年开始，就不必走那么远，可以在两公里外的村公所旁边的希望小学就读了。祖杰于次年、零彤于第三年也先后上了希望小学。

然而，闹心的事还是一件跟着一件来，不比巡逻路上的悬崖、险坡、泥坑、石海、荆棘、茅草、藤刺、毒蛇好得了多少。

零彤刚上小学不久，就成为邻近几个村调皮男孩搞恶作剧的对象。他们以羞辱零彤为乐。

堂哥祖豪给妹妹报了仇，他纠集几个高年级同学，出面揍了那几个男孩子一顿，导致他们鼻孔流血，耳朵打鸣。

被打的孩子回去向家长告状，家长们不问青红皂白，一起找上零家来。有人指着七娲的鼻梁破口大骂：“仗着男人吃皇粮不得了了！我看你们家这点德行，就该一辈子住泥棚！”最终还要零家赔钱出医药费。

零家哪里有钱？关键是，别人戳到了七娲的痛处。房子，房子，孩子打闹跟住不住泥棚八竿子打不着啊，这不是狗眼看人低吗？

第二天，七娲越想越气不过，趁着赶圩的日子，顺路跑到山上哨所，向老零告状诉苦。

老零非但没有安慰她，反而专程下山，去给邻村男孩的家长赔礼道歉，回到家里，仍未消除火气。他首先大发雷霆，严厉批评老婆不识大体，不顾大局，没事乱跑到哨所无理取闹，纯属动摇军心。其次，他大造声势，训斥祖豪，并让祖豪瘦弱的身体吃了一顿竹鞭——打给外面的人看的。

那时，零彤并不知道父亲的怒火从哪里来，只是躲进蚊帐里缩进被窝中偷偷哭，父亲一直以来作为天池山英雄的高大完美形象，瞬间在她稚嫩的心灵留下了污点。

老零还想连祖杰一起教训，但是那小子比较机灵，早不知道溜哪去了。

“疯了吗？这不是你的家，他也不是你的孩子，赶紧回你的山上去吧！”七娲护着祖豪，跑去村公所找老支书评理。

老支书正在打瞌睡。被叫醒后，就说了一句话：“英雄子弟，要忍辱负重，忍辱负重！世道变了，我这个烂铜锣敲不响了，敲不响了！”

老零上山后，万分委屈的祖豪于当天夜里悄悄离家出走。

次日傍晚，学校老师托人捎话给七娲，告知她零祖豪没来上学。正在地里忙碌的七娲，方才意识到出问题了。她连忙跑回家，发动左邻右舍去寻找。老零也带着几个哨员下山来四处找人。

十几号人寻找了两天两夜，翻遍了方圆十几公里的草丛，才在一个偏僻的岩洞里找到零祖豪。

祖豪像只惊弓之鸟，闭口不说话。身上的衣服好像被野兽扯碎一般，但是身体却没有任何伤口。送到医院检查，医生说孩子是精神出现了异常。

于是有人传言，说孩子估计是被恶人放了蛊毒，或者有人为报复老零,给祖豪吃了什么毒药。总之,孩子的命是保住了,但是魂没了。

唯一不变的是，祖豪依然一根筋似的护着妹妹。

后来那些年，祖豪虽然个头大，当哥哥，但从言行上看，他却像是零彤的弟弟。兄妹二人形影不离，行走在边境的山间小路上。附近村庄的孩子，都不敢靠近他们。只有二哥祖杰，远远跟在他们身后。

在三兄妹的身后，是天真无邪的忧伤童谣，苍茫如海的尖尖石山，还有高耸入云的天池山。天池山上，站着沉默如松的哨长老零。老零凝望着山脚下的土地——那儿埋葬着世世代代守住边境土地的祖先，也埋葬着世世代代试图逃离边境但始终未能如愿的穷困同胞。

16　布谷鸟

布谷鸟在山间鸣叫时，老零的父亲就开工给自己打造棺材了。

“咕，咕——”声音穿过溪流峡谷，回荡在村庄上空。父亲站在门前望天，天上没有一点儿尘埃，但他似乎从天幕上的云团获得神启，看透天命，干活的动力比往年更足了。

花费七七四十九天工夫，父亲终于把一口方方正正的棺材做出来了。两相对比，他显得那么瘦小，棺材却那么雄大，大得令人心生敬畏和恐惧。

此时已近黄昏，夕阳的余晖透过山梁，照耀在崭新的木纹上，那光景简直可以用金碧辉煌来形容。

父亲来回踱步，嘴里喘着粗气，将地面上的木屑打扫干净，装进竹簸箕，然后咯吱咯吱地挺起腰板，有些得意地把搁在棺材里的斧头、锯子、凿子和刨子往地上一扔，脱掉鞋子，像个小学生试穿宇航服似的，光着脚板爬进棺材。

他在棺材内腔里，东瞧瞧西摸摸，发现有哪些地方不满意，比如木疙瘩突出，或者纹路不平滑，便从裤袋拿出一张紫色的砂纸反复打磨。最后实在累了，眼睛一闭，伸直腰腿，躺入棺材的怀抱里呼呼大睡。

恰好有外村人路过村头，远远见那未上漆的棺材横在平地上，很是突兀，料想这村里肯定有人刚过世，可是看了看四周，却没见一个人出来敲锣打鼓、哭爹喊娘办丧事。于是，好奇心驱使他凑近探个究竟。

谁知此时，只见棺材盖板缓缓挪动，忽然，一张咧嘴大笑的人脸从棺材中冒出来。那个外村的好事者顿时被吓得尿崩，失魂落魄，拔腿就跑，并一路大喊："有鬼啊！有鬼啊——"

"鬼你个头！真是不知天高地厚的家伙！"

父亲一边骂，一边抬腿从棺材里跨出来，对着长满老茧的双手吐了一口唾液，象征性地搓了搓，俯身捡起木工工具走回他的草棚。

其实他吐出那口唾液，毫无实际意义，因为他的嘴巴收不拢。早年打仗时，狙击手将他的右脸颊击穿，掉了一块肉，嘴巴治愈后歪向耳根，且宽度比常人大好几倍，所以，只要他一吐口水，就仿佛打了一枪散弹。

不一会儿，茅草和杉树皮盖的草棚就有白色烟雾从屋顶升起，先是一团团将茅屋笼罩，继而迎风飘散。那是父亲烧柴做饭的绝对信号，能够把墙壁上的报纸熏黑，把人熏出眼泪，而城里人则称之为炊烟。

这时边境地区夜幕降临，山岚和炊烟混合成一道若即若离的游龙，向群山之巅的天际线缓缓移去，看起来挺美。父亲在美景中，喝下两盅泡有兽骨的苦酒，酸疼难耐的身子骨总算舒缓了些。他想着，歇息吧，睡个长长的大觉，作为大功告成的犒劳。父亲垂下拿杯的手，走入草棚的门框内——远远看去，像幅中世纪油画。

不知是梦见老虎，或者跟什么人吵架，抑或与敌人搏斗，父亲在夜里总爱发出奇怪的响声。如果不是老零三更半夜过来，在门前听到父亲的一番梦话，这世上恐怕再也没人了解他的另一面。

老零耐心地等待父亲梦呓结束，草屋内重归安静，他估摸着老人家应该不会再犯梦游症走出来吓唬人了，便干咳一声，算作打招呼。继而打开手电筒，轻轻地推门进去，顺手拉下横在眼前的电灯开关绳——他帮父亲安装的，连接墙壁和床铺，便于睡前关灯。父亲蜷缩在床上，脸朝内，背朝外，身上盖一床薄薄的被单，瘦骨嶙峋的身躯在灯光下好似一只死山羊。

“在外面待那么久干什么？有话直说，有屁快放，还以为是哪个笨贼呢，摸到我的地盘上来了。”

老零一怔，原来老头子在装睡。他说：“搞什么名堂，知道我来也不吭一声，三更半夜说糊涂话给谁听呢？”

“哪个知道你是人是鬼？”

“弄鸟屯的瞎子吴老汉前天掉沟里死了，今天他们家差人来买棺材。”

“不卖！你去告诉他们，就是给金条，我也不卖了。”

“救人一命，胜造七……哦，不对，救人要救急，你就再帮一下吧。不然人家说我小气，工作不好弄啊。他们屯，有不少好苗子……”

“你们都把我当木材加工厂了是不是？”父亲翻过身来，掀起被单，收住双腿，坐在蒲草垫的竹凉席上，摸了摸后脑勺上那几根白头发，狠狠地盯着老零，几秒之后，郑重地说，“古人云：‘千金不卖术，只予有道人；千金不卖法，只予有缘人。’这是最后一次，下不为例，绝对不能再这样子搞了。你告诉他们，这是出借，不是买卖，拿去用了，回头尽快还给我。不然哪天坏事，你们哭都来不及。”

“这是何苦呢？你的日子还长，净说些糊涂话吓唬人。”

“赶紧出去，天亮前别给我再看到棺材，好不容易弄出来，又要脱手。这是老天爷跟我抢路子，过不去呀。”

此时的老零，心中像被一只熊抓扯着，五脏六腑的元气泄掉了一半，神色复杂，眼睛干涩，无论如何也做不出一种合适的表情来。他只能乖乖引身退去，既不用道歉说打扰，也不必道别说晚安，因为父亲晚年的怪癖，他已经司空见惯。

黎明时分，弄鸟屯的主家派来一辆手扶拖拉机，五六个后生在一个长者的指挥下，于弄汤屯村口榕树下插了香，烧了纸钱，放了一串鞭炮，与老零一手交钱一手交货，将晒谷坪上那口还散发着木香味的棺材搬运回去。

拖拉机和众人的吆喝声音渐行渐远。待他们走远以后，老零拿着棺材钱给父亲送去。

可是父亲的床上空空如也。

老零从墙角洗碗盆里的一双筷子和一个空碗判断出，老人家肯定早早起床，从村后抄小路进山了。

老零以为父亲进山，照例是摸虾捉鱼，或者捕飞禽走兽，也就没有太在意。不料当他回到山上不到一个礼拜，就传来了父亲失踪的消息。

乌云密布的早晨，七娲匆匆赶到天池山。此时老零正和哨员们穿着雨具准备出门巡逻，七娲像逮住他们尾巴似的，从身后大声呼喊：“老零，出大事了，出大事了！”

老零回过头来，看见七娲惊慌失措地出现在眼前，便紧皱眉头，离开队列向她走去，他的脸色比天上的乌云还黑。

“又怎么啦？不会是天塌下来了吧？”

七娲说父亲已经两天两夜没见人影了，找遍了村里村外，还托人去他定点放钓的小溪水塘、装老鼠夹的山路寻找，都不见踪影。

“真是个让人不省心的老头，又搞什么玩意儿呢？”嘴里虽然这样说，但老零还是紧绷了心弦。他迅速调整了巡逻的人员，腾出身来和七娲赶回家。要是老人家真出什么意外，他这个当儿子的可要悔恨终生了。

离开天池山前，老零交代兄弟们路上多留意，说不定老人家发神经，越过边境出国找他女儿去了。万一迷了路，滞留在那边，事情就复杂了。

边境地区很快下起了暴雨，还夹杂着轰鸣的雷声。闪电仿佛巨龙的舌头，从黑压压的云层中伸出来，舔着大地上的山峰。老零和七娲赶回村里，迅速召集左邻右舍的青壮年，发出寻人救命的信号。零哨长亲自回村布置任务，大家方才如梦初醒，觉得兹事体大，知道不是老人家开玩笑，便纷纷响应号召，向山沟沟里进发。

暴雨噼里啪啦地打在父兄和侄子的坟墓上。

已经饿了两天肚子的父亲，仍然在艰难地干活。他弯着腰，任凭雨水从鼻尖掉落，指尖磨破了皮，仍紧紧抓住湿漉漉的石头。

他把一块西瓜般大小的石头抱在怀里，用尽全身的力气，一步一个脚印，将石头搬运到坟墓旁边，然后整齐地垒起来。

四座坟墓已经被他用石头围成了四个圈子。墓地周边几十米范围内可用的石块，全部被他集中到了一处。这两天，墓地周围原本茂密的花花草草，已经被他的双脚踩折，被太阳晒焦，现在暴雨来袭，犹如久旱逢甘露，又纷纷抬起了头，仿佛在嘲笑眼前这个倔强的老头。

锄头横在坟墓旁边，木棉树下坑坑洼洼，那是父亲取土封坟的杰作。忘了之前是哪个放牛娃告诉他，山上的坟地出现了好多窟窿，兴许是老鼠和野猪在搞破坏。于是他摸上山来，为去世的人修补阴宅。

爷爷、伯父和兄长的坟墓，因为每年三月三、清明节都有人打理，情况还算好。可是旁边的那座，情况不容乐观。坟的主人原本好歹也是个民兵排长，那一年和伯父同时在某高地上中炮牺牲。他报名上山参战时，还打着光棍，牺牲之后没有留下一个子嗣，是村里人在老支书的张罗下共同为他善后的。

民兵排长的墓碑经年累月被风雨侵蚀，刻在上面的字迹已模糊不清。而且由于下葬那时村里人多，给他的坟包盖了太多的泥土，年复一年，那些泥土出现下沉和扩张，在倾斜的地势作用下，压向墓碑。

现在，暴雨肆无忌惮地下着，山顶上汇聚而来的雨水，毫无节制地冲刷着墓基。从侧面看去，墓碑从九十度被压成了八十度、七十度……也许没有这么夸张，但是父亲老眼昏花，以为墓碑快要倒下了。

父亲放下怀里的最后一块石头，走到倾斜的墓碑前，用肩膀去顶住，试图将它顶回原位。

"嘿！嘿——"父亲呻吟着使出吃奶的力气，顶了一阵儿，没有效果，又换了个姿势，双手扶着墓碑两侧，锁骨贴住墓碑一角，双脚向后发力，用胸口往前拱。

但这注定是徒劳的。亚热带季风带来的暴雨万箭齐发，打在父亲乌黑发皱的额头上，他的眼皮被豆大的雨滴打得根本睁不开，更不用说双脚能否准确地踩对着力点了。

忽然，"哗啦"一声巨响，闪电将墓地旁的一棵木棉树树杈劈断，树杈顺着风向摇下，不偏不倚地砸向父亲。他猝不及防，应声倒下。

“哎哟，他娘的，疼死我了！”

父亲在铺天盖地的雨水中呻吟，身体蜷成一团，无法动弹。此时，山上狂风大作，草木哀号，气温骤然直下，父亲穿着军用背心，感到一阵阵发冷。“老天爷啊！作孽啊！把我这个老骨头收回去吧！人心不古，生死如梦，这已经不是我们的天下了，让我回到父亲的身边去吧！”

当闪电劈向南山坟地的木棉树时，奔跑在山谷里的老零已经隐约觉得，父亲可能去那儿了。

果不其然，老零费了九牛二虎之力，逆着洪水爬上山脊，远远看到了父亲的身影。等他终于走到祖先的墓地，父亲已经昏睡过去。

傍晚时分，发疯的暴雨终于停歇，老零背着他的父亲，像背着受伤的战友从阵地上撤回村庄。外出找人的年轻人陆续回来，大家个个被淋得像个落汤鸡。

经检查，父亲的肩膀和股骨因滑倒摔伤，脚踝脱臼，肺部因风寒侵袭，引发了炎症。军嫂来到家里给他做内脏听诊，又测量了体温。“哎哟！三十九度！高烧了，”她说，“必须打针，不然病菌感染扩散，麻烦就大了！”

因此，两支青霉素打下去，父亲不得不躺在床上，休养了大半个月。老零上山之后，七娲屋里屋外，进进出出，忙得团团转。村里人问：“你家老人情况如何？”她回答说：“变了，性情真的变了。就是不知，他能否撑过千禧年。”

是年冬天，电视里铺天盖地地播放澳门回归的新闻，父亲痊愈之后，买了一个收音机，终日带着它神经兮兮地在村子里四处乱走。

其实，父亲的性情发生变化，是从九十年代中期开始的。那时母亲刚去世不久，老零上山放哨满十二年。

母亲的去世，是老零心中永远的痛。当时，群众举报边境线上有一棵老树被雷电击中，倒向对面国家，对方村民前来砍削树枝。老零带哨员前往处置，据理力争，说："树根长在我方，树枝当然也是我方财产，你们一根树枝也不能抢占！"最终在边防部门的协调下，我方居民顺利夺回被砍去的树枝。然而，回到哨所时，才得知村里已托人捎来母亲离世的噩耗。

悲痛，像一颗地雷，炸在老零和父亲的心里。

每年乍暖还寒之时，羊齿蕨从石缝里伸出绿手掌，铁芒萁的茸指捅破地衣，村中妇人便成群结队上山采蘑菇、摘蕨菜。男丁也不偷闲，雨水后惊蛰前，他们要么荷锄出门修水渠整路基，要么把肥料搬到怪石嶙峋的高山旱地里，把积蓄了一个冬天的力气奉献给薄薄的土地。

泥土仿佛一张烂渔网，稀稀疏疏撒在坚硬的石灰岩山脉。人们的口粮，世世代代依靠这些无法机耕的土地供应。

立春播下的玉米种，在谷雨过后长得郁郁葱葱，油亮的玉米秆高过人头，像武士般沿斜坡森严排列。待夏至来临，一节节玉米棒子就插满腰身，俨然左江花山岩画上跳着舞的男人的武器。当然，这是丰收年头的好光景，要是遇上风雨不顺、节气不调，比如台风席卷、雨季连绵，或者干旱来临、大地干裂，人们就得饿着肚子外出务工，直到春节年关才拎着大包小包，换乘火车、班车、面包车，过五关斩六将，风尘仆仆地返回家乡。

家乡有什么呢？回家的人说，有喝不完的酒和温顺的女人，有孩子和父母，有堂屋墙壁上供奉着的列祖列宗的神龛。

几顿玉米酒，把山里的汉子熏醉十天半个月；几夜风流话，疏解了一年的怨气；几块压岁钱，打发了一年的期盼；再加几串鞭炮在空旷的山区回响，边境线上的村庄渐次重返孤寂。吃过了元宵的姜糖甜酒汤圆，春节这座山总算被爬过去了。人们在手指头上掐算时间的刻度，不能再消停了，消停只能是死路一条。

于是人们的双脚动了起来，包袱背了起来，要么扎进万山丛中与野生动物争抢食物，要么踏上前往大城市觅食的路途。就连牛和羊，面对春天的诱惑都蠢蠢欲动：因为草木吐绿了，舌头蹄子发痒了。但是，只有年届古稀的父亲无动于衷。

虽然父亲的力气仍然不输后生仔，八九十斤的担子过肩不停顿。村里人也都夸他身子硬朗，说他一辈子大风大浪见多了，还可以等着见更大的风浪。可是他对此生好像已经厌倦至极，一门心思想死。

“我已经找到地方了。”他交代子女，“我死后，也不想让你们扛得太远，就在对面那座山背后。可以看到水。”

他以为死后还能“想”。

他说的是一处老坟地，紧挨着国境线。

老零知道那地方意味着什么，村里人没有谁不懂得那地方，只是不愿提起而已：人们觉得那儿风水不好，几次战争把龙脉搞断了，孤魂野鬼太多。但父亲倒觉得那地方热闹，不孤寂，而且八卦五行样样具备。

“老祖宗选在那里是有讲究的，”他曾经告诉过老零，“在明清时期，只有德高望重的人才能搬去那里下葬，不信你去查查族谱。山南水北，朗朗乾坤。”

“这都什么年代了，还去信那一套，也不怕遭人笑话。”

“老祖宗你都不信，还能信谁？”

“我只相信锄头和政府，锄头刨不出玉米红薯，玩别的花样都没用，政府要是不批，你可去不了那里。”

“我就不信这个邪怎么着？！”老头子把一杯红薯酒灌进喉咙，起身出门，带着一身酒气走进月光下的村庄，又穿过马路，翻过一片山坡，去小溪沟查看他的虾笼子。

昏黄的白炽灯下，老零哑口无言，无法争辩，他还有很多要紧的事等着办，一两个月才见一次面的父子俩就此别过。

当时老零正值年富力强、创业干事的好光景，他在离家回哨所的路上，托人给三个姐姐捎话，希望她们回来劝劝父亲，顺便帮忙照顾女儿零彤，好让他留守在家的老婆七娲松口气。

姐姐们接到口信，选在三月三那天，沿着河流陆续回来。大家一起动手舂了糯米，打了糍粑，摘了艾草，包了馍馍，晚上凑了满满一桌。三个姐姐均邀请、劝告、威胁老人家必须跟自己去婆家住一阵，哪家都可以，随便散散心，打打牌，帮带一带小外孙。但是老人家却一一回绝，二话不说，耍孩子脾气似的溜了出去。

碰见他的村里人说，老头子估计去会战友或去赶集了。

果不其然，几天后他便从圩镇上大包小包地买回一堆过气的家伙：镰刀、斧头、老鼠夹、竹篓、渔网和虾捞等。人们以为他已经明白儿女的良苦用心，回心转意，开启新的生活了，就把消息带给老零，老零听后，却说这是老人家回光返照，要另起炉灶了。

老零的话应验了。

父亲随后确实一反常态：大热天，人人都躲在家里歇息，他却装扮成猎人模样，进山找野味；雨季来临，人们抢占天时忙着耕田种地，他却跑去溪潭河湾捞虾网鱼，完全不在乎自己会不会落水丧命。

过了一年，清明节给老伴上完香之后，父亲再也不愿投靠儿子一家，自个儿跑去村口晒谷坪旁边的菜园，动土立柱，搭个泥瓦棚独居，过上自给自足的小日子。

村委会的人陪乡干部进村普查，问他有什么困难，他说："有，就是想死。"

乡干部说："您一个老革命怎能说出这种话？叫儿女们怎样在人前做人？"

他反问："儿孙自有儿孙福，他们泥菩萨过河，我去添什么乱？"

乡干部再问他有何需求，他还是说但求一死。

乡干部只好悻悻然走开，他实在搞不懂这个神经兮兮的老头葫芦里装什么药。

消息又传到哨所。

正准备赶去市人武部开会的老零，心中五味杂陈。他托付山上的兄弟，要是遇见回村里的路人，请他们帮忙把两条穿不上的裤子和十几块钱捎回去，算是给老人家的生活补贴。

自从搬去菜园泥瓦棚独居之后，父亲手痒难耐，整天摩拳擦掌，想干点什么。

有一天，他忽然见到那箱子里尘封的工具，双眼发亮，又见宅子前撂着一堆风干多年的木材，心生怜意，于是决定重操旧业，拼凑些像样的东西。可是，做什么呢？板凳桌椅之类的家具不需要了，木制房屋也被混砖结构的房屋取代，传统农具又派不上用场。正当他思来想去，苦于无处下手时，不知是谁在暗处说了声“老不死的东西”——也许是村里别人家在吵架，但这句话刺激到他了。

他望了望远山和天空，内心被某种东西触碰了，眼眶不知不觉竟有些湿润。“哎——”他长叹了一口气，大概觉得这辈子走到尽头，好歹要带点什么东西走，而能够找来练手的活儿，只有打造自己的棺材。

因此，当布谷鸟在山间鸣叫时，他就开工了。

一口没有涂漆的棺材，一般需要花去父亲两个月的时间。棺材做成后，他自己根本没有力气搬回家里去，想找人帮忙，竟然找不到一个愿意沾手的人。怎么办呢？他只好把棺材拆开，一片一片地拖进门，来回共搬了六次，搬完之后又进行组装。这一顿忙完，他喝到肚子里的玉米粥早已没了踪影。

于是父亲大门一关，把自己关进漆黑的泥瓦棚。此后的日子，他常常早出晚归，把自己交给山野。直到村里哪一天忽然有人死了，急着要装棺入殓而买不到现成的棺材时，才满山遍野呼唤他回来救急。

他仿佛有意跟人们捉迷藏，许久不见人影。

人们便带着象征性的钱粮作为报酬，破门而入，像拜见皇帝或者捉拿罪犯一样，把黑暗中无比笨重的、散发着木香味的大家伙抬出去。

次年开春，山间的布谷鸟再次鸣叫时，父亲继续搬动马凳，打开木工箱，目不斜视地挥斧拉锯、削木拼板，忙得不亦乐乎。

此后整整十年时间里，他总共打造了十口棺材，其中被本村和附近村子里的人买去的就有九口：

一口给掉下石桥溺水身亡的瞎子。

一口给常年为人超度却没人给自己超度的老道公。

一口给抢劫外省大货车被乱刀捅死的后生。

一口给难产致死的女人。

一口给倒在工作岗位上的乡村教师。

一口给走路摔死的胖酒鬼。

一口给昔日的战友。

另外两口，给家里已经揭不开锅的中风患者和癌症患者免费拿去用了。

那些死去的人被装入棺材抬向墓地，就像住进无法返航的实验飞船，在亲人的簇拥下飞向宇宙深处。最后，父亲也终于如愿躺进自己做的“飞船”，带着一台收音机，回到他的天国去了。

最令老零遗憾的是，父亲临终时，他没能赶回去见上最后一面。当时，他正在边境执行紧急任务，任务结束后赶到家里，父亲已经浑身冰凉。只有为父亲超度的唢呐师傅，鼓着腮帮，把一曲曲古老的悲歌吹向天际。

父母弥留之际，老零均无法亲自为他们送终。丧亲之痛像一座蓄满洪水的大坝，重重地压在他的心头，深深的内疚感让他不敢触碰自己内心的伤痛，他只能日复一日、自欺欺人地用忙碌做借口，不断提升大坝的高度。他明白，如果身心一旦闲下来，那座大坝就会彻底坍塌。

第四章　亚热带孤独

17　夏至日

西南边境，一年之中有八九个月时间可用一个字概括：热。

夏至日临近午时，天池山上气温高达三十八度，无论室内室外都待不住人。哨所暴露在垂直的阳光下，似乎只要冒出一颗火星就可以把山头点燃。

一簇簇常青植物的叶子，此时像收起来的雨伞。茎管植物也漏了气，野草比烤干的葱花好不了多少，趴在地上奄奄一息。裸露的石头，冒出摇摇晃晃的热气，透过那些热气望去，远方的山林都变了形。哨所后方那块巴掌大的菜地，泥土开裂。

哨所屋顶有一层水泥隔热板，是前些年翻修时所加，此时面对太阳的进攻只有“缴械”的份。热气从天花板逼进卧室、厨房、综合活动室。

饮用水已经被哨员们喝光，他们都光着膀子，焦躁不安地忍受热气的肆虐。他们把裤管卷到大腿的部位，露出冒汗的大腿，但是他们记得自己的职责，谁也不敢脱去脚上的解放鞋，只能把袜子压低，往鞋子里塞。

厨师老胡全身大汗，好像从桑拿房出来似的，他将一盆洗菜水递给哨员老谢，让老谢爬上木梯往屋顶浇水。其余人陆续来帮忙，连续倾倒几盆水。只听见一片嗞嗞的响声，不一会儿水就无影无踪了。

有人实在耐不住，就去水龙头那儿接一瓢水解渴，可手一碰到流出来的水，发现水也是热的。这时大家多么渴望能够吃上一块冰镇西瓜呀，但是一想到水果摊在十公里外的街上，就没人愿意出去了。若下山，骑车出去一趟，且不说轮胎有热爆的危险，估计脑瓜也会被晒干，回来时还要爬上哨所的百级台阶，这一去一回，难度比打一场攻坚战还大。于是大家都期盼着夜晚尽快来临。

夜晚却遥遥无期，时间出奇的慢。哨所周围的知了聒噪了一个上午，此时叫声更大。大家心烦气躁，捡起一块石头，想砸向知了，可手还没伸出已经被超高温的石头烫得不行。

老零坐在厨房里的电视机前，静静地看着新闻。新闻显示，我国华南地区有几个大城市正在发生内涝。“怪哉，我们这都变烤炉了，他们那居然内涝。”老零自言自语。

极端天气里，干米饭难以下咽。连日来，老胡每餐要准备比平时多两倍的汤水，储藏在冰箱里的蔬菜瓜果，都拿来煮汤。丝瓜汤、南瓜汤、芥菜汤，大家连续几天都在喝汤，仍然无法解渴。老胡只好用乡下人的老办法解暑，他煮了一大盆玉米粥，隔夜留着，让粥慢慢变凉，第二天早上再吃。

现在，玉米粥已经被吃得精光，大家叫老胡赶紧再去煮一锅留到明天。这让老胡有些犯难，他害怕大家整天吃稀饭，过两天去出勤巡逻走不动。他向老零请示怎么办。

老零说："软硬都要，粥和干饭两样一起煮。把矿泉水放进冰箱，大家吃凉水泡饭。"

"冰箱已经塞满，根本没地方放东西了。"

"腾一下空间。"

"这种天，猪肉拿出来一个小时就臭了，蔬菜拿出来半天就不能吃了。"

老零于是叫老胡继续煮玉米粥，煮好后整锅放进哨员的洗脸盆泡着。"快速降温，实在吃不下，那就吃粥泡饭。"他说。

按照工作条例，哨员们需要轮流拿望远镜，每隔一定时间观察一次边境线上的几条小道，天气越极端，越不能掉以轻心。

临近傍晚时分，太阳西斜，哨所离开光线直射后，温度缓慢下降，哨员们稍感舒适，便逐渐放松下来。大家闭目养神的闭目养神，读书看报的读书看报，希望恢复一些力气，迎接明天的热浪煎熬。

偏偏在这时，群众的举报电话打了进来。

群众说，他们发现可疑人员在某边境林地砍伐珍稀树木。

老零接到线报，按照例行程序，立即组织四名哨员带上装备，紧急前往勘察处理。哨员们划开热浪，下了山，个个像兴奋而饥饿的华南虎。

但大家抵达目的地时，越境伐木的可疑人员已经逃走。查看现场发现，这次越境伐木者砍伐的是一些碗口粗的经济林木，大概是对面国家的农民所为，这些林木虽然经济价值不高，却是修桥造屋的好木材。老零和大伙儿很快对作案现场做了记录，包括坐标方位、路线地形、损失评估、时间判定等。随后，为了去跟当地村民沟通情况，他们决定从一条远路绕道返回哨所。

离开居民点后，他们抄一条小路前往一块界碑附近的巡边山路返程，当路过一片杂木林时，忽然听到了沙沙声。大家警觉地停住了脚步，以为这回走了狗屎运，歪打正着，跟那些玩捉迷藏的盗伐者狭路相逢。

“有情况！大家隐蔽，做好准备。”老零沉着地下达命令。

前方树林杂草丛生，参差不齐的树冠一团一簇，夹杂少量高可参天的原始老树。老树像巨伞般立在闪闪发光的林海之上。叶片在风中摇曳，享受着丰饶的阳光。粗壮的树干挺拔斑驳，颜色自上而下由浅变深，树干上有许多寄生草和藤蔓。藤蔓缠绕着树枝螺旋上升，仿佛要借着老树的身躯，爬上云端一览众山小。

哨员们分开侧入山路两旁，跳入荒草覆盖的石窝埋伏，观察敌情，伺机行动。

树林里，有什么东西碾压草木发出的响声更大了，但听不到有人说话的声音。远远望去，只见树枝在晃动，隔一会儿动一阵，但听不到油锯的机器声响或斧头伐木的咚咚声。

老零想用望远镜侦查，但视线受阻。大家搞不清楚对方到底是什么意思。难道对方已经觉察到我们了吗？对方人员数目和装备不清楚，而且善于声东击西，这肯定是一群经验丰富的盗木贼。即使正面捉拿，但因证据尚未确凿，对方随便找个寻找耕牛或者驱赶山羊的借口，便可蒙混过去。老零一面在心里判断，一面打手势指挥大家分头包抄，要去探个究竟。

哨员们按照指挥摆好战术队形，小心谨慎地往前推进，试图抓盗伐者个人赃俱获。包围圈逐渐缩小，刚才簌簌作响的区域居然突然安静了。难不成对方钻入地洞了？分别从两个方向夹击而来的哨员，已经看到了彼此的军帽，他们站起身子，端起步枪瞄准，准备做最后的合围进攻。

突然，一头浑身棕色毛刺的大家伙从草丛中奔窜而出，把大家吓了一跳。

“是野猪！”

野猪朝着山崖连滚带爬，钻进人迹罕至的密林中去了。

哨员们虚惊一场，放下紧张的双臂，往前走几步，用步枪枪管撩开草堆，眼前的场景让大家十分惊讶：一窝兔子般大小的、光溜溜的野猪崽，歪歪斜斜地躺在一排细滑干燥的松针上，鼓着玻璃球一般可爱的眼睛，张嘴嗷嗷叫。旁边是摊了一地的胎衣和血迹。

数了一下，共有五只，其中一只纹丝不动，个头比其他四只小一半，半个身体被一张虎皮蕨盖住。老零摸了摸它的鼻子嘴巴，感觉还有轻微呼吸，身体也还是温的。端详起来，这窝小野猪真是名副其实的野，那棕黄色的嫩毛，间杂几条黑色的波浪状纹路，和非洲猎豹有几分相似。不同的是，它们的脑袋瓜圆滚滚的，嘴唇又尖又黑，尾巴短而细。

“这下怎么办呢？”有哨员问老零。

老零陷入了犹豫。大家平日巡逻，并非头一次遇到野生动物。以前还遇到过坠地捕抓野鼠的老鹰，遇到过猕猴、豹猫、蟒蛇、眼镜蛇、鼬獾、果子狸、斑林狸、树鼩、赤腹松鼠、虎纹蛙之类的野生动物，这些都是保护名单上的特有珍稀物种，是他们在这片地区工作生活日夜相伴的朋友。至于大蹄蝠以及一些从来没见过的稀奇古怪的野兽，他们遇到时要么避开，要么救助放生。如果遇上受伤的珍稀鸟雀，或者不幸陷入猎人圈套的野生动物，受伤严重的带回去救治，等到它们又能够活蹦乱跳了便放生。若遇上非法猎杀国家保护动物的人，无论是哪一国居民，哨员们都要拍照审问，带回去交给森林公安处理。而斑鸠、山鸡、野兔、竹鼠之类常见的猎物，当地居民偶尔捕获，哨员们自然不能严禁、追究，但是身为边防执勤人员，他们是不能随便占有和食用的。

可是这次，遇到的是一群刚从娘胎落下来的野猪，毛皮比早春的树芽还嫩。

本地野猪成患，大家都有目共睹。方圆数百里，丛林密集，人烟稀少，数量众多的野猪经常结队下山闯进村庄，如入无人之境，践踏庄稼是常有的事，有时甚至会伤人。前些年，《国家保护的有益的或者有重要经济、科学研究价值的陆生野生动物名录》发布实施前，附近几个乡的部分村屯为了安全起见，召开村民会议立下村规民约，通报全村人，如遇到野猪袭扰可以捕杀。

有一次，边境线上的一个村民在地里收玉米，被两头前来抢食的野猪撕咬，流血不止，走不了路。幸亏巡逻路过的老零带领队员前往救援，一枪崩了其中一头，另一头逃之夭夭。几个人兵分两路，一路把受伤的村民送去乡卫生院，一路把野猪抬回村里，让乡亲们分而食之。哨所因为救人立功，分到了一条大后腿，哨员们抬回山上，足足吃了半个月。

现在回味起那些天爆炒野猪肉的味道，大家的喉咙里直流口水。

这些天，哨所冰箱里的冻肉已经吃不出味道，就在大家烦躁无比的时刻，没想到老天爷居然掉了一堆肉到他们眼前。虽说这几只小嫩猪还不够塞牙缝，但是可以拿回去做烤猪，换个口味，反正没有人看见，神不知鬼不觉。正当大家陷入对野味的幻想之时，老零发话了。

老零笑眯眯地问大家：“大家是不是想加菜了？”

哨员隆正军说：“留下吧，母猪自然会来找它们。”

副哨长廖建忠说：“给它们挪个窝吧，留在这，哪天就跑到对面国家去咯。”

哨员黄伟国说：“说不定是从对面国家跑过来的呢，是否转移回去？”

“转移进肚子还差不多。”哨员老刁一家三代都是屠夫，向来视猪命如草介，说话自然很直白，“我看不如带回去养，长大了每人分一头。”

“想得倒挺美，”老零说，“我看这样，留在这荒山野岭恐怕不行，我们不吃它们，其他野兽也会来吃它们。野猪很聪明，我估计它们父母早已发现我们的动静，母猪先转移了，公猪殿后，最后跑掉的那头肯定是公的。这窝猪崽在这被我们惊吓过，它们爹娘熟悉人类的惯常做法，看来一时半会儿不会回来找它们。把这群小家伙丢这里，饿死的概率很大。你们看，另外一头可能连一口奶都没得吃，晕过去了。我们还是先把它们带回去再说吧，到时通知林业部门过来商量。”

“就知道你心慈手软！”廖建忠说。

对于老零的意见，大家没有异议，于是放下武器，分别将小猪抱起来。

18 宠物

回到哨所，大家特意叫老胡煮饭时多放几瓢水，多出的米浆拿来喂猪。他们选一个安全的角落，找来干茅草垫底，用石头围成一个小窝，把几只猪崽放进去。神奇的是，那只似乎已经晕死的小猪，竟然活了过来，虽然还是病恹恹的。

晚上山上的气温降低，大家纷纷捐出破烂不用的衣物，甚至内裤袜子，给这些幼小的生灵盖上，以免它们着凉感冒。

第二天一早，老零给林业部门打去电话通报了情况。第三天，森林公安打来回复电话，说既然没有涉及稀有动物，看时机合适了，大家原路返回拿去放了吧。

七天以后，老零便命令四个哨员，把四只已经能够自由走动吃东西的家伙，带去它们的出生地放了，并且预留一些食物在它们身边。那只个头瘦小、站立不稳的小猪崽，则留了下来，当作哨所的新成员。

可是没几天，哨所来了新成员的事情不胫而走，传到了人武部——阿猫阿狗的小事，老零有分寸，原本不愿意去麻烦他们的。

首先是那孟镇（那孟于一九九二年撤乡建镇）人武部黄干事第一个上山了解情况，明白真相之后哈哈大笑而去。其次是县人武部政工科谢科长，听说天池山哨所来了个“新成员”，一边责怪老零先斩后奏，一边兴冲冲地买了好菜，驱车数十公里上山来准备庆祝哨所添丁。谁知，老零给他介绍的新成员竟是一头小野猪，谢科长脸色大变，继而唉声叹气：“为了充实哨所兵员，招新工作一直在进行，但毫无进展。”

老零说："有些事不能急，得从长计议，这不，福星都来了，相信后面的事不难。"

大伙儿于是爆笑如雷，笑完之后，谢科长让老零组织党支部开会，讨论怎么处理这小家伙。

哨所只有老零、老谢和廖建忠三名正式党员，老黄是一名预备党员，加上谢科长，五个人关起门来讨论。

谢科长开门见山，建议哨员们把小猪交给林业部门放生。

话音未落，在门外偷听的其他两名哨员传来一片唏嘘。老黄接着说，现在把小猪放生，它可能会饿死，还是留在哨所继续养吧。另外两名党员表示赞成。

谢科长说："要是以前，我肯定同意这件事。那时山上条件不好，交通不便，工作之余大家自力更生搞点生产，种种瓜果蔬菜，养养小鸡，改善生活无可厚非。可是现在通水通电，交通也便捷，就没有必要搞养殖了。全国评优的重要指标之一，是内务情况和环境卫生。要知道，天池山哨所可不是养殖场，也不是我们哪个人的家，而是国家基础军事设施、国防重地。养条土狗看家护院，我支持你们。可是一群男人围着一头猪转，实在不像话，'幼稚'两个字我都不好意思说出口。你们说是不是？万一传出去，哨所的形象往哪里搁？广大边民群众怎么看待你们？一句话，守土有责，我们不能不务正业啊！"

老零说："您说咋办？"

"听我的，放了。"谢科长说。

"我同意您的看法，但是现在不行。这小家伙很可怜，放出去恐怕小命不保，姑且先留着喂一喂，等大点了再说吧。"老零说。

“上面知道了你怎么解释？”谢科长问。

老零说：“这又不是什么原则性问题，再说，我们的日常工作也绝对不会打折扣，您不说，就得了呗。等它大了些我们拿去放生，要是军分区过问，就请媒体一起过来，到时候宣传宣传，说不定还有其他的效果。”

“你看你看，老零平时像个闷葫芦，石头一块，现在脑瓜怎么突然变得灵光了呢？我刚才怎么没想到从保护野生动物的角度来看，这也是一条好新闻啊，我看就这么办，转变个思路，抓一抓典型。”谢科长高兴地说。

这时，哨所内外所有在场的人，都松了一口气。

大家目送谢科长回去。

可是军分区的领导紧跟着上山来了，说是视察工作。老零如实汇报情况，领导权衡了一下，定调说：“养大了，尽快放回去。”

由于小猪是哨所第八号“成员”，哨员们给它取名“八号”，大家更习惯叫它“八戒”。

接下来的日子，哨员们关心八戒的情况，就像关心自己刚出生的小孩。白天怕它热，晚上怕它冷，平时怕它吃不饱，每个人吃饭时都要喂它一两口。终于，大家见证它有了力气，长了硬毛，喜欢四处活动，慢慢地习惯了哨所的环境。它的口味在发生微妙的变化，大家外出巡逻时，多了一项任务——顺路寻找一些比较甜的野菜回来喂它，让它保持野性。

三个月后，小八戒长得跟枕头一样大，它当初那身棕黄色的嫩毛，长成了棕色毛刺。兴许是跟人类住惯了，它野性的成分少，家猪的脾气多，终日摇头晃脑，一会儿东张西望，看看哪个哨员不在，一会儿倒地搓背，或者呼呼大睡。醒来了，精力旺盛了，它不是跟苍蝇打架，就是去路边墙根用舌头舔食蚂蚁，或到菜园里用尖嘴寻找蚯蚓。

大家累了一天，回来洗澡的时候，故意拿洗澡水倒在它身上，惹得它一个劲地逃避。

八戒长得越来越俊了。

此后每逢过节，哨员们常常开玩笑说要宰了八戒加菜。但是都被老零厉声阻止。其实大家也没真心想宰它来吃，只不过看到老零那种殷勤护犊的样子，想逗他玩而已。逗了一两次，大家觉得实在有趣，于是就演变成了正儿八经的玩笑。

每当大家百无聊赖的时候，平时不怎么说话的老谢就会冒出一句："哎，去把八戒抓来放血啦！"说着走进厨房，装作准备拿刀杀猪的模样。正在忙着看报的老零，便扔下报纸跑过来制止，那个紧张的样子，惹得大家哄堂大笑。

有一次到了月中，冰箱里的冻肉吃完了，新鲜的食材还没有买回来，大家饭菜吃得没滋没味，厨师老胡就提议说，要不要宰了八戒给大家尝尝野味？一群人不约而同地放下碗筷，齐刷刷地起身去追八戒，留老零一个人坐在饭桌前。他看见情况不妙，忙放下碗筷，跑出门去制止大家的"恶劣行径"。

大家看见老零出来，互相使了个眼色，便围着哨所跟他捉迷藏。八戒被大家抱来抱去，赶来赶去，它居然也撒娇地叫起来，好像这是一场很开心的游戏。

大伙玩累了，放走了八戒，让它去纠缠老零，几个人从前后门溜进厨房，重新坐回饭桌前，笑得东倒西歪。

从游戏中消停下来的老零，带着八戒来到哨所前的阶梯上坐下，默默抽烟。此时天空蔚蓝而辽阔，沿边公路像一条白线，由近及远，穿插在连绵起伏的山林中，向遥远的北方内陆伸去。

这附近的山川峡谷，岩石旮旯，或者某处石窝角落，断崖边上，树林底下，石海之上，就是刚才开玩笑这群人的家。有时他真的感到难以置信，自己为何能够坚守到现在，而这群性格各异的可爱哨员，这些一起战斗的同事，为什么会死心塌地地跟他一起住在这高山上的荒凉之所？

八戒静静地趴在老零身边，目光跟随老零的目光移动，仿佛它的老家也在山脚下似的。趴着趴着，老零就闻到了一股臭味。

“你这头死猪！屙屎也不看地方啊？”老零站起来，踹了八戒一脚。

八戒的粪便，成为哨所新的困扰。

冬天凉爽还好说，可是这儿的大部分时间都是中高温天气，春季湿热，秋季闷热，夏季时间比我国北方地区漫长许多，而且只要雨季一来，降水量比全国平均值多出好几十个百分点。八戒吃得多拉得多，屋前屋后随地大小便，粪便东一堆西一处。

起初哨员们以为多了个便宜，积极地用铲子收集猪粪给菜地施肥。可是那肮脏之物的痕迹一多，不仅擦不完，而且很难洗得干净。雨水一淋，太阳一晒，臭气熏天，吃饭的时候闻到臭味，人人都皱眉头。

有一天早上，轮值搞卫生的副哨长廖建忠，在营房门口发现一摊猪粪，就大声叫骂：“你这个畜生，真不识好歹，老子非宰了你不可。”

他放下扫帚，去扯住八戒的耳朵，将它抱起来，还煞有介事地叫老胡烧水、磨刀。老胡明白他的意思，故意磨刀霍霍，弄出很大的声响。老谢见状，竟真的扯来一根麻绳绑住八戒的四条腿。八戒不断挣扎，呱呱直叫。老刁觉得吵，也加入进来，夸张地说："老子好些年没动刀子杀猪了，刚好可以练练手！"

几个男人心领神会，互换了一下眼色，于是一齐把八戒捉到木棉树下，摁在木椅子上，准备给它执行"死刑"。八戒一对四，使尽吃奶的力气也挣脱不掉，只能发出尖叫，叫声刺透云霄。

在茅房如厕的老零，听见八戒的尖叫声，慌忙了事，从营房底下越过台阶，飞奔而上。他那架势，仿佛回到战场的勇士，将几个跟猪过不去的哨员逐一扒开，将椅子上惨叫的八戒救下来，然后气冲冲地跑进厨房，把燃气灶的炉火给灭了。

"你们疯了吗？小猪崽再不听话，也是我们从小养到大的活物，宁愿放生也不能在这里放血！"

午餐时间，大家埋头吃饭，一声不吭。午后自由活动，大家各忙各的，故意避开老零，打桌球的打桌球，读书看报的读书看报，在健身器械上拉肌肉的拉肌肉。晚上上了床，大家依然没说一句话。

第二天早餐过后，哨员们检查装备，收拾武器，来到哨所前列队，准备出发巡逻。老零正儿八经地交代要点，喊立正稍息口令的时候，八戒也凑上来。大家看着八戒那一脸无辜的样子，突然，不知是谁忍不住一声爆笑，所有人用默契维持了一天的沉闷氛围突然被打破，个个哈哈大笑，牙齿都快给笑掉出来。

后来某天，镇上有个饭店老板上山，提出高价买走八戒，但哨员们没一个表示同意的。

19 七号战友

一个国防民兵哨所的常规建制要求满员状态应达到八到十人。天池山的情况特殊，得配备一个加强班。但是自从建哨那时起，天池山的员额就没满过。平时轮流执勤巡逻，勉强接得上，若是遇上要紧的任务，或者某个哨员家里有事要请假离岗，人手就捉襟见肘了。为此，老零没少伤过脑筋。

有那么一两年，山上人力异常吃紧，老零隔三岔五下山招兵买马，三过家门而不入，却经常碰一鼻子灰。

“哟，和尚下山化缘来了。”

有一天夜幕降临时，老零推开自己家门，迎面撞见老婆。老婆劈头就略带嘲讽地叫他“和尚”。老零于是叹气：“哎，世道变了，你这个‘尼姑’也不好当啊。”

老零将顺路买的一挂猪大肠和一副猪耳朵递给七娲，算是夫妻重逢的那份心照不宣。孩子们正念小学，见他回来，个个兴高采烈，争着为他解开装束，踮起脚尖帮他往门背上挂皮带、外套和帽子，并从他的军用挎包里找礼物。礼物照例是几颗纸包糖，或者是铅笔、橡皮、作业本之类。

晚餐是酸菜炒大肠和卤猪耳，这对农户人家来说算是奢侈的了，一家人吃得津津有味。

那时娱乐项目少，小山村里供电不正常，而且电费很贵，家家户户都少用电灯。不到九点钟，天地已经一片漆黑，只有家猫野猫和屋顶树枝上的猫头鹰在叫。

老零端水给孩子们洗完脸和脚，又送他们上床，帮他们关了电灯，然后提着用过的洗脚水来到烧猪食的灶膛前，让老婆添进两瓢烫水，算是温过一遍。夫妻俩卷起裤管，把四只脚伸进盆里，互相搓蹭，无声胜有声。

水变凉之前，相对的两张脸就着通红的柴火微光嘀咕家事。嘀咕着嘀咕着，他们陷入了沉默。默默想着家徒四壁的现状，看着跳动的火光，不觉低下头沉思，若不是可怜梦乡里的孩子，他们真的想大哭一场。

但是人前人后，他和她有苦不能说。万一说穿了，没人愿意报名上山，界碑没人看，边境线没人守，祖祖辈辈依靠的山林田地，极有可能被别人侵占，那是不能掉以轻心的事，搞不好，子孙后代都会戳他们这代人的脊梁骨。

是老胡的二度上山，在关键时刻救了老零。

几年前，老胡曾上过一次哨所。那时他媳妇刚怀孕，他掂量着家里需要照顾，就放弃去广东打工的计划，报名上山，心想反正离家也近，起码能领国家工资，平日里还能回去照顾老婆。

当时人武部规定，正常情况下每个哨员每月有三天休假。可这是针对满员的情况而言。老胡上来之后发现，天池山的哨员加上他也就区区六人，轮换分工根本不够用。为了让哨所正常运转，六个哨员必须周密分工、衔接恰当，因此从实际情况出发，每人每月只能有一天假期。

结果没到三个月时间，老胡的媳妇就要死要活，通过各种方式逼他回去，借口是她跟老胡的母亲无法沟通，如果老胡三天内不下山，她就要离婚、打胎。

“这事究竟怎么办？你给我出出主意。”老胡问老零。

老零明白老胡娶到这个媳妇不容易。老胡还有个兄长，早年外出做工，得了梅毒，身体日渐消瘦无力，弱不禁风。胡家父母大半辈子就摸了两张“牌”，第一张打烂了，还剩一张，就是小胡。小胡被哥哥连累，远亲近邻都怕女儿跟小胡接触，害得他打了三十几年光棍，成了老胡。父母于是一狠心，到村外盖了一间草棚，打发哥哥去那里开伙独居。

老胡将近不惑之年，终于遇上缘分，经有心人牵线，去相隔几座大山外的一个高山村寨相亲，讨上了现在这个当过几年寡妇的女人。女人身体非常健壮。老胡家终于有后，但全家人从此却被此女制服，没有一点儿反抗的底气。

想到此，老零就给老胡出主意：“解决办法只有一个字——顺。”

办完离职手续后，老胡卷起铺盖依依不舍地离开哨所，顺着媳妇的脾气回家吃老本。那老本，是他前几年在广东某厂子做厨师时攒的积蓄。

但老胡万万没想到，这一顺，就顺了六七年，直到孩子上了小学。

上了小学之后孩子却没法读下去，学校一纸通知书告诉老胡，孩子患有严重的自闭症。

在某个秋天的晚上，老胡去镇里赶集，砍了一斤狗肉，装了几斤玉米酒，回到哨所看望老零和战友们，跟大家一起吃晚饭。

几杯玉米酒下去，老胡肚子里的苦水全倒了出来：“我怎么也想不通。平时见孩子少说话，不爱跟别人玩，我还以为是性格问题，谁知道是个病。学校老师说他特爱撕书本，自己的书撕光了，还把同学的书也偷偷给撕了，以此为乐事。真想狠狠揍他一顿，可是想想又觉得他挺可怜，你说我怎么办？”

老胡显然已经微醉，还没等老零等人回答，他接着说：“我母亲得了抑郁症，过世之后，老头子酗酒更加厉害。我那婆娘把他逐出家门，他竟一气之下去跳河自杀，他本来就会游泳，跳河几次都没自杀成功。但他这么一闹，四邻八方都看我们家笑话，都知道我们家庭不和睦。”

“我当时刚好在竞选村委会副主任，他这一闹，都完蛋了！”老胡把大碗酒一饮而尽。

“结果呢？”一桌人竖起耳朵等待老胡给出结果。

“结果不想说了。关键是后来，我老婆又怀孕了。第一个刚刚送去学校，出了问题，又中奖，你叫我怎么办？”

“摸到两张牌，好事情。”老零说。

老胡举起酒杯要跟大家碰一个，没人拒绝。

又一杯酒下肚，老胡说：“我堂堂男子汉，没想过活得这么窝囊；以前在广东顺德的法国内衣厂，上百号人全吃我掌勺炒的菜，没想到今天竟落到如此地步；我家那婆娘也真是够绝的，说老头子和我哥要是敢再踏进家门一步，她就把肚子里的孩子拿掉。这话是她当着岳母的面跟我提的，两个大舅子也在场。我能发脾气？跟谁发去？不要肚子里的孩子？或者杀了兄弟和父亲？我真想一头撞进水沟，死了算了。”

“内衣厂？”老黄似乎对广东内衣厂的话题比较感兴趣，但被老零拍了一下肩膀。

“喝！”副哨长廖建忠说。

“这杯酒我肯定喝，同时我也想把话挑明，就等着零哨长和兄弟们发个话。”老胡虽然喝高，但面色依旧铁青。

“家家有本难念的经，过日子不容易，兄弟千万注意身体。”老零说。

“这么说吧，我已经心灰意冷了，这把年纪再去广东，肯定拼不过年轻人。”老胡接着说，“我只想找个家，安顿好下半生。”

“家？这话怎么说？”老零问。

“看来山上的消息还是不灵通，这么说吧，上个礼拜，我把娃仔送去了百色市特殊教育学校，手续齐全，好歹有社会资助，希望他将来能够自食其力。前天，我已跟那婆娘办了离婚手续，各走各的路，前提是她把孩子生下来，我净身出户，我和我父亲那份田地山林全划归她家兄弟，孩子我支付抚养费到成人。”老胡收住了眼泪，做出咬牙切齿的表情。

“你把沿边公路的征地拆迁补偿全给了她？”老零举起杯子说，“这样你以后拿什么养老？老头子咋办？”

“国家有政策，给边境三公里范围内边民发放生活补助，不是正在搞普查准备实施吗？我家老宅正好在这个范围之内，老头子可以住老宅，有国家生活补助，勉强可以生活。”

“这倒是一个解决办法。不过，你去哪里住？难道娶个外国老婆，去国外做上门女婿吗？”老零的话引起哄堂大笑。

那天晚上，哨所成员达成一个共识，敞开大门欢迎老胡上山。前提是村委推荐，镇人武部同意，医院体检合格，县人武部审核，市人武部、军分区和市国防动员委员会批准。

一切顺利。

老零又多了一个会炒菜的战友——老胡。

除了老胡和野猪八戒，天池山还有一个特殊的成员——七号。七号加入天池山哨所的时间，比八戒早一些。

有一天，老零利用月休时间下山，没有回家，而是直接坐班车去十几公里外走访农户，游说那孟镇西面山村的年轻人上山，可是连续三日一无所获。收假时间一到，他便火急火燎地返程，这时，刚好碰上那孟圩的圩日。

他从车站出来，走到老街古桥边，见到路边有老乡在出售一窝狗崽，每条都惹人喜爱。他摸了又摸，前思后想，终于一咬牙，花几十块钱买下其中一条雌狗，兴冲冲地抱回山上。

那天晚上，弟兄们看见老零带回的新入伙的小精灵，个个喜笑颜开，抢着抱，根本不在乎它是否拉屎屙尿。第二天早上，六个哨员在旗杆下列队点名，它连滚带爬跑到队列前，抬头叫嚷，萌嘟嘟的样子逗得大家扑哧扑哧嘴角漏气。于是从那天起，小土狗就给自己挣得一个响亮的名字——七号。

七号喜欢到山下草丛乱窜，经常带着一身鬼针草和苍耳的种子回到营房。老零每次为它洗澡都大费周章。苍耳果的毛刺勾住狗毛，一颗颗取下来，需要耐心和细心，不然连狗毛一起拔，七号就会疼得不听使唤，溜去木棉树下自己磨蹭解决。

不起眼的苍耳种子，像小地雷一样散落在哨所各个角落。第二年夏天，哨所周围开满了金黄色的野花，夏末时节，鲜花凋零，葡萄串一样的苍耳便泛滥成灾。哨员们在老零的带领下，开展了一场铲除“小地雷”的行动。当大家满头大汗，想找七号揍一顿时，它却跑去红旗底下摇尾巴，调皮地抬起后腿撒尿，“嗤”的一声，尿液精准地射在一根狗尾巴草上，让人怨气顿消，忍不住大笑起来。

20　英雄

七号日渐长大，虽然不会说人话，却听得懂人言，被大家视为英雄——因为它曾经立过一次功。

那是二〇一四年夏天，世界杯在地球另一边的巴西如火如荼开战，中国年轻观众的目光，从城市到乡村，几乎都被那颗圆圆的小球吸引。真球迷们躲进房间，捶胸顿足，日夜颠倒地关注着赛事；伪球迷们跑到大街小巷茶馆酒肆，借着足球聚会狂欢，用啤酒把肚子撑胀；而那些普通观众则为了跟时髦，积攒茶余饭后的谈资，也把脖子弯成九十度关注手机屏幕，或者把忙碌的脚步拐进足彩售卖点的门面，花点小钱搏一搏，想着兴许能够“单车变摩托”。

唯独没有人想起边境线上的芝麻小事——有好几棵国家一级保护植物，在热浪中悄悄倒下，徒留一地锯末。

在广袤的南方边境地区，除去许多我国特有的珍稀树种，便是连绵起伏的经济林，包括杉木林、松树林、桉树林，以及八角、荔枝、龙眼、柚子、香蕉、葡萄等香料或水果种植片区。这些经济林和香料水果种植片区，是边民赖以生存和发家致富的保障，当然同时也是一些不法分子牟取利益的对象。

世界杯吸引着许多人坐到电视机前，加上天气炎热、阳光火辣，干活的农民不得不寻找地方避暑，一时间边境地区几乎看不到活动的人影，这给了盗伐者可乘之机。他们在光天化日之下，像蚂蚁啃噬面包似的，隔三岔五就东一处西一处地卷走木材。

面对乡亲们的连续举报，老零终于坐不住了，为摸清情况，他独自一人下山走访村屯。乡亲们见他到来，七嘴八舌地反映自家受损情况。他们义愤填膺地说，对方往往是五六个人一组，带着砍刀和电锯，耀武扬威，谁敢靠近，他们就以暴力恐吓。我方群众手无寸铁，往往任人欺凌，无可奈何。

老零心想，这一地区自古通婚，言语相似，森林和田地连成一片，动植物过境压境，难以泾渭分明，即使在国境线划定以后，也难以避免野草蔓延、土石塌方、道路变形的情况，在边境地区搞生产的群众，有时放牛养羊一不留神，牛羊就跑到对面的国家去吃草，无法严格遵守卫星定位的那条红线。然而除了一些无法耕种的边角料，林地界限却是清晰的，财产是清晰的，如果不能及时妥善处置纠纷，打击犯罪活动，那么父老乡亲就会感到心凉，进而可能激化矛盾，导致双方边民进行大规模对抗甚至械斗，那样后果将不堪设想。

经过数天走访，老零已基本掌握情形，及时向上级做了情况汇报，获准之后他立即带领哨员们前往作案现场调查取证，侦察附近地形地貌，同时紧急研究部署围堵抓捕计划。

北京时间二〇一四年七月十四日凌晨三时，第二十届世界杯决赛在里约热内卢马拉卡纳球场打响。正当人们沉浸在桑巴舞的狂欢之时，在中国西南边境线某一处山间小道，老零和另外四名荷枪实弹的哨员，向预定地点出发了。他们背着干粮和武器装备，摸到一片密林中潜伏下来，紧紧盯着一百米开外的杉木林与原始杂木林的交叉地带。

随着山间雾气散尽，清晨的阳光很快穿过云层，照耀在白绿白绿的喀斯特峰丛上。一切都安然无恙，第一天的潜伏行动没有任何收获。

第二天也是如此。

第三天仍然没有动静。

这些天他们的主要战斗对象，是闷热的空气和脚下湿土中叮咬人的山蚂蟥。

第四天，哨员们开始有些急躁。连日来他们吃喝拉撒，都在二十米范围内，身体无法大幅度伸展活动，更不用说洗脸、冲澡、刷牙漱口，身上早已奇痒难耐，尤其是军用迷彩裤包裹下的裤裆，汗液汇集，简直成为细菌滋生的天堂。

第五天，一小时，两小时，三小时过去了，除了一些小型野兽和飞禽在林地间走动、叫唤，眼前一切风平浪静。背包里的干粮已经吃完，饮用水一滴不剩，此次行动时间大大超出了预期。是不是该收队回去休整？老零在心里面盘算着，有些矛盾。毕竟队伍中大多数人只是听说过潜伏的故事，没有蹲守的经验，这次行动虽抓不到人，却也已经达到了实战训练的目的。

继续等吧，等到天黑再回去也不迟，老零最终还是决定挑战挑战哨员们的承受极限。

然而，当太阳逐渐收回它刺眼的光芒，亚热带季风从北回归线以南席卷而来时，老零他们听到了异常的响动。

终于有鱼上钩了。

哨员们瞪大眼睛，竖着耳朵，绑紧鞋带，检查武器——56式自动步枪——还没有在实战中真正使用过呢，他们难以抑制心中的兴奋，就像初次出海打鱼的年轻渔民，蠢蠢欲动，想要收网。

老零打了个手势，示意大家不要着急，以免打草惊蛇，要沉住气，按照既定部署，加强隐蔽，以待打响战斗的最佳时机。

那边的人影终于冒出头来，鬼鬼祟祟地摸近最大的一株南方红木杉。旁边区域尚有枧木、望天树、见血封喉树、银杉、灰木莲等树。这群珍稀树种长势良好，雄壮挺拔，万一惨遭毒手，将是无法挽回的损失。

老零目测，对方有四人，操着混浊的土话，分工明确，作案工具有油锯一把、砍刀三把、绳索一捆，没有看到他们其他的随身工具。显然这些人已是惯犯，有备而来，想要速战速决，在极短时间内下手盗伐并拉走木材。

不一会儿工夫，就传来了油锯发动的声音。老零眼看时机成熟，指挥大家三面夹击，向盗伐者围拢过去。距离作案现场还有十余米，老零一声令下，弯腰弓背、低身前进的全体哨员迅猛出击，犹如虎豹下山，瞬间冲到嫌犯跟前。

“都停下！举起手来！”老零厉声呵斥。

其中正在锯树的盗伐者闻声“哐当”丢下油锯，拔腿就跑，没跑出两步，被老零从背后飞身一跃，按倒在地。咔嚓一声，老零顺势给他的一只手扣上了手铐。

说时迟那时快，当老零准备抓住对方另一只手时，那人忽然缩手收身，迅速站起，并从脚踝处拔出一把匕首，往老零的腰部直插过来。就在千钧一发之际，七号飞身而出，张开大嘴，咬住歹徒执刀的手腕，并借着身体重量将其重新撞倒。

老零见势，一个侧翻虎扑式，把歹徒死死压在身下，转身一扭，来了个漂亮的反手擒拿，咔嚓扣上第二个手铐铁环。歹徒疼得嗷嗷叫，连连求饶。

另外三人，试图从包围过来的哨员们身体间隙逃脱，但他们都穿着拖鞋，没迈出几步，也悉数被哨员们截住，一举抓获。

在凉爽的晚风中，老零和哨员们一字排开，形成纵队，沿着崎岖的山间小路将四名邻国盗伐者全部押回，交给镇上的边防派出所依法处置。

那次行动，边防民兵哨所独立出击，有效打击了破坏我国人民群众财产的跨境犯罪团伙，哨员们因此感到十分自豪。受到保护的附近村屯边民，个个兴高采烈，带着果蔬酒菜来到哨所慰问。

不过对于边防老战士老零而言，这只是许多棘手问题中的一个小小案例。

他找来一把梳子，把七号牵到屋檐下席地而坐，为这位立功的英雄梳理身上的毛，剔除残留在毛上的鬼针草和苍耳果。

第五章　现实主义

21　傻瓜

“打架啦！打架啦！妈妈，哥哥又跟别人打架啦！”

每当傍晚来临，七娲在地里劳作或者在家里忙活时，最害怕听到女儿的呼叫声。只要一听到女儿惊慌失措的叫喊，准是兄弟俩又给她闹事了。

七娲教训他们已不止百遍，有时关起门来批评训斥，有时拉到家门口装模作样地鞭打，骂完了打完了，又像喂食猪崽牛犊一样，让他们去厨房抓玉米红薯来吃。教育女儿零彤时，就批评她说：“你为什么不看好哥哥，今天又招惹谁了？”零彤总是委屈地哭，边哭边说：“人家好心回来告诉你，你却冤枉人家。”

在七娲的潜意识里，兄弟俩跟别人打架肯定跟女儿有关。因为哥哥祖豪是一根筋，看不得别人碰他妹妹一根毫毛，只要他觉得妹妹在人前吃亏，哪怕只是被别人翻白眼，他都要帮妹妹出头，结果不免动手揍人或者挨人家揍；哥哥跟别人干上架了，弟弟祖杰看不下去，也不服气，跟着上去为哥哥打抱不平；最后小孩子们扭成一团，有时鼻青脸肿，有时毫发无损。妹妹不知道怎样处理，就跑回家告诉妈妈。

看到妹妹遭受连带责罚，两个哥哥趁婶婶不注意，拉起妹妹就往外跑，去田里挖泥鳅、抓四脚蛇，去山上打鸟雀、挖鼠洞，去小溪找螃蟹、钓鱼。他们有时还懂得抱几根枯树干柴回家，拔几棵竹笋回来。

七娲对孩子们既爱又恨，只是苦于自己没有文化，无法监督他们做作业。每次考试，兄弟俩都不及格甚至得零蛋，好在女儿的情况比他们稍微好一点，才给她含辛茹苦的付出一点安慰。

祖豪六年级毕业时，因成绩太差，挤不进初中录取的名单，就回家干农活了。祖杰毕业时，考试成绩离录取分数线近一些，老零去乡里的中学求情，总算把他塞了进去，可是读不到半个学期，他觉得自己不是念书的料，主动要求回家务农。零彤则顺利上了初中，是弄盆村当年考上初中的七个孩子之一，成绩排在前三名。这才给天池山上的老零挣回一些面子，也让忙得顾不上喝口水的七娲看到些许希望。

零彤在镇里的那孟中学寄宿读书期间，祖豪、祖杰两兄弟在婶婶的带领下去地里干活，或者自己去放牛割草、打柴做饭，多少顶得一个青壮劳动力。他们虽然饭量大，但腿脚勤快，也舍得出力气。那几年，从家里到哨所，从天池山到那孟中学，传消息、捎口信、买日用杂物等，多亏了他们兄弟俩。

待零彤中学毕业时，两个哥哥已经长大成人，排进村里的青年后生队伍。他们穿着牛仔裤和白衬衫，变成了帅小伙子。老零夫妇见时机成熟，觉得是时候该放手了，一面鼓励兄弟俩外出打工，一面千方百计地为他们物色媳妇。

可是，老大祖豪却像一个扶不起的阿斗。

七娲里里外外打点媒人，托人牵线，但每次祖豪跟姑娘见面时，还没搭上话，脸已经红到了脖子，嘴巴里的舌头好像在打结。

七娲不断降低给祖豪介绍对象的标准，从待嫁闺女到已婚寡妇，再到有孩子的单亲妈妈。零彤为大哥的怂样笑掉大牙，亲自教他许多跟女孩子沟通的技巧，均如水过鸭背。

两三次没谈成之后，祖豪自己没了信心，偷偷跑去外面打工了。

年底回来时，有一次老零问他去了哪里，得了多少钱。他说去贵州帮人家看鱼塘，鱼塘被洪水冲垮，老板赔本，工资没有拿到。

"你真是个大傻瓜，人人去广东进厂赚大钱，你跑去贵州干吗？方向都没有搞对！"老零对他是恨铁不成钢，骂了他一个晚上。

祖豪竟然笑眯眯地回嘴说，反正那个鱼塘老板还欠他的工钱，明年再去找老板。老零气得直接提起扫把，把他赶出了家门。

又过了一个春节，元宵之后，年轻人陆续背起行囊出发前往外地，祖豪却优哉游哉地在村子里晃荡。

两三天后，七娲看不下去，狠下心来，叫他去负责翻耕山坳里的花生地。他扛起锄头就进山了。可是，他根本没去耕地，而是像猪八戒一样游荡到天池山，到哨所问老零要路费。

"打算去哪里？"

"往东边，具体还不懂。"

"不懂怎么去？"

"等出去了再联系几个老乡帮介绍。"

老零也不太了解外面的情况，就认可了他的计划，把省下来的烟钱悉数送给他当作路费。半年后，祖豪打电话回来，告诉老零他的 BP 机号码。老零以为他这回走对路子了，问他在哪里。

“在云南，中国和缅甸交界。”

“那可是西边啊！你到底干什么工作？”

“帮别人看果园。”

“什么果？”

“罂粟果。”

“我抽断你的腿！你现在具体在什么地方？”

老零当时正在监督兄弟们擦拭步枪，如果祖豪在眼前，他真想直接一枪崩了祖豪。

后来，老零通过各种手段，终于连哄带骗把祖豪从龙潭虎穴中拉回来，送去广东。祖豪进了东莞的一家皮鞋厂，有那孟镇的同乡监督，他老老实实干活，半年过去并无差错，终于积攒了工资，打电话回来说，数目还不小。

七娲于是喜笑颜开，在家这边谋划着，怎样在三五年之内帮他重建新房子，怎样请人做媒介绍个媳妇。可是，后面的一切又都落空了。

二〇〇二年岁末，瘸腿老支书因病去世时，由于他没子嗣，村里老人商议着紧急联系祖豪回来为他守灵，同乡却说祖豪被骗进传销团伙，已经失踪好一阵子了。

七娲只好卖去一头大肉猪，换取路费，让祖杰去广东找人。

然而去广东找人的祖杰回来报告称，那里的传销团伙已经被端了，找不到人，可能被转移去沿海了。再派另外的人去寻找，回来的人说，大海茫茫，影子都不见。

祖豪如人间蒸发一般，生死未卜，大家只能奢望奇迹出现。好在老二祖杰比较有出息，在一定程度上缓解了老零夫妻的痛苦。

祖杰比他哥聪明些，也更机灵。经过媒人几次介绍，终于有人家提出条件：招祖杰做上门女婿。

“也好。”经过一番思忖，老零让七娲给祖杰做思想工作，跟他说，这个年头，活着比什么都重要。祖杰起初难以接受，关起门来想了一个多月，最终表示同意。

“我不乐意，不想去做别人的儿子，受人家的气。不过，话又说回来，讨个女人过日子，总比在家当光棍好。”祖杰说。

“有舍有得，”老零安慰他，“留得青山在，不怕没柴烧。”

喜酒并没有大操大办，远亲近邻都知道怎么回事，静候邀约。没收到邀请的，也托人捎话来家里表示祝贺。

女方家里出钱买了三桌菜，来到弄汤屯请家族长辈吃饭，宣布这门亲事，算是正式办了过门酒。老零抽不出身下山接待亲家，一切事宜均由七娲张罗。

酒肉吃罢，鞭炮放完，当祖杰真的离开家，跟随女方家人走出村口时，刚才还喜笑颜开地迎来送往的七娲，突然忍不住放声痛哭起来。

过后两个月，老零休假回家，问七娲那天怎么回事，哭得那么凶。

“舍不得啊，就这样去给别人当儿子了。我们要是咬咬牙，把他留下来，娶个媳妇进门，我也有个说话的伴啊……”说着，七娲又呜呜地哭了起来。

老零也觉得有些亏欠祖杰，心里过意不去。可是生米已经煮成熟饭，还能怎么样？

隔一阵子，祖杰去那孟镇赶圩，顺道买了烟酒爬上哨所，请老零和哨员们吃了顿晚饭。

酒过三巡，聊到家长里短，大家请他谈谈入赘之后的生活情况。他说着说着，就哽咽了。

老零问他怎么了，捡了个便宜，难不成还受了委屈？

祖杰摇摇头回答：“你们是站着说话不腰疼，喝酒！”

酒后，祖杰带着七分醉意，步行离开天池山。后半夜，他悄悄地摸回弄汤屯，打开老家房门，到厅堂里给父亲和列祖列宗上了一炷香。待香火燃尽，天还没亮，他又悄悄离开弄汤屯，在村口公路边搭上去另一个家的早班车。

售票员是司机新娶老婆，不认识祖杰，就问他：“要去哪？”祖杰笑了笑：“到了你就懂了。”

22　卖菜人

农民居然不种菜了。这是最近十年在边境农村出现的一个奇怪现象。

大城市里的丝绸好卖，农村人养蚕就来钱快。七娲自然不能落伍。

很快，那孟镇的地里全部种满桑树。人们纷纷腾出宽大的客厅、餐厅、卧室，乃至狭长的过道、走廊和楼梯，有人甚至把整栋砖楼让给蚕，而自己住进茅棚。

蚕虫不是省油的灯，它们一天二十四小时都在不停地进食，而且十分娇贵，任何有可能携带病菌的东西，都不能靠近它们的地盘。人们得从早到晚不间断地供应新鲜桑叶给它们，小心翼翼地伺候它们，好让它们爬上格子吐丝，结成鸽子蛋大小的茧。

拿到辛苦钱的农民回过头来才发现，吃菜成了问题，谁也没空分神去捣鼓那片菜园了，不如买现成菜来得快。二级公路修好，家家户户买上摩托车，隔三岔五去县城或乡里农贸市场进一趟货，放冰箱里能够吃几天。

但是时间一久，胃口挑剔的人们开始怀念往昔的幸福时光。特别是农忙时节，例如蚕虫长到三四龄的时候，赶上维持口粮的稻田和玉米地耕种的季节，人们连上厕所的时间都没有，更不用说跑几十里路去城镇进货。于是，就产生了新的商机：送货上门，或曰新零售。

杀猪卖肉的乡间屠夫重操旧业，拉着板车进村里吆喝一声，忙着的人们就腾出手来到家门口买肉；专卖新鲜米粉和传统豆腐的人开三轮车到村里，往往都会一销而尽；季节性的瓜果也是如此。无论晴天还是雨天，只要是村里没法生产的东西，运进来总有市场。只有蔬菜向来薄利，又不便于保存，没几个人敢冒险，冒险的人没做多久也出于这样或那样的原因坚持不下去。

但人们总不能不吃青菜。

祖杰便瞅准了这个空当，当起菜贩子。他说服老婆和老丈人，拿出几千块钱购置一辆二手三轮车，加入流动小贩的行列，做起了山村蔬菜的生意。

据说刚开始时流动小贩的生意还挺好，但时间一长，四里八乡的脸混熟了，加上收购蚕茧的老板总是拖欠蚕农的钱——有的蚕农上半年卖的蚕茧，到年关时才从收购商手上得到结账款——口袋没钱却不能饿肚子的乡亲们，便把债务转移出去，都跟进村来做生意的菜老板赊账。

卖猪肉的家大业大可以挺过去，卖米粉和豆腐的自己有原材料也不成问题，唯独卖青菜的，进货需要现钱。这样一来，祖杰的资金就难以周转，所以，他的生意做不大，处于既发不了财又饿不死的境地。

为了养家糊口，祖杰每天起早摸黑，在边贸口岸和县城农贸市场两头跑。哪一边价格便宜、品种多，就从哪边进货，然后将那些大卡车运来的北方或者南方的蔬菜，零售分销到各个村屯。

每天下午两点钟是祖杰路过弄汤屯的时间。这天，七娲掐准时间，趁着喂蚕的空当到村口等候。

七娲尽量不记长账，家里实在捉襟见肘了，至少也要给祖杰月结。祖杰明白婶婶用心良苦，每次都会象征性地过一下秤给别人看，然后趁别人不注意，额外挑拣几把发软的菜搭给她。

午后两点钟，祖杰开着雨棚挂满广告的三轮车来了，大老远就望见了婶婶。

“还以为你今天不来呢，最近生意还好做吧？”

“天气太热，批发多了留不住，少了又没赚什么钱，油费太贵了。”

“条条蛇咬人呢。”

“可不是。”

“不过总比去打工好一点，不受人家管。”

“我倒是想去打工啊，工资高，可是现在一天也走不开。”

“这个丝瓜现在怎么卖？”七娲转了话题。

“批发两块八，零卖四块，您给成本价得了。”

“你不能亏本哦，该怎样怎样。”

趁其他人还没有出来买菜，七娲选了两条丝瓜，一斤娃娃菜，几个西红柿和一把菜椒。祖杰装好袋之后，七娲问他："你媳妇身体怎样？好些了吗？"

"老样子，每天药不能停，娃子刚读幼儿园，开始用钱了。"

"不容易，没哪个是容易熬过来的，只有做了父母才知道柴米贵。那，谁去接送娃子？老人家能帮点不？"

"在家带带还可以，学校远，哪里去得了？只能是我早晚顺路接送了。"

七娲明白他的意思。

前不久，他们那边镇上的一家民办幼儿园出过事故，负责到各村屯接送孩子的面包车连人带车翻了。原因是专职开车的老司机那天刚好要去喝喜酒，换新手顶班接送，结果新手把车开进了桑叶地，幸好没死人，但还是有几个孩子受了重伤。这一事件都上了电视，新闻上说那是超载造成的，一辆面包车里硬塞了二十几个小孩，舆论一片哗然。

那次事故之后，交管部门深入各个乡镇幼儿园和小学进行调查，市、县教育局下了一道通知，明令禁止超员搭载学生，禁止教育机构私自使用面包车接送学生。可是，小小民办幼儿园要斥资购买一辆正规校车谈何容易？接送孩子的重任，只能落回家长身上了。

"我叔的风湿病好点了没？"祖杰问。

"久不久就说痛，要是哪天掉链子谁说得清。对了，你见识广，要是在哪碰上好医师，帮你叔问问方子。"

"他自己不是懂点医药吗？"

"你还真傻呀！哪个医生会给自己看病？哪个剃头匠不是去找

人帮剪头发？你叔那点三脚猫功夫，治疗小病小痛还行，碰上疑难杂症就派不上用场。”

“还不是钱的问题，现在什么都贵。连我自己卖菜，也舍不得吃菜了。”

这时，七娲的电话响了，是女婿农布丁打来的。

见婶婶接电话，祖杰就说：“婶，先这样吧，我还得赶时间，有什么再联系。”

七娲一边抽手挥了挥，示意他赶紧走，一边跟女婿了解女儿零彤的预产期情况。待挂了电话，祖杰的三轮车已经越过山冈弯道，消失在万山丛中。

她拎着菜，看着那曲折的公路，深深地叹了一口气。

23　日常夫妻

自从知道女儿怀孕，七娲就意识到自己真的老了。祖杰三年前当爹，她去喝喜酒时，还没有这么深切的感受，总觉得自己是叔婆，而不是奶奶或者外婆。

“我都是当婆的人了。”有时，她早上起床对着镜子看自己的脸，真不敢相信时间过得那么快。跟老零成家这三十多年，她把自己过成了男人，脑子里压根没有“享受”二字。

平日里，老零好不容易才回一次家，回到家后还忙得胜过春天的蜜蜂，唯独对她爱理不理。任副哨长有副哨长的忙，任哨长有哨长的忙，老零总有一堆冠冕堂皇的理由，总是停不下脚步。她觉得自己作为妇道人家，也不好多过问、干涉男人的工作。

有时候村里人在她面前夸她有精神，有干劲。“男人在山上领国家工资，你还这么拼命，很快就会享福咯！”她只是苦笑。也有人夸她肤色好，向她打听老零送了什么药给她。

“老了，蛋清已经变成蛋壳。”她如此埋怨，虽然她很少公开埋怨自己的丈夫，但是她会偷换概念，把衰老的责任推给时间和太阳，“天天顶着日头摘桑叶，不脱皮不晒黑才怪。”

好多年前，老零去城里开会领奖，自作主张在中国—东盟博览会上给她买了一罐芦荟胶回来，结果被她破口大骂，说他真是有钱没地方花。老零的积极性备受打击，自从那以后，再也没动过心思给她买东西。

倒是女儿心疼老娘，久不久给她买一盒护肤霜。可她觉得那东西娇贵，用不上，只要了一小盒百雀羚，在冬天气候干燥时偶尔擦一擦。也只有闻到百雀羚的味道时，她才想起年轻时当姑娘那会儿的容貌和幸福。

过去三十多年，老零几乎每次踏进家门还没说几句话，就扔下包袱出去。不是去东边大爷家嘘寒问暖，就是去西边侄子家了解情况，好像他是村支书似的。这还是眼皮底下看得见的，他要是去了其他村走访，连个人影都见不着。每次好不容易回来住两个晚上，七娲为老零准备好一顿丰盛的晚餐，女儿翘首以待，可是往往饭菜凉了他才踏进家门。

有时候，他跟七娲说要去哪个村走走，一定会回来吃晚饭，但往往直到月上中天，他才带着一身的酒气回到家，惊醒了关在笼子里的鸡鸭。有一次他喝醉走错了方向，翻身倒进猪圈里，把吃进去的酒肉全吐了。那时有一头母猪已怀孕三个月，吃下老零吐的“酒肉”后，竟流产了。这件事令七娲损失惨重。

“爸爸就是一头猪！”零彤有时这样数落她爸。

七娲常常是又气又恨，压住满腹牢骚，端一盆暖水给老零洗脸擦身，细言细语跟他讲话，想挖出一些共同话题来讨论。且不说帮他出谋划策，哪怕听他谈谈哨所上的故事也好，可是他照例守口如瓶。理由是，家家有本难念的经，家里的事已经够多了，七娲何必还去操山上那份心。弄得七娲自找没趣。

有时老零心情大好，主动跟七娲分享一些开心的琐事，说着说着，她困得不行，就在沙发上睡着了。老零怕打扰她休息，只能轻手轻脚地跑去床上一个人睡。待她醒来，走进卧室，老零又打起了呼噜。

到午夜时分，村里远远传来了一阵鸡鸣，引得自家楼下的鸡群一起叫。在鸡叫声中，警觉的老零醒来，翻身一碰，碰到七娲的身体，她仍然安静地沉浸在梦乡中。老零不忍心惊动她，就起床抽烟解闷。七娲被烟呛醒，坐起来，两人你一言我一语，方才有机会嘀咕一些家长里短。

三个月前的一天下午，七娲正在屋后菜园除草，看见老零买一堆日用品回来，家也没进，就隔着篱笆跟她打了声招呼。

“回来啦。”七娲正想跟他商量接女儿回来住的事，谁知他身后突然冒出一个人。

“嫂子好！”县人武部的谢科长说。

“哦哟，谢科长，您来了，快进屋里喝口水吧！”七娲放下锄头准备走出菜园。

“不客气，我们车里有水，这不，正赶时间呢！”

“都要准备晚饭了，还要去哪？”

“有个考核任务，去弄猪屯。”

“恁远的地方，路又不好走，怎么不早点去？”七娲心想，这回老零肯定又学大禹治水，过家门而不入了。

“今天忙点材料耽搁了。”谢科长回答。

七娲和谢科长寒暄的当儿，老零已经进屋放完东西，背个军用挎包出门来，给老婆使了个眼色，便跟谢科长一起离开了。

那天晚上，七娲一直想问老零是否回家住，但他一个电话和一条短信都不回，打电话给谢科长，又无法接通。她焦急万分，却不知去问谁才好，只能跑去村口等候，一直等到下半夜，老零才被谢科长开车送回来。

“我还以为你们在路上出事了呢！那边的路，我以前走过，七弯八拐的，坡又多，不说夜路难走，就算白天都难爬。”七娲见老零人完好无损地回来，终于松了一口气，她说，“你们给他喝了什么马尿，脸红成这样？”

谢科长一脸抱歉地说：“那个后生有意上山，但是他父亲不太同意。老零软磨硬泡，硬着头皮一杯接一杯地喝酒，做他父亲的思想工作，但对方爱喝又能喝，一直不松口。我劝老零别喝那么多，但他不甘心。哎，我们的工作实在难做啊！希望嫂子理解。”

“哎，这么多年都习惯了，就怕你们累坏身体。”七娲说。

谢科长的车灯，渐渐消失在沿边公路上。

老零夫妻俩按惯例目送谢科长离去，便回去洗洗睡了。

天准备亮时，露水被风吹进窗户，让房间变凉。七娲起床去拿棉被，回到床上，见老零居然瞪着天花板，眼珠骨碌转，似乎在想什么事情。她就趁机跟他唠叨，一口气说，几月初几要走什么亲戚，几月十几要赶什么圩，几月几要买肥料，最近蚕茧价格又落了，几月十几女儿预产期该准备什么东西，哪家亲戚生了小孩，还有哪些亲戚婚嫁迎娶，家里的琐碎开支，等等。她数来数去，越来越没有底气。

开始时，老零“嗯嗯”回应，到最后居然闷不吭声。

七娲终于发火：“这日子怎么过啊？几十年了，你觉得有什么意思吗？”

老零欲言又止，心里有不尽的愧疚。

“你不能太自私，得考虑考虑家里，”七娲说，“天塌下来有公家人顶着，你不亏欠谁。”

感觉七娲话里有话，老零不得不严肃地回应她说：“问题总会解决，我们都要照顾好身体。生活嘛，细水长流，将来还要带外孙呢，上级肯定会体谅我们的困难。”

得了空头支票，七娲便起床去生火煮粥，收拾农具，准备接下来一天的活计。

老零一个人爬上还没封顶的三楼抽烟。天彻底亮后才下楼来，主动协助老婆喂猪、喂鸡、打扫庭院，然后带工具去山上的水柜检查水管。

站在后山腰，老零巡视村子的新面貌，出于职业习惯，在心里数着周围的山脉和山峰。他又跳上一块突出的岩石，以朝霞的光线和几棵大树的树冠朝向为坐标，校准了东南西北的方向，随后散步回家，摆开碗筷吃早餐。

24 秘密

过去那些年，七娲一直想建所新房子，暗地里辛辛苦苦积攒一些钱，做梦都想动工，但是每次都被老零压住。他说怕别人有闲话，说他在哨所上班巡查边界、协助公安机关盘查“三非四贩”人员，是不是拿了别人的好处。

七娲没法，只能一直等，等到全村人都起了新房子，等到危旧房改造政策下来，等到人武部的一些补贴下来，才在三年前动了工。

但动土开工不到两个月，后续资金没了。各种建材的价格猛涨，人工费也贵了许多，原先的储备资金已经远远不够，即使砸锅卖铁也无济于事。起到半拉子的房屋框架，一搁又是两三年。如果是柚子树，种下去到现在都可以挂果了，七娲心想。

老零心里着急，表面上却显得若无其事，好像一切尽在他的掌控之中。

“待会儿我去赶圩，顺便了解一下沙子水泥的价格，下午再去地里帮你拉桑叶。”早餐时，老零对老婆通报了今天的活动计划。

“早不了解晚不了解，现在去看有什么用，听说材料都贵了，人工费也涨了。”

“房子弄到一半，我心里不踏实，楼上楼下乱糟糟的，你说要叫零彤回来住，至少也要把剩下的砖头砌上去。”

“还好意思说，东拼西凑那些钱，做到一半就花完了，师傅的工钱还没有结呢。”

“我再去问问几个朋友，看看他们能不能支援一点。”

“要屙屎了才找茅坑。人家借钱也要看你能不能还，现在哪家有多余的钱借给你？即使借得来，我们怎么还？”

“办法总比困难多嘛，大活人难道会被屎尿憋死不成？”

“说得倒轻巧，当务之急是把砖头扛上楼顶，整出房间来给女儿住。年底结了蚕茧得钱再说，反正我没想过指望你。”

“听说蚕茧涨价了。”老零说，“但是老黄跟我提过，他们家的蚕房生虫，准备吐丝的虫子都僵死了，可惜啊，他老婆一个人养的三张新品种。”

“你心里只有别人。”七娲有些生气，“我养的三张刚刚四龄，也不知道今年运气好不好，地里的玉米都没得空去管。你去界碑，有没有顺路去看下我们家的玉米地？过几天得去培土了。”

“下次去看一下。”老零说，“我得出门赶车了。”

边境地区有几个乡镇，南面那孟镇的口岸集市虽然货物多，但没北面乡镇那么近。老零当天坐班车就近去北面的那洞乡赶集，走得多，买得少，早早赶回来。到家里洗把脸，然后骑上搁在家里好多年的 125 摩托车，去地里帮老婆摘桑叶。

端午节前的桑树已经高过人头，一畦又一畦，长满石山脚下的三角坪地和斜坡。手掌宽的桑叶在太阳下闪闪发亮，一层层深浅不一的绿色，好像出自最有才华的水彩画家之手，铺满了眼前的世界。偶尔划过的微风仿佛也是绿色的。

在桑叶地周围，隐约可见一圈用石头砌起来的田埂。很多年前，这里曾是稻田，只是由于干旱，玉米才逐渐替代了水稻，后来桑树又替代了玉米。

老零还记得小时候，自己曾经参与过“农业学大寨”运动。当时不管男女老幼，一起被动员到荒山野岭，用双手将荒凉的石山改造为梯田。还有另外一群人被安排到附近低洼的地方，挑泥土上山填充。数十里之外，有一条夹在山谷间的小河沟，河沟两岸的小盆地有个小石村，当地群众齐心协力将小石村下游的河水拦截，利用山体地形，筑成一座稳固的大坝。

大坝拦住的水将小石村淹没，因此水库蓄水之后被命名为小石水库。小石水库附近的弄汤屯居民开沟挖渠，穿山凿洞，架设桥梁，经过数年努力，终于修建了一条水渠，将小石水库的水引到本村田地，浇灌新开垦出来的水田。

此后很多年，弄汤屯周边生机盎然，然而由于地质原因，当年修建的水库底部在20世纪九十年代初发生渗漏，水库变成一个大竹篮。除非连续下七天七夜大暴雨，否则水库那可怜的水位根本爬不到水渠的高度。由于年久失修，十几公里长的水渠出现了破损，要么开裂，要么塌方，当年辛辛苦苦开垦的梯田很快变成了旱地。

人们纷纷卖掉家里圈养的水牛，引进了外地的黄牛，从中赚点差价。黄牛一年到头没多少事可干，站在空阔的田野吃草，等待主人的命令去拉牛车。牛车上的货品，最初是玉米、柴火、猪菜、黄麻、芝麻、黄豆，后来增加了桑叶。

老零在坡上把摩托车停好，沿着小路走到自家的桑田，透过绿油油明晃晃的桑叶，看见老婆戴的遮阳帽在不远处晃动，但看不清她的身影。

老零弯下身来，隔着几条细小的桑树枝，终于看见老婆背着大竹篓在劳动的身姿。她穿着瓦蓝色斜襟土布上衣和灰色宽筒裤，头戴宽沿布料遮阳帽，脖子被帽子下方的布片牢牢地包住，以防止太阳暴晒和蚊虫叮咬。老零把头脸埋进几张宽大的桑叶下面，脱下军帽给自己扇了扇风。他给自己点上一支烟，远远地看老婆一张一张采摘桑叶。她手上的动作还是那么利索，只是腿脚有些慢了，身后的竹篓沉甸甸的，两根背带绷得很紧，好像要往后拉倒这个女人的身体。

“停下来喝口水吧，”老零出声了，“牛在哪里？”

“来这么久就知道瞪眼睛！光看着，桑叶能自己走回家啊？”

“我也是刚从家里面赶来，没得停一刻，”老零解释说，“今年的桑叶长得挺好。”

“你以为我想累成牛累成马呀？嫁给你几十年了都没得过一天好日子，我看要等到哪天我倒在地上你才知道可怜。”

七娲说这话时，老零已经走出桑田，来到小路边将几个蛇皮袋的桑叶扛到牛车上垒起来。然后他“哞哞”地叫了几声，拨开草丛，走到附近一棵老树下，把站在那儿躲避太阳的黄牛牵回，套上牛轭。做完这一系列动作，他捡起赶牛的竹鞭回到桑田。

绿色的迷彩服起到很好的隐身效果。老婆低着头喘着气从桑田中央走出来，刚好迎面碰上老零，她以为碰到野猪或者什么野兽，“啊”地吓了一跳，一个踉跄侧身倒地，满满一篓桑叶铺满地面。几棵桑树枝被她压断，露出雪白的纤维。

“要干什么啊？进来也不说一声，吓死人了！”七娲十分生气，“你看，手都划破了。”她举起一只手，手掌被石头划伤了一小片，二指宽的伤痕沾满碎泥。老零把她扶起来，她卷起袖子又发现手臂上有两道血丝，估计是被树枝划伤的。

“背不了这么多，就别贪心嘛。背这么重，年轻人都比不过你咯。”老零用自己的衣袖为她的手掌揩去污渍，并摘了两片嫩桑叶放进嘴里咀嚼。“把手伸过来！”老零含糊不清地命令老婆，嘴巴咀嚼的样子像一头牛在吃草。

“干什么？”老婆转来生气的目光，但同时把手伸到老零面前。

老零的十个手指像铁钩一样粗硬有力，抓住老婆的手臂，用一只手轻轻撩开她的袖子，另一只手放到嘴边接过咀嚼完毕的碎叶，连带唾液一起涂到她的伤口。

由于天气闷热，七娲干活时把上衣扣子解开了一颗。老零为她包扎伤口时隐约看见她跳动的血管和胸前的肌肤，汗滴像清晨的露水从她的脸颊、耳尖顺着脖子流下来，被打湿的衣衫紧紧贴着丰腴的胸口。

“身上味道挺香，是不是用了我上次买的香皂？”老零俏皮地问。

“别老不正经，被人看见了臊死人。”七娲压低声音说，“快去拿水来。今早上把水落在三轮车里了，原本想开车去下弄，可是一想到上弄的叶子长得更好些，就拉牛车上来了。”

“哦，等有了钱，买辆女式弯梁摩托给你，上来方便一点，牛车稳是稳点，可是太慢了。”

“浪费钱做什么，摩托车拉的也没牛车多，再说，我们家也没钱。房子的工钱及买沙子、水泥、钢筋、石灰的费用，还得靠那些蚕虫呢。”

说到钱的问题，老零的嘴巴马上被堵住了，本想借机和女人亲热一下的，最终也免了。在荒无人烟的野外，在铺天盖地的桑树丛中跟老婆亲热，这种美梦他不知做了多少次，可是一次也没有实现过。

在山上无聊透顶时，兄弟们曾经给老零计算过如下数据：

平均每月三天休假，如果当天晚上赶回家，第三天下午上山，那么他可以在家睡三个晚上，一年十二个月总共三十六个夜晚，这是最理想的数据。而现实的情况是，如果有时要去外村走访而住在老乡家里，有时遇上节假日、红白喜事，要跟其他哨员调班腾出时间，或者有紧急任务时要加班，一来二去就会错过回家的时间。即使上级说过后再补，可假期一旦拖到年底，基本没什么指望了，年关一过，假期重新计算。所以，他最幸运的一年，顶多回家睡三十个晚上，最悲惨的情况是一年只能回家睡十多个晚上。

兄弟们每每算到这，就不说话了。大家觉得既对不住自己老婆也对不起自己，可是，能有什么办法呢？

现在，老零夫妻俩像两具木偶坐在牛车上，沿着坑坑洼洼的陡坡往家里赶。正午的太阳挂在山头，放出目空一切的光芒，天幕被阳光扫净，如一片透明的玻璃。牛尾巴甩出来的一群群蚊子在眼前飞舞，像是玻璃上滑动的灰尘。

下午回到家吃完饭，老零便和七娲走进老屋的蚕房，踩在凉爽的地板上，给筷条粗细的蚕虫喂桑叶。夫妻俩一前一后，配合十分默契，蚕虫沙沙地啃食，让他们觉得幸福生活触手可及。蚕虫一天二十四小时断不得桑叶。傍晚时分阳光变弱，老零又和七娲出发去采桑叶，折腾了几个小时，直到月亮挂上山头，才拉回满满一车桑叶，保证蚕虫的夜宵。

夜里，老夫老妻耳鬓厮磨，那种感觉比温柔的月色还美。但是即便如此，老零还是没有把心里的秘密告诉老婆。

几天前，谢科长打电话给老零，说："政策下来了，天池山有一个民兵转干名额，上面考虑到你劳苦功高，想借此机会把你调到镇人武部充实组织力量。老零啊，这一次机不可失，你做好思想准备吧！”

然而，老零根本没有什么准备。他走到哨所的角落里，低声回答：“我这个人，一条道走到黑，眼看就快要到家了，别给我挖什么坑，还是把机会让给年轻人吧，万一我丢下哨所走了，你来当哨长？天池山的情况你又不是不懂。”

“死心眼，一根筋，不要敬酒不吃，下半句话我就不说了。你在山上几十年，已经让了两次机会，名声都快传到中南海了，这次就不要让上级下不了台阶！”

“可是我真不习惯挪窝。”

“识趣点，你那风湿病得好好去看看了。再说，无论你换去哪，我们不都还在同一个战壕嘛！推举候选人通知文件很快会下达。”电话挂了。谢科长居然拿风湿病来说事，老零心想，这也太小看人了。

不过，突如其来的消息像只野兔子，此后连续几个晚上不断踢着老零的胸口：怎么办？下山固然好，可怎么跟兄弟们交代？

25　末班车

秘密是女儿告诉七娲的。

女儿的消息来自女婿农布丁。“上级看中了阿爸，有意把镇人武部干事的位置作为老功臣的奖励腾给他。”农布丁告诉零彤，“可是他老人家却觉得过意不去，非要把机会转让给年轻人，在山上搞什么民主投票，还打电话给上级提出关照年轻人的建议。”

七娲听完女儿的电话后，沉思良久，然后饭也不吃，到蚕房各个角落收集十几个空蛇皮袋捆到一起，来到院子发动三轮车，径直向两公里外的自家桑田开去，花两三个小时的工夫摘了一车桑叶拉回家给蚕虫铺上。她抹了抹额头上的汗，回到厨房胡乱喝两瓢玉米粥，又到水龙头旁边抹了抹脸，拍了拍身上的灰尘，拎个赶圩的布包来到村口候车，专程赶去天池山哨所。

七娲到哨所时已接近傍晚，老胡正在厨房炒菜，老零在木棉树下抽闷烟，其他哨员在健身房里面打桌球。七号第一个发现七娲，并跑下百米台阶去山坳口迎接她。

老零的烟刚抽到一半，听见七号汪汪的叫声，就挪开身子走到台阶处查看动静。只见老婆气冲冲地爬上来，额头的刘海被汗水黏住。

“你怎么来了？”老零见老婆快走近，问她道，“也不提前说一声，打个电话也行啊。”

但七娲的脸色异常可怕，她并不回老零的话，而是让脚下的布鞋在台阶上踏出重重的声音。老零知道，这双布鞋是她出嫁时娘家给的嫁妆，没有特殊情况都压在箱底，每年也就走亲戚的时候穿几天，平时干农活她穿的都是解放鞋。

“有什么要紧的事，这么晚还上来？”老零是丈二和尚摸不着头脑，见老婆神情严肃，感觉很不对劲，上周回去还跟她盖同一床被单，现在怎么像个仇人似的。

七娲还是不回话，她的双脚已经走到营房门口的旗杆下。哨员老刁从健身房看到她，不明就里，高兴地喊了一声：“嫂子来了！”

其他人见状，也纷纷停下手上的家伙，无不羡慕地向老零靠拢过来。

有人问老零："哨长，这不是你的风格呀，嫂子要来也不提前通知大家。"

有人露出憨厚的笑容迎接嫂子，向她嘘寒问暖，关心地问她最近胃病怎么样了，牙齿还疼不疼。

也有人问她，今年蚕虫养得怎么样，是不是准备抱外孙了。

穿着围裙的老胡拿一把锅铲，从厨房里走出来，一面欢迎嫂子，一面埋怨老零说怎么不提前交代，搞什么突然袭击，饭菜都没考虑上呢。

另一边有人回答说，饭不够面条凑，多个人不就是多把凳子和多双筷子的事嘛。

这时，甚至有人走进营房开始腾床铺了——每个哨员的家属都可能会来这里体验生活住一两个晚上，其他人腾床铺理所应当。

所有人都傻不拉几地向七娲献殷勤，只有老零像个小学生似的站着不动，因为他至今还搞不懂老婆演的是哪一出。

"你们好！"七娲的脸乌云散开，终于开口说话，体现出一个哨长夫人应有的礼仪，但是语气明显比以前干了许多。但是许久不见对方家属的兄弟们并没有觉察到有什么异样，他们只是奇怪老零为何如此淡定。

其实老零已经知道来者不善，从老婆的举手投足间，他对她的用意已经猜得八九不离十。但他还是明知故问："出了什么事？"

"你自己晓得。"七娲避开老零的目光，定定地站着，斜眼瞟了瞟哨所，好像她是这座哨所的主人，其他人都是临时工。

听到嫂子这莫名其妙的话，其他人齐刷刷地把诧异的目光转到老零身上。

“去去去！没你们的事，该干吗干吗去！”老零试图喝退这群好奇的兄弟们，并交代他们面条不用煮了，也不用腾床铺搬凳子之类。他说自己今晚要回去一趟，明早再赶回来。说着，便走进营房，从抽屉里拿出家里的钥匙。

见大家怔在原地，七娲为老零解围。她松开紧绷的脸部肌肉，低下眉头微笑，然后走几步，上下打量一番哨所，说了句“没什么事，就是顺路上来看看”，旋即转身走下了长长的台阶。一直围着她团团转的七号，见老零拿钥匙出来，又追着老零的屁股上蹿下跳。

老零一边对七号说“没你什么事，回去”，一边跟在老婆脚步后面走下台阶。到了山下路边，在从边贸口岸开往县城的最后一趟班车路过之前，老零不安地看着七娲冷冷的侧脸，感觉她比上周老了十岁，头顶的发丝像一堆冬天的荒草。

七娲转身背对着他，眼睛盯着回家的方向，仿佛身边站的不是她的男人。

两人沉默了几分钟后，车终于慢吞吞地来了。老零望了一眼山上的国旗，然后和他的女人一起搭上返回弄汤屯的末班车。

26 谈判

在老零心目中向来贤惠又顾大局的七娲，这次完全变了样。

她把房族里的几个长辈，还有女婿农布丁、侄子零祖杰一起请到家来吃了一顿很晚的晚饭。七娲在众人前面要求老零表态：“这次你必须辞去山上的工作，给我去镇里上班。”

但老零俨然一块石头杵在饭桌前，始终没有开口说话，也没有动摆在面前的碗筷，眼睛盯着墙角，若有所思。墙角整整齐齐地摆着一堆已经洗得发白的解放鞋，那是他带回来的旧鞋子，给老婆穿去山上干活的。

长辈们的意见是：你已经为天池山哨所奉献了大半辈子，没功劳也有苦劳，这次转干机会千载难逢，对于家庭来说也很重要，能够多出一点时间回家就能多为七娲减轻些负担；况且你们也准备当外公外婆了，小孩需要人带；这几十年你的付出和努力大家有目共睹，此时离开哨所大家肯定理解，肯定没有人反对。

农布丁和零祖杰连连点头，表示认同。

“哎——”

老零抬起沉重的目光，对大家发出一声感叹。

接着，他郑重摆出几点反驳的理由：第一，作为一名老共产党员，应该为人民服务到底；第二，他已经在哨所守了三十多年，不能天快亮了还尿床，落下不好的名声，将来去阴曹地府见了当年为边境安全而牺牲的亲人说不过去；第三，作为哨所领导，他不能跟下属们争抢好处，而是应该把发展机会让给年轻人，让他们看到希望，以便带动更多的年轻人加入哨所；第四，最重要的是，他本人已经习惯了山上的生活，要是离开哨所和界碑，等于要了他的命。

“你们看看，真是太自私了！还真把自己当个英雄人物了，也不考虑考虑实际。多少人去做生意发财，你那山上一年的工资都比不过人家一两个月赚的钱，这个我就不说了，但是你也得体谅体谅我养蚕有多辛苦，包括家里建房子，水泥、沙子、砖头，你有哪一天帮忙挑过一担？以前有过两次下山的机会，我同意你让给别人，因为那时我还年轻，可以多干一点活，但是我一个女人家，你总不能忍心让我一个人干到头发白了吧？大家都可以作证，你把家安在山上倒落个清静，家里大大小小的事情都让我来扛，这么多年我有过什么怨言！你还记不记得？阿爸阿妈去世时你都不在家……”七娲说不下去，开始有些哽咽。

老零像被寒霜打过的青菜，低下头，露出羞愧的脸色。前面一大串连珠炮，早将一个堂堂男子汉的面子逼到了墙角。

沉默片刻，老零胸中顿时血液上涌，怒火仿佛地层底下的岩浆，将他脖子上的血管撑成一条条钢筋。但是，长年累月养成的克制理性，以及老婆话语中的真情实感，让他松开了手上的拳头。

“来，大家喝酒。”老零向大家举起了酒杯。

小山村里一场似乎马上要爆发的战争，被一杯杯谦逊的玉米酒浇灭了。

谈判瞬间进入僵局，只有烟和酒能够缓解这种沉闷的气氛。女婿农布丁及时地拿出香烟分给岳父和各位家族长辈。

为了让大家继续维持拉锯战以拖垮老零的意志，七娲马不停蹄地进出厨房，又是炒花生米，又是炒黄豆，不断地给大家添料。其实，她内心非常明白，老零就是一头脾气很硬的倔牛，他决定的事谁也拉不回来，她在几十年前决定嫁给他，看中的就是他这点义无反顾的脾性。但是，现在情况变了，再拼命的人也有老去的一天，再倔强的牛总有低头的时候，奉献总有个底。

晚上十点钟过后，为了不影响村里人休息，农布丁把电视机关掉了。客厅里只有一台老掉牙的风扇在象征性地转动，它是二十多年前老零立军功时，军分区给他的一等功奖品，因为经久耐用，家人一直舍不得扔。

老零盯住电风扇，心里有说不出的滋味，年轻时风华正茂的岁月，在他脑海里一幕幕闪现。那时，他的女人是多么贤惠，多么温柔，多么体贴他，那时他们还一起唱“军功章上有我的一半，也有你的一半”，可是现在，她怎么就不理解了呢？难道是自己在山上待太久了，不知道山下的世道人心已经完全变了？

花生吃完了，黄豆也快吃完了。七娲想再去找出预备给女儿补身子的黑豆来炒，但被大家拒绝了。

待月过中天，舒爽的凉风灌进屋子，一壶十斤装的玉米酒已经见底，长辈们把女婿带来的几包烟都抽完，眼睛也困了，便陆续起身，准备回去休息。七娲眼看要输了“比赛”，于是立即组织第二轮攻势。

趁老零送长辈们离开院子的间隙，她先后把女婿农布丁和侄子零祖杰两人拉到院子外交代。

她对女婿说：“你爸这个人很倔，我没法跟他沟通，你跟他讲，过去几十年，所有跟他上山的人都早早下山了，无论怎么说，他的那双腿脚已经比不过年轻人，哪天倒在山上也没人可怜。他已经对得起国家、对得起组织的培养了，唯一对不起的是这个家。这么多年，怎么穷怎么苦我都熬过来了，现在该是上级体谅他的时候了。”

她又对祖杰说：“告诉你叔，没有人不支持他的想法，这么多年我们都过来了，只是现在全村人都建了楼房买了小车，你妹也成家了，我们一家人还住在可怜巴巴的破房子里，新房没钱封顶，一年到头全家人没得几天好好团聚，我还能活多少年，还能干多少年？我也想什么都不管，搬去山上住，可是行吗？不行。在山下住，人长一张脸，可是贫穷气死英雄汉，我心有不甘啊！你跟他说，下个月零彤就要搬回来住，去医院生娃，回来坐月子，哪样都少不了人照顾，小农要去工地做工，单靠我一个人真的不行啊！”

然而，当七娲和两个晚辈准备针对老零进行新一轮攻势时，情况逆转了：当老零从夜色中回到家来，脸上已经露出一副缴械投降的模样。

原因无他，刚才送几个长辈出门，回来的半路上他接到了谢科长的电话。

“磨磨蹭蹭可不是你的性格，”谢科长在电话里说，“要是错过了今年的人事工作的时间节点，恐怕再也没机会了。到了明年后年，即使你立功再大，也会因为年纪超标，不会有特殊待遇。你是一线功臣，万万不能辜负党的安排，让组织难堪。”

看来这是一道死命令。老零忐忑不安，回到堂屋坐下。

他心里十分矛盾，不知如何开口。大家见识过他的威严，但没见过他如此悲伤。农布丁不断给他筛酒。

老零将黄豆咬得咯咯作响。最后，公鸡打鸣时，老零已经有七分醉意，疲惫不堪。他不得不在亲人们面前，吐出两个字：“好吧。”

第六章 另一个自己

27 哨所夜色

次日早上，老零回到哨所，并没有立即公布昨晚的决定。他照例跟往常一样，对准时间安排表，带领哨员们出勤巡逻。这次巡逻，行军速度很慢。

一路上，大家心事重重，交流的话语比平时少了很多，他们都想听老零把话挑明，但是这个有风湿病在身的老哨长，硬是屁都没放一个。大家不知道他葫芦里藏着什么药。

至傍晚时分，巡逻结束，大家爬到哨所已累得虚脱，喝水的喝水，脱鞋的脱鞋，擦枪的擦枪，拧衣服的拧衣服，谁都懒得张嘴说话。能够在六点钟用晚餐前，扯张凳子到营房前的木棉树底下伸展腿脚休息，抽几口烟，那感觉比当神仙还舒服。

哨所一侧风口处，是最舒服的位置，也是老零饭前休息的习惯性位置。老零卸下装备，到办公桌前简要填写完巡逻日志，便一身轻松地走到营房外，从口袋掏出被压扁的香烟盒，倒着在手背敲出一支，放进嘴里点上。

不知不觉间，天色渐渐暗了下来。

营房传来熟悉的《渔舟唱晚》的旋律，那是央视天气预报主持人的直播结束了。一天当中，也只有这个时刻和这支旋律让老零感动，让他想掉眼泪。不知多少个日日夜夜，无论再苦再累，只要晚饭后能坐在营房外，抽上一支烟，就着深蓝色的夜空和斜挂在山头的月亮，凝视远处山脚下闪烁着灯光的村庄，听一曲天气预报音乐，心情就无比爽畅。

老零眯着眼睛都能说出片尾字幕的内容，那些一行行往上爬的地名、天气标志、气温指数。那排列顺序，不外乎是深圳、厦门、宁波、青岛……雷打不动。哨所里，每个哨员都能哼《渔舟唱晚》这曲子，包括七号和八戒。七号和八戒走路的步伐，都会随着旋律节奏而变化，四只脚好像踩在笛子的音孔上似的。

然而今天，这音乐听起来怎么都像是一首送别曲。他还没做最后的决定呢，至少没在兄弟们面前公开表态。老零多想再听一遍电视音乐，可是，现实终究是现实，难以逆转，那双看不见的命运之手似乎在安排着这一切。

电视里曲终人散，广告的声音来了，那喧嚣的声音，让他感到一阵晕乎。

不该这么情绪化呀，他在心里骂自己，怎能纵容脑子胡思乱想，说得难听点，叫小家子气、娘们脾气。留下来还是下山去，都说不定呢。他猛吸一口烟，把思绪拉回了现实。

这时，老零听见身后哨所的厨房传来哗哗的水流声和碗筷碰撞的声音。

“都说今天的碗筷让我来洗，老胡怎么自己动起手来了呢？”他小声嘀咕着，有些艰难地站了起来，走去厨房准备批评老胡。

“哨长，我发现你今天有些不对劲，是哪里不舒服了，还是家里出了什么事？”老胡问他。

“没什么事，”他说，“就是想帮你洗洗碗，这个机会都不舍得给啊？”

“来来来，你要是不嫌弃，我们换一下，下次轮到我去巡逻，你在家炒菜咯？”

“你就别卖乖了！我可没那个掌勺的命。”老零没想到老胡这样说，便打消洗碗的念头，想继续回到石台抽烟。

可是当他转身准备迈开步伐，却发现四只蓝亮的眼睛冒在眼前。

“你们上来干什么？回去！”他用壮话下了一道命令。

七号和八戒却纹丝不动。他只好把帽子摘下来，在手上拍了拍，做出要鞭打的意思。两个家伙于是争先恐后往营房跑去。七号动作灵敏，往营房漏出来的灯光里闪了进去，八戒一不小心，却滑进了山体和营房之间的排水沟，发出一阵尖叫。七号闻声跑出来，前蹦后跳，一副幸灾乐祸的样子。

“老七，不要取笑人家！有本事你把它拎起来啊，它可是你的战友！”老零呵斥七号，语气就像批评其他犯错的哨员一样。

排水沟不仅窄，而且深，一头重约二十公斤的野猪掉进去，想爬起来都困难。老零三步并做两步，跃下水泥台阶，抓住八戒的两只长耳朵，迅速把它从排水沟里扯了上来。

“哪个叫你贪吃，这回肚子大卡住了吧？小心哪天把你给宰了！”

老零一边批评八戒，一边抚摸它身上齐刷刷的钢针一般的毛。

七号和八戒离开后，老零继续拿烟出来抽。可是，连续摁了三下打火机，都打不起火来。

他捏着打火机又摇又甩，一会儿又举到头顶，对着空中看还有多少气，继续啪啪摁下气门，仍然不冒火。正当他准备起身寻找火源时，小骆从身后冒出来，“呲”地划开一根火柴，用手护住火苗送到他跟前。

一团白色烟雾从老零嘴里冒了出来，他隔着烟雾看了一眼小骆，露出难得一见的笑容。小骆则从哨长的眼神里，看到了一丝说不清的忧郁和深邃，那里面的内容，像个谜，一时半会儿读不懂。

“坐下来抽一支。”

对于这个上山不久的年轻人，老零感到欣慰和欣赏，毕竟时下愿意干这行当的人已经寥寥无几了。况且小骆并非走投无路的歪瓜裂枣，也不是需要养家糊口又没有什么挣钱手段的农夫，他才二十几岁，那体格和样貌，那动作和身手，怎么看都是一块好材料，不去当正规兵，是有些可惜了。

“山上苦是苦了点，可是干完了活，落得个清静。”老零对小骆说。

“烟头刚丢，得去洗衣服，您坐，火柴拿着。”小骆站直身子，表现出一脸腼腆，语气却有几分老江湖。

“哪里搞到的？这东西，现在少见了。”

“呵呵，以前在县里的 KTV 干过一阵，偶尔收藏几盒，上山时撂背包里忘了，昨天找剃须刀片时才发现。”

“哦。我们年轻时候主要用这个洋火，天黑时就用这个点煤油灯，那时根本没有打火机，更没有电灯。”

“年代不同了嘛。这东西用起来方便，可是经不起受潮。”

“火柴头药粉的味道，香。”

“我还有两三盒，回头一起送给您吧。”

小骆说完转身离开，老零从盒子里抽出一根火柴，划着了，放进口腔，闭上嘴让其缺氧熄灭：这是他儿时在村里和伙伴们为了比试胆量发明的玩火游戏。

他看着熄灭的火柴梗，笑了笑，把盒子放进口袋。方方正正的火柴盒，八个棱角握在他的手心。算起来，他已经有好些年没有跟火柴接触了。这小盒子在他心里还有另外一层含义，那是父亲告诉他的。

不知具体哪一年，父亲跟他说过，人这辈子就像一根火柴，有时候擦不燃，擦燃之后很快也没用了。要么丢在地上，要么丢进火坑。好一点的就会装进更大的火柴盒，两眼一闭，盖起来，埋到地下，什么荣华富贵、恩恩怨怨，都变成了坟头草。命运好的还有子孙在清明节插几炷香，命运差的就变成了孤魂野鬼，任由野兽践踏，蚂蚁叮咬，久而久之就无影无踪了。

关于生和死，父亲还有另外一番话，当时他就是听了那些话之后，消除了恐惧。“与其平庸地死去，不如轰轰烈烈地搏一搏。”父亲对他说。

这时，小骆拿着两盒火柴走出营房，神秘兮兮地递给老零。

“哨长，送给您啦！”小骆说。

“哦，这么快，谢谢你咯！”老零抬头瞄了他一眼，露出有些复杂的表情。

“不客气，回头我休假再搞一些上山来。呵呵。”

“距离你休假还有一个多月哦，大家都在排队，你刚来，不要急嘛。”

“挺想家的。”小骆的眼睛突然变得委屈起来，看着远方，“没想到山上会这样闷。”

“干我们这一行，没有仗可以打就跟自己打咯。”老零看了看眼前的小伙子，有些担心，便进一步说，“我看你是一块好料，将来会有很好的前途。好好干，总会有出路的！”

小骆呵呵了一声，转身又走回了营房。看着他的背影，老零越来越觉得心里舒坦，小骆的模样就像自己当年初来时的样子。就在几个月前，这个小伙子的表现让哨所上所有的老骨头都竖起了大拇指。

28　替身

小骆不是本地人，他的老家在卡腊山林场。那个林场横跨广西那坡县和云南富宁县，离边境口岸直线距离一百多公里，和老零他们家这边相比，小骆家离边境线远多了，虽然大家都在同一个边境县。

小骆是谢科长找到的人，旨在补充天池山的兵员。

报到那天，小骆跟大家做自我介绍，说自己高中毕业后一直想去参军。爷爷曾经是南下干部，后来分去农场，在南方扎下了根，父亲则是一名护林员。因为他从小听爷爷的战争故事长大，看过爷爷扛枪的照片，又目睹了父亲背枪巡山的英姿，所以对军队生活非常向往。可惜身为独子，母亲不同意他走父辈的老路，想要他去读大学，但他天生对读书不感兴趣，而且成绩不好，就逃学了。私下里去报名参军，却因为身上的文身太多，没有被录取。

他脱下衣服给大家看他的脊背和脖子，脖子上有拳头大小的文身，图案是拳王泰森咬耳朵，脊背上的刺青则是一朵玫瑰花。“我脑子好使，除了热闹什么都感兴趣，今后可以为大家做很多事情，希望大家多多帮助我成长，我想在哨所锻炼个五年八年，等我家那片树林长大了，回去开个木头加工厂，专门做孩子的玩具。”他说。

大家笑了起来，一半因为他的诚恳，一半因为他的天真。

不过后面的事情证明他的脑子确实好使。

新年元旦刚过不久，全军开训，各地的民兵也动了起来。县人武部吹响集结号，各乡镇民兵连统一时间展开拉练，目标和路线互相交叉，要求从 A 点到 B 点的距离不能少于四十公里，第一连领到基本单兵装备之后，从所在乡镇出发，前往第二连所在乡镇目的地，第二连从所在乡镇出发，前往第三连乡镇目的地，以此类推，最后一个连前往第一连所在乡镇目的地。参加全县民兵长途拉练大赛的每个乡镇派六个民兵班组成一个连，县人武部对优胜连和英雄班、先进个人进行奖励。

通知下来，大家都摩拳擦掌，跃跃欲试。在历届比武大赛和拉练大赛中拔过头筹的老零，却有些苦恼。天池民兵哨所因为要执勤站岗，只能派出三个人参加比赛，虽然拉练期间空缺的三个人由县人武部协调附近哨所哨员过来支援，但是选出哪三个人参赛是一件犯难的事。

除了老零自己，每个人都想一试身手，可是没有老零带队又不行，因为他是全区先进标兵，全区边防工作先进个人，他能够参加拉练，意义非凡。

最后，哨所只能派出一老一少两个哨员加上老零领队，其余人员则参加明年的比赛。对于这样的安排，大家没有意见。这样一来可以锻炼新人，二来可以给老同志最后拼搏的机会。三个人不仅要为哨所争荣誉，还要为全镇、全县争荣誉。

天池山哨所和其他邻近的哨所组成两个加强班，其余四个班则完全由附近村屯的民兵组成。

下午四点钟，随着县人武部领导的一声令下，全镇六十支全副武装的民兵应急队浩浩荡荡地出发了。目的地是西北方向的百县乡。指导员说此次行动接近实战，应急分队模拟救灾抢险驰援。

日落西山红霞飞，战士打靶把营归把营归……mi so la mi so，la so mi do re，夸咱们枪法数第一，一二三四，一二三四……

在嘹亮的军歌声中，整齐划一的队伍在冬日阳光的照耀下显得十分壮观。

然而不到半天工夫，大家就被炎热的天气击溃了，身上的迷彩服已经被汗水湿透了。行进到十五公里时，开始有人腿软了，身上二十五公斤重的单兵装备，即使是这些平时挑惯了肥料和钢筋水泥的农夫们也渐渐感到体力不支。这还不算什么，随着行军线路从国道变成乡道，又从乡道变成村道，接着要穿过田间小路和山间羊肠小道、荆棘密布的丛林、怪石嶙峋的山冈，有的人已经把脚磨破了，肩膀磨脱皮了，叫苦不迭。有的人想停下来抽烟，有的人想到山脚下小溪里取水，均被县人武部派来的指导员制止。

有的人从肩膀上脱下步枪来当作拐杖，被追上来的指导员一阵批评："枪在人在，人在枪在，武器就是我们的生命，谁也不能糟蹋，如果让泥土和沙石堵塞枪管，就是犯规！”

进入山区以后天气变凉，加上突如其来的太阳雨，把大家淋得像落汤鸡，一些常年缺乏锻炼的人，身上的腰伤、腿伤、风湿病陆续复发。为了团结一致争荣誉，一些体力强的人停下来搀扶那些伤病号们。走在老零身边的小骆跃跃欲试，但是被老零阻止，说现在一半路程还没到，他们还可以坚持一阵，晚上休整了，会有一部分人恢复体力，你要留到最后再出手，发挥作用帮助大家。小骆点了点头，继续前进。前方对讲机传来消息，说侦察班有人摔跤受伤，小骆受命前往支援。

整个拉练来回过程限时十二个小时，从下午四点出发，晚上十点之前必须赶到 B 目的地，第二天凌晨四点必须回到出发地。在没有任何交通辅助工具情况下，全靠徒步行走，时间非常紧。因此路上没有安排大休整，只有每八公里一次的十分钟就地休息，其余时间交叉进行急行军、强行军和奔袭任务。补给方面，为降低负重，每人仅配给两块压缩饼干、两根火腿肠、四罐八宝粥、一袋五百克的牛肉干，外加饮用水一小壶。

月上中天，天上的云朵行走加速，夜晚的山区乡镇街道起风了。打开手电筒排成长龙的队伍准时抵达 B 点，绝大部分人员的体力已经严重透支，精神涣散。但军令如山，大家尚未缓过劲来，第二阶段返程的预备号角就吹响了。

这时，一些人的双脚已经起血泡，疼得走不了路，所有人的衣物已经湿透，湿透的布料不断摩擦着大腿内侧，有人不惜脱掉内裤“挂空挡”。有人甚至说宁愿挑三百斤重担，也不愿意再遭这份罪。

眼看夜雨就要来临，指导员趁机做思想工作，鼓舞大家：苦不苦，想想红军长征两万五；累不累，想想革命老前辈。万一打起仗来就这水平，自身难保，还如何保家卫国？想想你们的老父母吧，想想你们的妻子儿女吧，想想家里的大肥猪、地里的庄稼，就要遭到敌人侵害，大家咬紧牙关，赶紧上路！

可是队伍仍然像快要散架的拖拉机一样，怎样点火都难以启动。

“大家想不想争第一？！”

“不想！”

“大家想不想丢脸？！”

“不想！”

“大家是不是很累？！”

“是！”

“大家是不是男人？！”

“是！”

“是男人的话给我前进！”

“是！”

激将法虽然有效，但队伍的速度已明显降下来，如果按照这个行军速度，肯定拿不到比赛名次。有的人甚至不顾犯规的风险，拿枪支当拐杖，指导员也无可奈何。

这时小骆站了出来，他从自己的背囊里掏出了几包卫生巾、几盒避孕套，送给每个班的班长。起初大家感觉莫名其妙，心想这个小伙子到底想做什么，一次拉练居然就发疯了。小骆发完东西后告诉各班班长，卫生巾数量有限，先留着，避孕套全部分发下去，每个人一个，让大家套在枪口上。在下一次间隔休整时，叫那些脚板磨破起泡，实在走不动的人，来领取卫生巾替换鞋垫。

不久，老天爷很快将一阵暴雨作为礼物送给这群拉练的民兵应急队伍。山区坡地的烂泥路，在雨水的浇泼下，极易让人打滑摔跤，带了套的56式半自动步枪枪管有效避免了泥沙灌入。

那些脚跟起泡只能用前脚掌走路的人，换了卫生巾当鞋垫之后，就没有那么疼痛了，走路的速度也加快了。

至于“挂空挡”的问题，由于经费有限，小骆没有打肿脸充胖子，仅仅为天池山哨所的三个人买了三包大号的住院纸尿裤。出发前，他和老零、廖建忠三个人全部脱掉自己的内裤，换上了纸尿裤。每次就地休息时他们跑进隐蔽处撒尿时更换一条，这真是好家伙，行起军来吸汗防湿，干爽舒服。为了给哨所争荣誉，一路上，他们三个心照不宣，没有把这件事情透露出去。

当队伍拖着严重透支的身体、机械麻木的双腿，上气不接下气踏回那孟镇熟悉的古桥时，居然比规定时间提前半个多小时回到了出发点，所有人都欢呼了。在欢呼的人群中，老零他们三个跑进厕所撒尿，发现腰上只剩下一条橡皮圈，不禁笑抽了肚子。原来一路上汗水和雨水将硕大的纸裤浸湿融化，从裤管里溜走了。

每当想起这件事，老零都会心一笑，觉得小骆确实足智多谋，聪明过人。所里的哨员后来听到小骆的经验分享，也是佩服得五体投地。

那一次拉练大赛，镇里的民兵连夺得了第一名，天池哨所因三个哨员立了功，获得先进集体荣誉。全县拉练大赛先进个人则颁给了老零，原因是他在所有民兵当中年纪最大，却能不畏艰苦，身先士卒，冲锋在前，体现出了一名优秀共产党员和优秀民兵的坚强党性和过硬的军事技能。

29 鸡蛋哲学

圆月斜挂在天幕上。晚风吹来，天池山周围的树叶在月光下簌簌作响，远处的森林像起了潮汐的波浪，高高矮矮的树木在风中摇摇晃晃。

老零手上的烟已经烫到了指甲，让他的思绪从回忆中返回现实。炊事员老胡提着一口黑铁锅来到木棉树下，向排水沟倾倒洗锅水。他的肩膀上挂着一条毛巾，他用毛巾擦了擦脸上的汗水，对大家说准备开饭了。

“今天有什么好菜?”老零问。

“炖鸽子，炒蕨菜，”老胡说，“镇上的乳鸽大王唐老七，前段时间生意不好做，送来几斤冰冻鸽子，兄弟们一直舍不得吃。”

“托老唐口福了。大家先吃，我还有点事。”

在山上难得吃一顿大餐，老零故意找个借口让大家先吃饱，自己再去“打扫战场”，他经常这样干。兄弟们也知道他那点心思，逐渐形成了一个惯例，在下筷子之前，照例都会偷偷地挑出一些好菜留给他。比如鸡鸭的屁股及胸脯肉，还有豆腐和五花肉。如果煮的是骨头汤，就把好的底料翻出来留给他。冬天打火锅时，黄豆毛豆都要留在锅底煮烂，因为老零的牙齿不大好，大家心里都有数。

“鸽子都是骨头，不要留给我了。”老零担心大家还是那一套，所以特意交代老胡。

“还有鸽子蛋花汤，”老胡说，“再不煮就馊了。”

老胡提起“馊蛋”这个事，老零这才想起自己的衣兜里还有一个蛋，居然忘记吃了。这是他上山时，老婆给他的包袱里塞进去的几个鸡蛋。七娲去年中元节在家养了一群鸡苗，一来为了给女儿增加营养，二来为了逢年过节拿去街上卖，可以为家里换些油盐酱醋之类的。

家庭谈判那天晚上，老零起初决定拒绝下山去镇上上班，虽然这惹得七娲一声不吭，满脸不悦，但是等到亲戚们过来吃饭时，她还是表现出家庭主妇应有的礼节，宰杀了一只大公鸡，还扯来丝瓜，煮了一锅鸡蛋汤。

谈判结束后，第二天早上老零出门上山在村口等待班车时，得胜的七娲像一只骄傲的母鸡，捧着一兜鸡蛋从后面跟来，一言不发，塞了一袋鸡蛋进他的背包。

老零把鸡蛋带到哨所，交给老胡，可是老胡不愿动这些蛋，其他人谁也不敢吃，搁冰箱里，一留就十来天。今天早上出发执勤前，老零想起这些鸡蛋，特意让老胡煮了给大家带上路充饥，刚好一人一个。日上三竿，大家来到界碑附近一口泉水旁补充能量，他当时在歇脚抽烟，查看地形图，起身时居然忘记吃蛋了。

老零从口袋摸出鸡蛋拿在手心，蛋壳冰凉。他觉得生命这东西真的很神奇，一个圆溜溜的东西怎么就能够凭空长出叽叽喳喳的小家伙来呢？两个人相遇，结婚结合，女人肚子大了，婴孩从母体掉下来，咿呀学语，走路奔跑，经受许多人间的苦难，然后又和另外一个人相遇、结婚、结合，如此循环往复到底为了什么呢？以前老零很少想这些玄妙的琐事，现在脑瓜不好用，想也想不通。他琢磨着老婆在养鸡的时候是否也想过这些问题，也许她和自己一样麻木，脑子里只有锅头、米缸、庄稼、自己的孩子，想到此，老零只能摇头苦笑。

他望着山脚下银白色的村庄，忽然听到一阵“咚咚咚”的响声从林中传来，那一定是啄木鸟在干活了。他心想，啄木鸟的嘴巴真厉害，跟人类的双手相比有过之而无不及。

老零的目光转向家的方向，眼珠微微转动，视线最后落在了村庄后方的一片坟地上。那里种有几棵杉木，树下有他们家的祖坟，祖坟隐没在一片山冈斜坡中。因为地力太差，这个地方既不适合耕种农作物，也不适合育林，平时很少有人涉足，因此荒草丛生，灌木横长，每年清明节家人上去扫墓都找不到路。前些年，他跟堂伯们商量，特意从镇上买了几棵杉苗，带上去种下，作为来年的路标。现在它们已经长高了。

啄木鸟的声音再次从山里悠悠传来，那声音经过山谷的阻挡而扭曲，与布谷鸟的叫声有异曲同工之妙，这让他忽然抑制不住对往事的回想。最近一段时间以来，不知道是不是上了年纪的缘故，他一方面有些健忘，一方面对断了片的往事又忽然记忆清晰起来。

那些陈年旧事，就像山间的泥巴路，被来来往往的车辆碾压，眼看已经光滑无比，寸草不生。可是过了好些年，另外一条更直更便捷的新路开通，老路没人走了，被忘却了，没过多久，原来光溜溜的路面很快长满青草。青草越过深深的车辙，从道路两旁向中央蔓延，似乎要寻回它们当初生长过的痕迹。

月色中，老零手里握住的鸡蛋已经略显温热，他拿起来凑到眼前端详，发现蛋壳已有一些开裂的痕迹，他用指纹轻轻地摩挲，感受裂纹的走向。

他想，蛋壳里面是一层薄膜，薄膜里面是洁白的蛋清，蛋清包裹着蛋黄，它们被煮熟了，成为一个人的营养。而一个人摄取这些营养活命，流血流泪，直到生命的尽头。这里面的循环往复，究竟有什么奥秘？老零想着想着，觉得自己的脑袋不够用了，只能让神经松弛下来，开口骂自己：“废物，想这些干吗？”

骂归骂，老零的脑海里还是情不自禁地浮现陈年往事——他的祖父和七娲的祖父，命运飘零；他的伯父和堂哥，为国捐躯；村支书为国家瘸了一条腿，仍然奔波于社会主义建设的道路上；他的父亲，晚年以打棺材为业，安顿了很多凄惨的魂灵……

30　转正

蚕虫在阴凉的屋子里沙沙沙地啃食桑叶。

屋外，初夏的桑树在阳光下疯狂生长，一张张比日历还宽的桑叶在使劲地往上蹿，它们想把压抑在身体里的水分和叶绿素释放出来，迎接阳光的直射，用最快的速度扩张面积，变成诱人的风景，然后落入蚕虫的小腹，化为芝麻大的蚕粪和洁白的丝绸。

七娲穿梭在碧绿的海洋里，像只山羊为了储备过冬的养料而使劲地占有草料般忙碌。一棵棵桑树被她压低，一张张桑叶被捋进袋子。被压低的桑树枝条弹起来，树冠的嫩芽仿佛丫头的头发，向天空甩出去。七娲觉得自己就是这片山地的王后，一切尽在她的掌握之中。

两个多月前，经过上级人事部门提名，哨所党员会议民主推荐，哨员们一致投票同意，镇党委派人考核，老零名正言顺地获得了镇人武部专干的职位。

天池山的哨长老零要去镇上领国家工资的消息，在边境几个村庄炸开了锅。人们觉得，国家强大了，民兵也有转正的机会，一时间报名参加民兵预备役的人多了起来，就连在广东打工的年轻人，也委托家乡亲戚朋友四处打听怎样申请入党和加入民兵组织。

端午将至，距离老零去镇里上班还有一个多星期时间，七娲特意去赶了一趟圩，买了糯米和糯米粉回来，又去地里摘艾草、竹叶，去山上摘枫叶、栀子，回来又洗又熬又泡，白天黑夜忙个不停。第二天召集左邻右舍来帮忙包粽子、做馍馍、蒸五色糯米饭，亲自打电话邀请村支书和村妇女主任等村干部来家里吃饭。

傍晚时分，她亲自挑选了两只大骟鸡和一只老花头鸭，跟老零一起，宰了它们，供奉祖宗、接待客人。夕阳下山时，客人们陆续到位，老零家热热闹闹地放了鞭炮，道贺之声不绝于耳。

三天后的圩日，七娲借着陪女儿去卫生院做产检的空当，给老零从上到下、从里到外买了一全套新衣服。那些接触过她的老板，见她突然出手大方，好像换了个人似的，无人不觉得神奇。

二〇一六年夏至日的前一天，当电视里响起天安门升旗仪式的国歌声时，比北京晚一个时区的西南边地才收起黑夜的幕布，懒洋洋地换上白天的剧场。峰峦起伏的大地舞台里，上万种植物的根须与岩石泥土经过一个晚上的深入交谈，终于收获丰富的养料和水分，输送到千姿百态的枝叶末端，以证明生命力存在的事实，以最饱满的精神迎接第一缕晨光。

但是临近出门上班前，老零骑了十多年的125摩托车却突然打不起火。

老零果断返回屋里，把沾了油渍的双手洗净，取出灶台上老婆为他保温的一大碗面条来吃。可是筷子还没伸到碗里，一个念头闪过，他稍做犹豫，便把面条放回原处，直接回卧室换衣服。

老零穿着老婆新买的衣服、鞋子和袜子，来到客厅取了背包，大跨步出门。七娲追上来向他喊话，问他为什么不吃早餐。

老零回答说："我不饿，留着吧，怕万一时间来不及，还是先出去搭车，到了镇上再解决。"

"千万不能委屈自己，闹胃痛可不是开玩笑的。"

"我又不是三岁小孩。"老零说着，双脚已经迈出院子外面去了。

村外静悄悄的。露水将水泥路面打湿，远处灰蒙蒙，无孔不入的雾气环绕山崖，灌木丛宛如漂浮在云海里的天宫花园。那些雾气不知是地表的水分在蒸发，还是林间的水汽降落。山下跟山上不同之处在于温度的落差和风速的快慢。山上稍冷，风速快，此时的雾气容易凝结成大颗粒的露水，人走在山上，露水扑面而来，头发很快就被打湿；而山下则不然，雾气弥漫，却很稀薄，吸进肺里十分舒爽。

老零舒爽地走着，不一会儿就出到了村外，来到公路边等车。

大概抽一支烟工夫，听到了机动车的声音，有一辆面包车打着灯光从山坳那边行驶过来。老零挥手向面包车打了招呼，车开到眼前，并不是载客车，而是隔壁村的猪肉贩子莫七九的私家车。莫七九见是零哨长，斜过身子主动打开副驾的门请他上车。

两人是熟人，并无多少客套话，只是开玩笑似的互相恭维了两句，便分别点烟，吞云吐雾。

三四年前拓宽的这条通往边境之路，植被葱茏，风光优美，已经看不到一点夹生的地方，当时沿途劈开的山崖和斜坡，露出白花花的石壁剖面，被雨水冲刷之后，如今已经变成深灰色。偶尔有一两只野鸡横过马路，溜进蓬松的草丛。车灯照在路面形成淡淡的黄色光晕。

在某一截平直的路段，甚至有一片片不规则的血迹和肉饼横陈，那是野生的毒蛇或者胆大的野鼠试图越境，结果被飞驰而过的汽车轮胎碾压所留下的尸体。

远山像头强壮的水牛，拱着脊背前行。一群小牛跟在它后面，步调一致，坚实有力。天空像一面蒙着水雾的玻璃，又像焦距对不准的镜头，随着温度和时间的变化，逐渐露出清晰的质地。那些洁白如棉的午后之云此时尚在地表孕育，由江河湖海蒸发的水汽，由绿色植物毛孔散发的水汽，正在交汇聚集，以风的形式掠过万物的身体，并带着万物的气息，向万米高空涌去。

没有人能够看透造物主的思想，就像没有人能够抓住时间的形状。我们充其量只能触摸造物的结果，看见时间流走之后剩下的躯壳。世间的芸芸众生，只能凭借感官觉察存在奥妙的片鳞半爪。例如鸟儿的喉咙住着琴弦，它的羽毛住着风。

清晨五点半钟，西南边境的天空，是刚刚出水的绸缎，山林被一盏叫太阳的灯照亮。振翅高飞的鸟儿，冲上云霄又落入林间，仿佛用行动告诉人们万物皆有其极，万事皆有界限。老零换地方上班的这一天，距离中印边防部队在洞朗地区发生武装对峙还有近一年时间，全国的边防哨所并无异常情况。但是对于天池山哨所而言，少了一位经验丰富的老哨长；对于一个女人——七娲而言，多了一份新生活的期盼；对于驻守天池山哨所三十多年的老零来说，这次工作岗位变动，如梦似幻，不知是福是祸。

开着车的莫七九，大概感觉气氛有些沉闷，便打开汽车收音机，左右换了几个频道，播放新闻的频道信号不好，信号好的频道又没有新闻，犹豫未决之间，前方的路准备拐弯。

“随便听听吧，注意安全。”老零说。

“这路我天天开，熟悉得很！”过了那道弯，莫七九继续伸出手调拨频道。

“来首年轻人喜欢听的。”

“没问题。”莫七九于是把频道调至音乐台，瞬时一首老歌飘了出来，歌词是：

在那些苍翠的路上/历遍了多少创伤/在那张苍老的面上/亦记载了风霜/秋风秋雨的度日/是青春少年时/迫不得已的话别/没说再见……

即将路过天池山坳口，老零强忍心中的激动，故作镇静地把目光移到右侧窗外。莫七九看出他的心思，便问他要不要停下来上山去打个招呼。

“不用了，今天刚报到上班，不能耽搁，反正来来回回都要路过，上去看兄弟们还不是抬个脚的事情。”

“远近乡镇谁人不知零哨长是个重感情的人，你在山上守了几十年，终于媳妇熬成婆，没功劳也有苦劳，我们附近群众都得到过你的帮助。”

“这些事情都不值一提，大家都是要口饭吃，只是职责不同。”

“你谦虚了。街上随便逮个人，十个有九个不愿意上山干你们那活儿，时下人人都求安逸，没几个人愿意流血流汗。”

“你有这份心就不错了，干哪一行都辛苦，你也是起早摸黑不容易。”

“多谢哨长夸奖，你若不嫌弃，我每天早上都这个时候出发，可以天天顺路拉你一程，又不费什么油。”

“谢谢兄弟了，你赶工要紧，时间雷打不动，我今天是凑巧起来得早才遇见你，回头还得解决交通工具的问题，整天搭车上下班也挺麻烦的，如果你有门道，记得帮我留意一辆摩托车，二手的那种，价钱合适，能骑就行。”

“这没问题，村里有大把人去广东打工，摩托车放家里都生锈了。”

说着说着，车就下了坡道。

十多公里长的盘山下坡路，经过政府前些年的整修之后，比以前方便多了，没出半个小时他们就来到山下。车驶过小镇入口处一段被大车震坏的路之后，莫七九把老零放了下来。

“我还要赶去口岸排队，有什么事电话联系。”莫七九跟老零道别。

“麻烦兄弟了。”老零说，“回头找机会喝一盅。”

“没问题。”莫七九说，“去哪里喝，到时你一句话。”

“你赶紧去吧，晚了会耽误事情。”老零朝莫七九摆摆手，同时心想，要是所有人都像莫七九这样勤快又懂事，老实又豪爽，世间就没有那么多麻烦的事情了，自然也就不需要那么多哨所及哨员了。

31 人间颜色

人间对于一些人而言未免过于无聊，但对于另外一些人而言却无比新鲜。

早上七点十几分，天气仍然十分凉爽，陆续有一些小学生眯着眼睛被家长拖上摩托车，送去学校。而那些上幼儿园的小孩，要么趴在爷爷的肩膀上睡着，要么被奶奶牵着，最惨的是被母亲一边打屁股一边赶去学校，同时嘴里还嚷着买糖的交换条件。

老零在心里总结出两个观点：其一，这个社会的运转，很大程度上是由小孩子来推动的；其二，我们这地方昼长夜短，孩子们晚睡早起，身体发育不良，普遍比北方人长得矮是有其客观原因的。能总结出如此周密的观点，老零不禁暗自佩服自个儿的洞察力。如果有机会当领导或者当教授，将以上观点说出来肯定无懈可击——不过都是扯淡，于事无补——老零转念又想，觉得世界有些荒诞。

现在他路过镇财政所门口，距离中国人民解放军边防武警中队营地旁的镇政府尚有几百米的距离。本镇人武部设在镇政府大院里面，打了这么多年交道，他眯着眼睛都知道怎么走，只是觉得人世轮回，世事难料，自己做梦也没想过会来这里上班。

去口岸拉货的三轮车，一辆接着一辆从眼前开过，从路面上掀起了一阵阵灰尘。老零走在人行道上，扭头躲避那些扑面而来的灰尘，稍微抬头斜眼，就可以从这边门面的玻璃墙看见自己的影子和模样。他觉得自己不像个来上班的工作人员，倒挺像个来边境旅行的驴友。于是停下脚步，摸出上衣口袋的那支烟点着，这是刚才跟莫七九离别前，他硬塞过来的。

叼着一支烟行走的老零仰望远处。远处，山野间蒸腾着水雾，活脱脱像幅国画。阳光从峡谷一侧照到小镇上来，只见高高的天空架在尖尖的山顶上。围在四周的石山像擎天柱一般，垂直挺拔，高不可攀。

这时老零的手机在口袋里活蹦乱跳，发出滴滴的响声：在哨所上喂鸡的时间到了。这是一部已经过时的诺基亚手机，灰不溜秋，小巧玲珑，只有通话和发短信的功能，老零一直舍不得扔，拿在身上当闹钟。现在它好像一名资深的老党员，提醒老零要与时俱进。看到了美景，又想到了手机，还有一个好心情，老零自然很快反应过来，想起背包里躺着一部女儿送给他的智能手机。

于是，他掏出手机来拍照。这玩意儿，山上的年轻哨员也经常玩，他虽然舍不得去买，却不陌生。咔嚓一声，照片拍好了。照片里，可以看到一圈一圈的光斑斜着排列，山是暗色的。原来是逆光了，老零自言自语，又换了一个角度拍一张，接着对准自己的鞋尖拍一张，对他感兴趣的事物连续拍了几张，然后按照女儿教给他的方法，发了一个朋友圈，才心满意足地往前走。

走路的老零觉得脚底发飘。

以往这个时候，他要么正在山上喂鸡，要么已经全副武装走在荒草丛生、沟壑密布的边境线上。然而现在，走着走着，他觉得自己竟有些孤独的感觉，他忍不住怀疑自己是否在做梦。一切都太快了，快得让人有些难以接受。

老零动了动藏在裤兜里的手，拇指捻着几个手指，上面全长了坚硬的茧。这双手以后没机会摸枪了，还能够做什么呢？他在给自己的转变寻找理由，于是，把头上的军帽也脱下了。身上除了一股劲，还带着一种莫名其妙的空荡荡的感觉。既然穿了干部的衣服，还要戴上军帽，委实有些不协调，他心想。

街道的一景一物对老零来说非常熟悉，但是今天走在这里的感觉却是陌生的。这有点像家里的女人，身上的每个部位都很熟悉，可是换了一份心境，那熟悉的感觉又完全变了，有时甚至如同初恋。

老零看了看手表，距离通知书上所说的报到时间九点，还早着呢。

出于数十年的职业敏感和侦查技能训练，老零在脑海里对这座小镇街道的历史进行复盘推演。

根据之前从派出所户籍科了解到的数据和自己掌握的情况，老零弄清楚了基本的情况：小镇人口构成繁杂，日均流动人口四五千，街道常住居民不足三千。

由于人口汇聚，地势偏僻，清代中期这里逐渐繁荣起来，形成一个中央王朝鞭长莫及的贸易小镇。近代以来，小镇的封闭和安宁被打破，流窜的土匪经常冲击进来，把这里当作进可攻退可守的根据地，城头变幻大王旗的事情时有发生。直到冯子材抗击法军，在这里驻扎过部队，才让它有一些喘息的时机。

我爷爷当年为什么不搬来这里要块地皮落脚，非要回弄汤屯做个平头百姓呢？老零琢磨着，要是当年搬出山沟沟，兴许我们家现在的情况会是另外一个样子。

现在的街上，驻守两个边防连队，一个武警边防工作站及两个武警边防派出所。

乡镇街道最高大雄伟的建筑，是坐落在山谷尽头的口岸大楼。

大楼修建于二十年前，十年前有过一次翻修。老零向方方正正、银白色的口岸大楼望去，办证大厅入口外四根巨大的圆形立柱十分醒目。汽车通道附于大厅门口一旁，是所有进出口货物和人员的必经之路。大楼前方广场的面积，相当于两个篮球场大。篮球场的东面，是垂直耸立着的山崖，原始树林覆盖其上，即使是猿猴，也难以逾越。山崖背后是群山余脉，连接着广袤的祖国大地。

从北面蜿蜒而来的公路，将祖国母亲的胸膛和她的边境口岸连通。

老零曾经看过地形沙盘，这个小镇的整体形状，酷似一把大型铁铲。错落分布的建筑物，就是铁铲上的碎石。老零此时此刻，不禁把自己想象成铁铲上的一粒沙子。他迈开双腿，向铁铲的中心走去。

铁铲长度不足一公里，高低错落的楼房，闪闪发亮的树叶，一字排开的店铺，分布在两旁。新中国成立前，这里的集市每隔七日一圩，现在则是三日一圩。不知曾经有过多少次，他带人下山来采购物资，遇上圩场人山人海，水泄不通。圩场一散，街上连一只流浪狗都看不见。现在，他可能是今天活跃在街上的第一批人。从四面八方来赶集的人，要八点半之后才会陆续出现。

空气忽然有些燥热。走了四五百米，老零已基本记住街上主要店面的名字。

路过七姐妹割肉煮粉店时，老零的鼻子闻到了一股诱人的香味。这是多么熟悉的味道啊，老零记得小时候和母亲走大半天路来赶圩，就是为了吃一碗鲜肉煮粉。现在，那香味就像一条虫子从鼻子钻进了他的喉咙，传到他的肠胃。他明显感觉到肠胃已经分泌出一种东西，催促着他赶紧去满足这种欲望。但他没有停下来，还想再四处看看。

继续往前走不远，小镇古桥尽头的那家隆氏汤粉店已经开张了，老板娘隆大姐和她的瘸腿老公正在往人行道搬动桌椅，打开遮阳棚。

老零吞着口水，忍不住快步走向古桥，来到米粉店时，看见店里已有几个穿着民族服装的边民，围在桌子边呼啦啦地大口吃起来了。

老零刚坐下，老板娘就把一碗热气腾腾的米粉端了过来。

“老板娘，能不能关掉那台电风扇？”老零指着挂在天花板上的一台嘎嘎作响的电风扇说。

“哟，零哨长，这么大热天的，干吗要关电风扇呀？”老板娘隆大姐疑惑地问。夏日的边地，气温窜得快，只要太阳一爬上山头，紫外线便能毫无遮拦地为大地加温。从海边热带地区涌来的高温气流，与大山深处浮起的森林凉风在峡谷上空搏斗。狭窄逼仄的小镇顿时变成一个闷罐。

“风太大，我担心碗里的肉片被风吹走咯。”老零说。

在座的食客纷纷扭头过来看老零，又看了他碗里那三五片薄薄的锅烧肉片，确实薄如纸屑。

大家于是哄堂大笑。

老板娘把手中的菜刀放下，在围裙上擦了擦油腻的手，脸上挤出了尴尬的笑容。

“零哨长啊！损人也不要这么拐弯抹角嘛！要吃几多肉咧，我们这小本生意难做呀，现在肉涨价，米粉钱却十几年没变化。来来来，拿碗过来再给你加点叉烧！”老板娘说。

“不用麻烦了，开个玩笑，换个位置坐就行了。等你加菜，我都吃完了。”老零说。

此时店里已陆续挤满了排队要吃粉的人，年轻一点的拿着手机扫描玻璃柜上的二维码，年老一点的抓着纸币递给收银台前的瘸腿老板。瘸腿老板眼睛不好使，一张一张展开来看，动作十分缓慢，好在这些食客并不着急，任凭他慢慢来。

食客们趁着排队的当儿，眼睛直勾勾地看着玻璃柜台里面的肉末葱花，锅烧叉烧脆皮，卤蛋卤肉，七寸横肝，鸭脚鸡翅，猪蹄猪耳朵……目光则斜视老板娘胸前的金项链。老板娘站在操作台里左右开弓，一下子烫粉烫青菜，一下子转过身来切肉，提刀拿勺，添油加醋，动作一气呵成。一碗酸甜煮粉，她三下五除二，两三分钟就搞定了。

“老战友，你运气真好呀！干了几十年，终于得到组织的奖赏了！”瘸腿老板对老零说，他身子不动，眼珠微微斜视。

“老曹，这是哪里的话！要说命好，谁能比得上你啊。打仗立功，老婆能干，娃儿又有出息，我们这些山上的泥腿子人人羡慕你哦！”

“你在笑话我了，要是当年我这条腿没受伤，准跟你上山去擦界碑。山上空气好，清静，赛过活神仙呀。”

到底哪个是活神仙谁说得准，老零在心里想，这年头能挣钱的人，个个都把自己装成神仙，是真是假只有自己才懂。

走出米粉店，街上已阳光普照，人渐渐多了起来。小镇如同从一盆清水变成了一汪鱼塘。有山民前来采购物品，有附近居民上街选择山货，有外地人过来旅游的，也有本地人外出的。但街上进出的人总数也不算多，不像有的小镇圩日那般水泄不通。这儿街上的人们步伐缓慢，大家就像池塘里的鱼，活动范围极小，既不担心食物被人抢走，也不怕别人占了自己的地盘。

来往的车辆很多，有大的半挂车，有皮卡车、面包车，也有运输钢筋、水泥、砖头、沙子等建筑材料的拖拉机，有装载饲料肥料等农用物资的三轮车，最多的是灵活便捷的摩托车。

老零睁大眼睛看这些移动的物件。

半挂车大多盖着帆布，严严实实，里面大多是些水果、大米等热带地区大宗农产品。车牌号有桂A的，也有粤A、粤S、陕B、云A、鲁A和湘B等外地牌照，这些无疑都是跑长途的货车。

皮卡车相对来说陈旧一些，大部分显出风尘仆仆的样子，清一色的广西牌照，进来是空的，出去已经装满了货物。货物大多是白色蛇皮袋包装，也有一摞摞打孔的纸箱，里面装满了香蕉，没打孔的纸箱则贴有咖啡标志。

三轮车比较破旧，大多数敞开着帆布篷，扶手部分缠着布条。那些三轮车司机眼神犀利、动作麻利。这里的三轮车不拉人，尾箱拿来拉一些农作物种子、玉米、化肥农药、各类农具和盆盆罐罐等农用品。

在大车间隙穿插的摩托车开得贼快，车手大多是年轻人，除了一眼就能分辨的农民，其余均为跑边贸的伙计，摩托车车架后面搭载着一包包、一箱箱东西，却看不出是什么——其实老零心中有数，一些违禁物品、走私货物，就混杂其间。

老零竖起耳朵，仔细分辨这些流动人员的口音。他们大部分人说着西南官话，也有些人说着本地壮话，说瑶语、苗语的人较少。

山里来的居民很容易分辨，他们常年居住在山上，公路不通，用不上什么带轮子的交通工具，出行一般都靠双腿走路，他们无论男女，脚上都缠着绑布。山里的妇女穿着讲究，蓝色、红色、紫色等色彩艳丽的土布衣服，从脖子包到脚，跟山下居民的装束有天壤之别，好像她们是从另一个朝代来的。

妇女头上照例是高高的发髻，有少数人把明晃晃的银项圈挂在胸前，老人背着长长的布兜，那赶山的土布兜看起来都可以装下一只山羊了。山里男人的头上缠着白布条，嘴里叼着长长的金竹根制作的烟斗。偶尔看见一两个头发长、肤色黝黑的山民，裤头上挂着几只长毛野鸡，背后背着一把火枪，肯定是政府特批的猎户。

山民们不紧不慢地在街上来回走动，寻找他们用得着的东西。由于山上居住环境限制，山下的大型家电等物品对他们用处不大，他们买的东西不外乎锅碗瓢盆、油盐酱醋，也有人在挑选腐竹——说来奇怪，他们从山里带来腊肉卖给镇上的居民，却要买什么腐竹回去吃，老零摇了摇头，有些想不通。

镇政府大院在百步之外。老零想，总不能空着手去办公室吧，今天有很多人第一次见面，好歹捎个见面礼。他于是停在一个卖芭蕉的老太婆跟前，往她的竹筐里望了望，问："多少钱一斤？"

"自家种的，昨天刚摘，十块钱三斤。"

"我要三斤，八块钱吧。"

"四斤十块钱，开个张，不给还价了。"

老零默认，便弯下腰，伸手从竹筐里抓出两把芭蕉递给老太婆。老太婆原本蹲在地上，长长的紫红色百皱裙盖住了她的双腿，如果不是两个膝盖鼓起来，还以为她是个小矮人。她撩开裙子，从胯下拉出一把古旧的杆秤出来，又掏出一个秤砣，调试好之后，把芭蕉给称了。

老零站在她跟前俯身看去，只见这把杆秤上的银白色星花已经模糊不清，有些地方的星花甚至脱落，露出米粒大小的孔眼，看起来有五六十年历史。而那个秤砣棱角模糊，好像一块出土不久的铁疙瘩，只有那根裤腰带做的砣绳是新的。

老太婆眼睛利，手脚灵活，左手提秤绳，右手一只细长手指摁在笔直的秤杆上，就像莫七九调拨汽车收音机的频道刻度。

“手真准，刚好四斤。”老太婆说。

老零付了钱，老太婆又把杆秤藏回裙底。她的头发裹着一条方格布头巾，皮肤黝黑，皱褶深陷，眼眶像口陈年老井，但眼珠子里面似乎藏有一根尖锐的钉子，令人不敢对视。

走到镇政府大门口时，老零向小镇街道回望。熙熙攘攘的街道，突然变得很大，很挤，很热闹。以往在山上用望远镜看这地方，就像一堆碎纸片，现在置身其间，不由感叹这就是人间啊！老零忽然感到有些不适应。

32 坐班

五一过后，政府上下班时间改为夏时制。现在，办公楼上大部分办公室的门已打开，有些亮着日光灯，有些不亮。此时是脱贫攻坚战的重要阶段，老零的到来并没有引起轰动，楼上不时有人进进出出，都是些传达文件的文员，哪个部门新进什么人对他们而言已经司空见惯。

镇人武部独门独户。老零很快找到自己的办公室。

门打开了，老零扫一眼新办公室，各类办公用品一应俱全，还有一把皮椅。在属于自己的位置上坐下来后，老零问自己：“今天我该做什么?”

老零打开笔记本想写几个字，可是刚拿起笔来突然又觉得很滑稽，平时都是摸刀扛枪的，现在拿一根小笔头，为了啥？

他此刻十分希望有人来安排他做件具体的事，可他盯着电脑黑色屏幕，里面倒影的自己是那么陌生。脑子陷入空白的老零忽然一愣，哦，对了，今天是个特殊的日子，得跟几个人打个电话报告一下。

他心里想出了三个电话，一个是县人武部的谢科长，一个是老婆七娲，最重要的一个是哨所。

先打给谁呢？说点什么呢？

他在心里组织了几句话，便拨了老婆的电话，报告完情况。接着他又给谢科长拨电话。谢科长说，军分区有重大的任务，今天要去市里开会，过几天应该会有通知下达。电话挂了。

哨所上接电话的是副哨长廖建忠。

老零问东又问西，问交接的事情办得如何，有没有异常情况。

“还不是老样子，”廖建忠说，“就是七号最近活动频率少了，不知什么时候产崽。”

“我哪里懂哦？”老零说，“不过，这的确是一个好消息！”他心里感到非常高兴，对着电话露出笑容。

大约两个月前的情景，这时浮出脑海。那是三月三前后，山上的兄弟轮番休假回去扫墓，等大家陆续回来后，清明节已经过去一个星期了。轮到老零下山那天，七号一定要跟他下山，尾随至山坳口候车，任凭老零怎样使唤，它就是不愿意回去。老零没法，只得带它一起上车。

到了家，和老婆提着供品去祭拜了父母，中午回到家切肉吃饭，七号却耐不住，跑进村里玩了一圈。

夜幕时分，老零收拾东西准备回哨所，大声呼唤七号的名字。七号从野地里依依不舍地回到主人的院子，身后还有一只公狗跟了回来。

老零见那情形，猜出七号跟它肯定有一腿，便放下行李，再多待了一会儿，连续抽了两支烟。七号和公狗去村外的桑田耍完之后，双双回到零家院子，对老零投来了感激的目光。

走时，公狗恋恋不舍地相送到村口，老零从背包里掏出一个肉粽解开，向它远远扔过去。他们大约走了几百米，回头望去，那条公狗还在原地不动，伸着舌头望他们。两只狗互相叫了几声，令人动容。

那天，老零和七号回到哨所时已夜色朦胧，但远远的，有几声犬吠在山间回荡。老零趁机给大家播报了七号下山的新闻，叫大家尽量少带它去执勤，多留意它的反应，说不定它夏天就产崽了。

后来老零就忙着人事调动的事情了。

想不到如今七号已临近分娩，老零在电话里万分感慨。电话那头，廖建忠还向他汇报了新情况，说上面准备下拨一批新物资下来，计划对营房进行修整扩建，那棵老木棉树可能有点碍事。

“千万不能动，”老零说，“我投反对票。”

“这个由不得我们，具体要看工程队的测量情况。”廖建忠说。

老零心里顿时激动起来，说：“哨所营房是我当年和老哨长他们一块石头一块石头堆起来的，为了改善环境把它推倒没问题，但那棵木棉树是老祖宗留下的宝贝，挖掉实在可惜。”

廖建忠没料到老零这么敏感，就具体介绍了设计方案。

从建筑设施角度，老零找不到反驳的理由，但是从个人感情出发，他难以理解。因此挂了电话，他立即给谢科长致电，试图保住那棵老木棉树。但谢科长不置可否。老零焦躁不安起来，心想，真是人走茶凉，还没离开几天，连棵树都保护不了了。既然电话无法解决，只能亲自写报告上去反映情况了。

整个下午老零都在伏案爬格子。天气炎热，虽然电风扇在拼命地旋转，但他仍然满身汗水，感觉比在山上巡逻一整天还要辛苦。

都说树挪死人挪活，老零这次挪窝，也感觉自己有了一些微妙的变化。比如对于手机铃声，若是以前，他对电话铃声本能地有些敏感和恐惧，他害怕接电话，倒不是因为自己天生不喜言谈，而是不愿琐事缠身。

他最害怕上级打电话来，要他去开会，做报告。

他还害怕接家里人的电话，特别是老婆七娲的电话。家里那些事他大都烂熟于心，什么时候下种插秧，什么时候除草施肥，什么时候摘叶喂蚕，什么时候鸡鸭出笼，他都能够在脑子里演示一遍。老婆不指望他能帮上忙，所以一般情况不会打电话给他。老婆若打电话来，家里十有八九有大事发生。例如外家哪个亲戚生病，本家哪个兄弟喝醉摔跤，哪家孩子闹了事，哪家老人半路晕倒，哪个孩子考上大学或哪家办喜酒之类的。家里的事情更是一件接一件，房子哪个角落又漏水，水管裂了，高压锅不喷气了，炉灶坏了，母猪拉稀了，孩子发烧了，蚕虫硬死了，牛车坏了，老婆牙齿疼了，等等，不一而足。

最叫他惧怕的是半夜三更电话响。没见来电显示之前，一阵恐惧，见了来电显示，担心的范围缩小，可通了电话，又害怕坏消息传来。不太相干的人有急事相求倒没那么要命，要是老婆在电话里哭，无异于把他押往绞刑架。

例如那年小舅子被林业公安逮住，老婆电话里火急火燎，他却一点办法都没有。山上哨所自有纪律，哨员不能随便回家，因为按照工作协议和管理制度，平时作息和休假都有严格规定，手续程序不能随意更改。作为哨长理应带头遵守规章制度，如果他的心思老是放在家里，势必会形成一股不好的风气，他必须以身作则。他回家时经常跟老婆强调：不要拿家里芝麻大的事情来打扰他。

老婆起先表示顾全大局，安静了一段日子，可是后来还有很多事情离不开他，尤其是事关生计的大力气活更需要他参加。

记得有一年，三四月份，天气大旱，村里家家户户已经把肥料搬到田地边，铆足了劲等待一场大雨来临。只要老天爷“撒尿”了，干硬的泥土松软了，便可以牵牛去犁田，种植玉米和黄豆。否则雨水一过，土地被太阳晒个两三天，想要再用锄头去一块块翻开它，那是非常费劲的。

某一天半夜，正在床上辗转反侧的七娲，忽然被一阵沙沙的雨声惊醒，她喜出望外，赶忙爬起来，拿上雨具和手电筒去牛棚赶牛。

可是那头老牛正安逸地睡大觉，哪里听从人话？况且它被卖到零家不久，有些欺生，任凭七娲怎样吆喝，就是不愿意迈出牛棚，还甩了她一身牛粪。这时雨越下越大，时不我待，村里人都挑灯赶往田地，七娲心想，老零在山上肯定看到大雨了，应该已经从哨所往田里赶了吧。

可是当她辛辛苦苦地把牛拉到田里，看见同村的许多男人在干活，却不见自己丈夫的影子。明晃晃的水在田里积蓄下来，正是下犁的好时候，七娲犹豫了一阵，便卷起裤管，挥动牛鞭，准备给水牛套上牛轭。

但是那头公牛见她是一娘们，很不配合，甩头摆尾，硬是不服从。七娲强制拉牛绳，反而被它猛一用劲摔到了田里。弄得一身泥土的女人，火冒三丈，抓起竹鞭用力打牛，那牛吃了一鞭，感觉到痛，忽然纵身一跳，挣脱开了。

“大家帮帮忙啊！”七娲没法子，只有向同村的男人们呼救，正在旁边耕田的族兄见状，连忙停下手中的活，跑过来帮她喝住水牛，套上牛轭。

“大妹子不要勉强了，等老零过来再犁吧。”族兄劝道。

“要等他到几时，黄花菜都凉了！”七娲眼泪都要飙出来了，并不听劝告，直接下地干活。

天亮时，她已经把四五块水田犁完，浑身又酸又痛，抬头看了看远处山上的哨所，老零的影子还不知在哪。当时通信不发达，手机尚未普及，就连 BP 机在全乡也没几个人买得起。七娲只能憋着一肚子气，回到家里翻腾浸泡的谷种，准备拉去地里播撒，这时老零才匆忙回到家里。他刚迈进家门，就遭到老婆迎面一顿痛骂。

“你这个挨炮子打的，好不容易下场雨也不来帮一下，到底有没有把家放心上?”她把手里装谷种的木桶往旁边一扔，边哭边骂，“人家都是男人赶牛下地，你倒好，让一个女人去犁田。别人干两个小时，我弄了整整一个晚上，你的良心被狗吃了吗?”

老零无话可说。因为回来的路上他已经到过自家田里，看见了老婆的劳动成果。老婆接着把那头水牛怎样撒泼的事情一五一十倒给他，老零只能解释说什么其他两个哨员离家比较远，就让他们先请假回去帮忙了。那年春耕之后，老零便把撒泼的水牛给卖了，换一头母黄牛。这头黄牛的脾性就温顺多了。

可是亲戚却不能换。这么多年下来，因为分身乏术，老零得罪了不少亲戚，不少本该活络的人情越来越疏远了。他为此常感内疚，想要利用一切机会弥补，如逢年过节，他都计划抽空陪老婆一起去走亲访友，多带点礼品，但一来计划跟不上变化，二来家里经济拮据，最后不了了之。

老零的工资怎么花，七娲眯着眼睛都能数得出来：二十世纪80年代刚进哨所时，每月工资仅有30元；80年代末涨到90多元；90年代最多时领到400元；从2001年到2011年每月只有1000元；2012年涨到1230元；2014年之后才超过2000元。这些收入得应付油盐酱醋、水费电费、生活用品、孩子上学、家人大小病痛、逢年过节迎来送往、谷种化肥农药……再怎么精打细算都不够用，家里开支还得指望七娲多种几片玉米地、多养几只鸡鸭和母猪。

最艰难的岁月差不多挺过去了，老零坐在新办公室里想，孩子们都长大了，女儿已经成家了，现在这日子只要不打仗，他尽职尽责做好工作，领一份固定工资，和老婆的下半辈子就有着落了。

想到这些的时候，老零忽然觉得自己从容多了，要是有电话打来，他也不怕，而且还有一种莫名的小兴奋。

第七章　朝九晚五

33　阑尾炎

第一天到镇里上班，老零接的最后一个电话，是保安室打给他的。保安说镇上出了车祸，要大家过去帮忙。

其实是一起翻车事故，镇政府的一辆九座公务客车碰上紧急会车，急刹车造成侧翻，滚到了路边的排水沟，所幸没有造成重大人员伤亡。发生这样的事情已不是第一次。镇政府各科室能腾得出的人手都集中到大院来，一脸惊愕的老零跟着大家火速赶到现场。

司机受了点轻伤，蹲在路边做出一脸难以置信的表情，他似乎对这次意外感到很不服气。

对于这段路，老零平时经过时留意过很多次，他知道这段路存在视线盲点，因此导致事故频发。

从北向南一共有三条公路通向小镇。

最早一条是沿着河边峡谷的泥路；第二条是二十世纪六七十年代修建的碎石路，当时为了避免洪水淹没，设计在第一条上方三十米高的位置；第三条水泥路是最近十年新修的，位于半山腰。

小镇往南面有两条道路，一条从口岸出国，另一条向西北延伸通往云南。平时使用频率最高的是第二条通往小镇的公路，因为它连接北面许多乡镇，是当时最便捷的物资通道。第三条路的规划设计，出于旅游因素的考虑，可以连接东南沿海边境高速路。

现在出事的是第二条路与小镇街道的衔接点，因为一块山体岩脉阻隔，呈坡度五十度，拐弯角度小于九十度。无论是秋冬大雾弥漫时节，还是春夏雨季，本来就视野狭窄的地方，由于能见度低，坡陡路滑，经常发生事故。为了解决这个问题，多年来有关部门花了不少心思，设置减速带，安装盘山公路反光镜，安插警示标识，等等，但仍然于事无补。它就像一个人的阑尾炎，时不时发作。

老零觉得，镇上的交警支队有很大一部分力量就耗在这个地方。此外，一些犯罪分子也经常拿这一段路来做文章。

当年，老零曾在这里栽过一次跟头，好在没出人命。

那天他骑着从村里借来的自行车，带女儿赶去镇里看病，准备到这地方时，却见公路中央横着一块巨石，他躲闪不及，冲进了旁边的山墙，所幸草丛茂密，没让他头破血流，但是坐在前杠上的女儿，却因为撞上了草丛下的一块小石头，两颗门牙被碰碎了。后来有人传言，拦路石是有人故意放来整零哨长的，但是老零本人一口否定，说哪里有那么邪乎，肯定是常见的风吹草动导致悬崖落石。

公务车被大家齐心协力拉到了路边。

老零拍了拍手上的尘土，才发现左手虎口处被刮磨了一块皮，留下一小串血迹，但是他没说，也就没有人注意到。完事之后，当所有人来到路边休息，或者移步去附近汽修店洗手的时候，他一个人走到山脚小溪边，扯了一支茅草嫩芽放进嘴里咀嚼，然后敷到伤口上止血。

这条小溪他来过无数次，以前每次来，都是抗洪救灾，像现在这样面对清澈的溪水还是第一次。

他站在岸边端详这条小溪，既似曾相识，又感到陌生。这条小溪从峡谷深处流出来，不知颠簸了多长的路途，经受了多少阻碍，又在多少个弯曲的水潭回环往复，卷走了多少枯枝败叶，溶化了多少动物尸体，养活了多少寄生虫和鱼虾，它身上的污浊在行走的路上逐渐沉淀、扬弃，流到小镇时突然变得温柔、小巧，变得如此的清澈透明。

溪流大概有一尺深，河床上的鹅卵石色彩斑斓，细长的蓝刀鱼和明晃晃的白条鱼在水里飞行，鱼翅清晰可见。一串串黄绿相间的水草柔柔的，顺着水流的方向摇曳。叶片像绿珍珠一般的藻沙、满江红被涟漪推到岸边，拥挤地依附在香蒲、水葱、黑藻、木贼草等挺水植物旁边。岸边的浅水滩百草丰茂，鸭舌草挂着蓝色的小花，一朵一朵圆形的睡莲温润可人，还有长势良好的野水仙正在迎风摇摆。岸上岩石铺陈，泥土稀少而松软，被青草覆盖，一些野芋头的叶片十分张扬。

老零忽然看到一大片金银花在二三十米开外的对岸摇曳，便下意识往那边走去。他想要摘这些花回家，一来可以晒干泡茶解渴，二来也可以带回家去给老婆积攒拿去卖。前些年家里拮据，老婆想方设法从泥土和石缝里要效益，经常去山上采摘金银花拿去街上卖，以补贴油盐酱醋等家用。

河边泥土松软，老零探出一只脚踩上去，马上出现一个脚印，他把脚收回来。看到老婆买的新皮鞋变脏了，他于是警告自己，你现在是一名干部了，去采摘金银花万一被人看到成何体统。这样想着，他就断了去摘金银花的念头，抽身往回走。

可是一转身，后面一只脚的脚踝被长在淤泥里的藤蔓勾住了，怎么扯也扯不出来。为了让身体保持平衡，老零身体往前倾，以便抬出后脚，就在这一瞬间，放在裤子口袋里的手机顺着大腿，溜了出去，落到水里。

老零跳到岸边草皮上，才发现口袋的异样，回头一看，糟糕，自己的手机像只鲫鱼翻开闪闪的肚皮躺在溪水里，还往上冒着细细的气泡。他在心里责备自己大意的同时，迅速脱下鞋袜，卷起裤管，回去把手机捡起来。

他摘来一把细嫩的青草，擦去手机上的污泥，又用自己的衣袖将上面的水珠抹干。然而手机已经进了水，无法开机了。

真是倒霉透顶，老零看看小溪水，又沿着溪流的来路和去路看了一眼，顿时觉得它并没有那么可爱了。

回到镇政府大院，刚才去帮忙的那几个人在卫生间门口进进出出，他们有的拿毛巾洗脸擦脖子，有的在刷鞋子裤子上的泥渍，有人埋怨天气太热并向司机提议出去买点冷饮回来解渴。

“我要常温的，最近肝火太旺，喝冷的怕出问题。”有人说。

老零听到了，就对那人说：“泡点金银花可以清肝明目啊。”

“去哪里要金银花哟？”

“我知道哪里有，改天给你弄一些回来。”

“得了吧，零哨长，花那心思还不如去药材店买一罐。”

老零自找没趣，笑呵呵地走回了办公室。

34　冤家

下班后，归心似箭的老零迅速买齐了菜，却迟迟等不来莫七九的顺风车，电话又打不通，他只好去借保安老杜的摩托车回去。

从小镇上到山顶哨所的山坳共十一公里，中间要路过两个村庄，一个在路的上方，一个在路的下方，村庄之后临近坡顶两公里处还有一个采石场。

这条盘山公路上的三百六十度转弯角不下十个，其中几个盘旋地带比较狭窄，被山体突出的岩壁挡住视线，从这一头看不到那一头。虽然靠山崖一面都安装了反光镜，但山上的风速大，声音响，有时候难以判断对面有没有车来。老零虽说对这条路烂熟于心，但他还是觉得有些惊险，生怕对面山上突然冲出一辆快车让人躲闪不及，毕竟他已没有年轻时的身手。所以他集中注意力在路面上，仅挂一挡，小心翼翼地靠着右侧往上开。

这时有几辆小车从身后追了上来，掀起一团团灰尘，把他甩在身后，汽车喷出的尾气让老零十分难受。“他娘的，改天要是让我换上四个轮的，准不让你们嚣张。”老零在心里自我安慰。

其实老零不会开汽车，连油门都没机会踩过。

他有个老战友在市里某驾校当教练，有一回老零带队去参加军分区的比武大赛，轮到工程运输兵技能决赛时，军区组织他们这些民兵前往训练场观摩。恰好那个战友被请去给年轻司机讲解战术动作，有的年轻人以为自己见过些风浪，对战友不屑一顾。战友当时教训他们时说的那一番话，老零至今记忆犹新。

战友说，人生就像学汽车拿驾照考的科目二。首先是“平地启动”，然后开始爬坡，很多人在“半坡起步”这一环节就挂了。等爬完了坡又下坡，接着来了一个九十度大转弯，顺利走过了这一关转折，相当于一个人过了三十岁。

三十岁最关键的是什么呢？就是找到自己的位置。所以接下来要考“侧方停车”和“倒车入库”，找准了位置以后并非大功告成，剩下比较长的一段路就是“曲线行驶”。

“曲线行驶”的时候虽然看起来好走，但你绝对不能够压线，如果压了线就得马上出局，这好比人到了四十岁，表面上顺风顺水，却不能肆意妄为。最要命的是“曲线行驶”的末端，又来一个九十度的大转弯，过了这道坎，才有一小节康庄大道。“直线行驶”部分，可以长驱直入，当你准备要接近终点时，又来一个九十度转弯，这好比六十岁，四个车轮和车身要准确控制在范围内，两个后轮安全离开了横线那一刻，你才能够熄火。实际情况是，有很多人往往在最后的环节压了线，马失前蹄，这就相当于一个人晚节不保，前功尽弃。

老零当时非常佩服那个战友，能够一本正经地瞎吹，头头是道，众人听得心服口服。

现在，老零觉得自己就像在考科目二。他紧紧握住摩托车把手，一个弯道又一个弯道转过去，在天池山旁边的山脉螺旋上升。夕阳被他抛在身后，前方是他投下的长长身影。他看着车轮一寸寸碾压自己的身影，身影却一寸寸往前走。他心里想着战友的那番话，顿时如醍醐灌顶，深有同感。眼前的机会确实来之不易，人奋斗了一辈子就看最后这几年了，千万不能出什么差错。

当老零陷入人生哲学思考的时候，却没有意识到自己已走神，只猛然听到隔壁山崖传来轰轰的发动机响声，身后也有轰轰的机动车排气声。他凭直觉感觉到前后都有大车开来，于是下意识踩住刹车。偏在这时候，他的风湿病犯了，只感到膝盖和脚踝一阵剧烈酸痛，紧接着，他发现有一块巨石迎面击来。“遭殃了！”他在心里大喊。

意识清醒的那一刻，老零发现自己躺在路边的排水沟里，天旋地转。

摩托车还没熄火，后轮在空中旋转，前轮压在水沟下方。老零被抛到三米开外，头和脸贴在一堆沙子上面。他缓缓站了起来，发现自己竟然毫发无损。原来这一节路正在翻修，工程队运来的碎石沙砾铺在路面，让他打滑了，所幸倒在排水沟里的一堆沙子救了他的命。

真是大意失荆州，老零在心里责骂自己，又没有人逼你，干吗开这么急，还分心分到爪哇国去了，让人看见了岂不闹笑话。

老零花费九牛二虎之力把翻倒的摩托车扶起来。

这时有两辆卡车和一辆越野车从山下呼啸而来，卡车很快离开了视线，越野车则在距离他不到五十米的地方减速停了下来。

“哟！零哨长，这是什么情况？吓死人了！”

越野车上跳下三人，老零明白来者不善，并没有理会他们。他挺直腰板，拍了拍身上的尘土，径直走到路边去捡起那条滚成“泥条”的塘角鱼。两个西红柿落入草丛，有些破损，被泥尘包裹，样子像土豆，老零捡起来装进塑料袋，然后摸了摸身上的口袋，想拿那部老手机出来，却发现手机不在身上。

那三个人走近了，是曾经打过交道的蓝龙及其两个马仔。

蓝龙拿出一支香烟递给老零，说："零哨长，要不要搭顺风车回去?"

"今天倒大霉了。"老零说，"多谢，我还要回哨所。"

蓝龙说："谁不知道您下山吃皇粮了? 还回什么哨所啊? 我看你是回不去了，这破摩托车，经不起折腾了。"

老零已经从路边找到了那部老手机，他装模作样地揩去上面的泥土，然后放到耳根大声说："老刁，麻烦告诉老胡，今晚吃鱼汤。对了，我在山下准备到了，叫几个兄弟来帮一把，东西太重，拉不动了!"

说完话，老零继续拍了拍身上的泥土，同时骂了几声娘。

蓝龙见状，丢下烟头，转身招呼他的马仔回到车里，绝尘而去。

老零把手机从耳根放下来，塞进裤子口袋，同时弯腰走进草丛里，寻找甩掉的手机电池。

35　归途

夕阳在西面山梁上燃尽最后一点火焰，天色快要暗下来，老零万万没想到自己会陷入如此被动的局面。

山间公路上的农用车已基本没有踪迹，路上空空荡荡，距离下一波交通高峰期来临还有个把小时。那些从边防口岸满载货物的大货车，要趁着路上小车基本没有之后才开始上路，生意人和司机此时正在小镇各个饭馆里填肚子呢。

老零一个人试图将翻在排水沟里的摩托车拉上来，但是这个差不多散架的铁牛很不听话，他干脆到旁边路基土堆上折了一些盐肤木的树枝，将它盖上，又扯来两根茅草打结之后插在路边做标记，然后步行前往天池山哨所。

他一瘸一拐大约走了半个小时，终于来到哨所下的山坳路口，抬头看了看天空，天空已经变成深灰色。月亮在天池山顶升起，哨所上面亮起了灯，红旗在晚风中摇摆。

老零整了整衣衫，举起双手在嘴巴上做一个括号，大喊："八戒——"

声音在空阔的天地间显得很小，好像抽水泵水管里的水，爬不上预设的高程，没有到达指定目标又掉落下来。老零深深吸了一口气，再次用力向山上喊话，像从肺里呼出一块石头，但还是明显感觉那块石头达不到山上，又滚了下来。

此时七号已吃饱喝足，躺在屋檐下闭目养神。它的耳朵除了能够分辨蚊子和其他昆虫的叫声，还能分得清哨所上每个人的声音。所里的人都在营房内看手机或电视，它隐约觉得有陌生的动静，竖起耳朵再听一遍，判断是山下来人了。它起身离开营房来到阶梯处，远远看到了老零。

"汪汪——"

七号涣散的眼神顿时发亮，拔开双腿，拖着下垂的肚皮，从阶梯上快速冲下来。老零见是七号来迎接自己，得意地站在原地，虽然他知道它已经怀孕，但还没有到临盆的程度。七号冲到老零面前，老零蹲下身做了个马步，让这个老伙计一跃而起，跳上老零的肩头。

不料七号的体重已经增加不少，将老零撞得差一点往后趔趄。他站直身体，摸了摸七号的后背和脑瓜。“你还好吧？”他说着，把它放了下来。

这时八戒也拖着沉重的身躯跑到山下来了。

哨所上的兄弟纷纷走出营房，站在阶梯另一端叫老零上去。副哨长廖建忠身姿矫健地飞下了阶梯，来到坳口迎接老零。

“老零，怎么这么晚到这儿？出了什么事情，一个人走路啊？”

老零已经没有力气跟他上山，就把原委相告。

“那我送你回去吧！”

廖建忠于是拿出手机拨通了小骆的号码，叫小骆送车钥匙下来。廖建忠将停在坳口军事宣传栏的巡逻车掉了头，开到执勤点停下，打开副驾车门叫老零上车。

老零也没客气，抬脚坐进车厢。这时七号已经不知什么时候抢先跳进后座等候了。八戒也哼哼唧唧想爬上车。老零叫七号别跟来，它瞪大眼睛好像听不懂人话。老零只好下车，去驱赶八戒上台阶，并回头叫唤七号赶紧回山上去。八戒乖乖地走上台阶，七号却迟迟不肯下车。

廖建忠从车窗内伸出头来，说：“你离开这段时间，它茶饭不思，现在要跟你回去，就让它走一趟吧，反正又不用脚走路。”

送走八戒之后，老零只好回到车上坐稳，拉上安全带。他问廖建忠车上有没有红花油，廖建忠说有一瓶备用，在靠背皮套里。老零转身，七号已经用嘴衔着一瓶红花油递给他。

车上很快散发出红花油的刺鼻味道。

路上，廖建忠问老零要不要叫山上的兄弟们帮他去把摩托车先拉回镇里放。老零说不必了，那东西不值几个钱，明天再弄个顺路车拉下山。

“最近山上有什么情况？界碑那边还正常吧？”

“还是老样子。”

“大家要加强警惕啊，越是风平浪静，越有可能出问题，特别是临近各种节日，或者国家举行重大活动期间，尤其要注意风吹草动。我总感觉不太放心，最近眼皮老跳，有些不好的预感。”

廖建忠问他这话怎讲，老零说刚才路上遇上了那几个打过交道的人，可能来者不善。

“他们说什么？”

“也没说什么。但感觉他们特别希望我出事。我都离开哨所了，他们还盯着我，肯定有什么计划。”

“还能有什么计划？他们要是敢乱动，我们天池山上的兄弟们可不是吃素的。”

“思想工作不能放松。你现在的责任比较大，再锻炼两年，到时当了哨长更要以身作则，吃一些苦，脑子醒水一点，外面的浑水千万不能碰，不然大家吃不了兜着走。”

“明白。”廖建忠回答说，“别人想拉我们下水没那么容易。”

“家里的情况还好吧？弟媳的病吃那些草药管不管用？”

“老样子。不过倒省了不少去医院的钱，病情没有恶化。感谢你啊，这些年一直帮我弄草药，替我操心这块心病。”

“别跟我客气。”

车子在山路上行走，开着窗，风灌进来，两人陷入了沉默。在沉默中，老零和廖建忠回想起了几年前的经历。

那时山上的哨员每个人都很缺钱。廖建忠的老婆才四十多岁就得了糖尿病，早上起床脑袋就会晕，干不了重活不算，每天还要吃药，快成了药罐子。农村低保每个月补助那几十块钱，根本不够填那些窟窿，她只能挺着病弱的身体，到别人家去帮忙照看孩子和喂点蚕，自家的山田就给别人种了。其他哨员要么供小孩读书，要么等着钱建新房，或者指望哪天蚕丝价格上涨，家里的蚕茧值钱了，能够有钱去还陈年老债。过完春节之后，大家都把一年的积蓄花光。春节后的一天，镇上突然有一个姓何的老板，拉了一车慰问品来到哨所下的军事禁区牌子前。

有企业家主动来慰问，说明大家的工作得到认可，拥军固边是好事情。老零和哨员们以礼相待，走下山去迎接。

何老板说："同志们辛苦了，春节前没有空上来，节后特意来走访慰问，迟来的爱也是爱。"说完，他指挥两个助手把车上那些糖果油米扛到山上，然后一阵嘘寒问暖，让人感觉十分亲切。

老零安排其他哨员端茶倒水，接待客人，并带领他们参观平时的工作场所，然后坐下来交谈。谈着谈着，老板顺势提出搞军民国防共建。

"好啊，感谢你们有这份心。"老零客气地说，其他人都听哨长的意思，不敢乱插话。

"国家强大了，你们的待遇也比从前好很多了吧？"老板问。

"确实比以前好多了，不过哪里有你们当老板的风光。如果大家都像你这样理解我们的工作，那国家才是真的强大了。"

"这样，我们明人不说暗话，我呢，是想为哨所做一点贡献。我以前也来过这里，当时你们睡在旁边的小排房，光线不好又潮湿，现在你们都住进了宽敞地方，那小排房空了好长时间了吧？”

“那个是老古董了，八十年代修的。”

“反正空着也是空着，我是想啊，我们是不是把它利用起来，别让它浪费了。”

“那可是国家财产，你说怎样利用？”

“现在你们又不养猪，又不养羊的，大家伙等着这点死工资没点创收不行啊，这年头谁不搞点外快？我都想好了，你把那几间小平房租给我们，还继续挂山上的电表，我每个月支付租金一万块钱，反正就是零哨长一句话，大家每个月都滋润，对不对？”老板说着，看了看其他哨员，“这是一举两得的事情，军民共建，合情合法合规，对不对？”

一万块钱确实是个天文数字，不仅在镇上，甚至在县城都可以租一整栋楼房了。哨所所有人每个月工资加起来，还不到两万块呢。大家面面相觑，盯着老零。

“感谢你看得起我们，这山上前不着村后不着店，几间老房子不到二十平方米，哪里值这个价钱，你不会拿来制毒吧？”

“哨长真会开玩笑，我们就弄点小生意，搞点边贸服务，这地方最合适不过了。而且在你们眼皮底下，您说呢？”

“不说清楚用途，不可能租，而且就算要出租，也要上面批准，再说平时也有上级来蹲点，那地方还能住人。”

“上级来蹲点还不好说，到镇上去开房，我来买单，不说十天半个月，住一年半载也可以的，我这人说话就图个爽快。这两年我们这地方搞口岸互市，外面来做生意的人越来越多了，镇里面太吵闹，我就是想找个安静的地方，平时招待大家喝喝茶，摆两张桌子打打牌什么的，一边休息一边谈点生意。”

“这个共建我们可不敢搞哦。”

“大家朋友一场嘛，有什么条件你们尽管提，只要我能办到的，都是一句话的事。这样吧，大家在山上的伙食费我全包了，房子租金再加两千块，你看行不行？大家都是见过世面的男子汉，大伙儿爽快点。”老板说着从口袋里掏出一捆人民币放到凳子上，说，“这一万块钱先拿去用，相当于定金了，我够有诚意了吧？”

“廖副，送客。”说完，老零站起身，挺了挺腰板，对何老板说，“你在给我们挖坑，这共建我们不搞了。”

那天，老零果断把何老板及其带上山的慰问品请出了哨所。他们走之后，老零给镇派出所打了个电话，提供来者有关信息。“麻烦你们帮忙查一查这是什么来头。”

后来派出所反馈：“这个何老板曾经在缅甸边境开设赌场，不久前他的赌场被云南警方捣毁。经查，这小子想回老家重操旧业，你们要提高警惕。”

类似的事情还有一次，隔壁乡有个专门非法加工废弃医疗器具的黑作坊被公安和工商部门打掉，作坊主转移到这边来，上山找过老零，也想出高价租地方放置原料。火眼金睛的老零识破了他的企图，请“神”下山了。

在车上，老零给保安老杜去了个电话说明情况，还跟廖建忠拉了一些家常。车子开到弄汤屯路口，老零约廖建忠到家里吃个饭。廖建忠说：“开车出来已属公车私用，要不是你有困难我才不敢这样做，得赶紧回哨所，否则被好事者抓住把柄，到时候跳进黄河也洗不清啊。”老零笑了笑，说：“你学得真够快，我们干这行就得讲原则，我也不强求你了，改天再聚吧。”

七号见老零下车，连忙窜到前座，从副驾驶室溜了出去，然后转到驾驶座旁边看了看廖建忠，一副乞求的表情。廖建忠只好对老零说：“哨长，它想去你家做客，我看可以，明天再带它回山上也不打紧。”

老零觉得挺感动，于是说：“那行吧，跟我回去补充点油水，也给我老婆提前看看它，以后产了崽子，选一条回来看家门。”

36　夜宴

七娲已经煮好一锅米饭，就等老零拿塘角鱼回来下锅，老零的庚父也大老远跑过来等着跟老零喝两杯，可是左等右等，天黑了，仍不见人影。庚父是老零父亲早年的结拜兄弟，战事结束后去外地当兵，待他复员回乡，老零的父亲已经过世。他这辈子生养了两个女儿，均已出嫁落户在外省，唯独没有一个儿子，老来落叶归根的他很念旧，就久不久跑到零家来找庚儿老零饮两杯。

庚父见情况有些不妙，便指示七娲，打电话去问问，哪里有光上班不吃饭的道理。

七娲于是打电话给老零，电话里提示说对方已关机。她眼皮直跳，习惯性地想打电话去哨所，可是转念一想，那没用，老零已经不是哨所的人了。

到底出了什么情况？他不是换装去镇里上班了吗？难道还要执行突击任务？一直等到月亮爬上村子对面的山头。七娲生怕庚父干等着饿肚子，摸不准老零还回不回来，便动手把家里能炒的菜都炒了。不料碗筷将上齐时，村口忽然传来“汪汪”的狗叫声。

七娲拿着锅铲急匆匆出门去看，果真是老零回来了。但他整个人走路的姿势不大对劲，一瘸一拐的，后面还跟着一条大黄狗。

七娲脸色一沉，问他：“出了什么事？”

老零说：“没事，风湿病犯了。”

她不信，再问：“干吗手机打不通？”

老零只能如实相告，说是开摩托车摔跤了，手机报废，还好没受什么伤，是哨所的兄弟送他回来的。

“哨所的兄弟呢？”七娲追问，“不叫他一起进家里吃个饭？”

“早吃过了。山上人手紧，你明知故问。”老零说。

“大家等你等得菜都凉了。再不回来你只有洗碗的份。”七娲接过老零买的塘角鱼，走进了厨房。

听见夫妻俩进门的声音，候在屋里的庚父走出来，跟老零打招呼。老零又道歉，又解释，对尊敬的长辈说了不少话。

他们两人到底谈些什么话题，七娲没注意去听，她三下五除二把凉了的菜拿去加热，又把老零买回的东西洗干净下锅。看着沾满尘土和草屑的塘角鱼，她心里五味杂陈，难以想象他当时摔跤是个什么情景。第一天上班就出事故，幸亏没出人命，没摔个鼻青脸肿，只能说是撞狗屎运了。

七娲进进出出之间，看见老零和庚父在新房周围打转，心里美滋滋的。

庚父在指指点点，比比画画，似乎在谈风水学，又似乎在讲材料的价格。七娲懒得去听男人们到底细说什么，她在厨房里叮叮当当炒菜、蒸鱼。刚才祖杰打电话过来，说要顺路回家跟他叔喝两杯庆贺一下，现在人还没到，趁这空当她再炒两个菜刚好合适。

七娲热菜还得耗些时间，老零便请庚父先看看电视、喝喝茶，自己去牛棚看看。

牛很瘦。老零摸了摸它平滑的额头，然后弯下腰在地上抓了一把草料递给它。它眨了眨眼，先伸出舌头舔了一下老零的手腕，便张嘴接受草料。

这些年为了养这干活的帮手，除去秋冬季节放养、春夏耕田犁地、平时拉货赶集，牛都要关在牛棚里，消耗人力割来的青草。老零看了看挂在牛棚旁边的草料、簸箕和扁担，仿佛看到老婆在地里割草的情景。接着他又去杂物房，逐一检查镰刀、锄头和犁耙，想重新找回一个农民的感觉，更想抽空对那些松动的农具进行维修。

七娲见他这模样，就说半夜三更的还学什么勤快，哪天周末有空帮她补一下牛车倒是真的。老零等不及周末，便去检查牛车，发现车厢横板已经松动，就找来锤子和钉子，叮叮当当修补了一番。

八点半过后，祖杰终于开着三轮车到了院子外，还提着一袋苹果、两只鸡和两瓶酒进门。

七娲说："你怎么这么客气啊！回来就回来，还带东西，你看看，连香火纸钱都买了，真是想得周到啊，啧啧！"

"我叔去当了国家干部，不庆贺庆贺怎么得。"

"你啊！我这个做婶婶的真不知道怎么说你。俗话说，嫁出去的女儿泼出去的水，虽然你是个男的去做上门女婿，可也算是嫁过去给人家，平时不要乱拿东西回来，免得惹那边老人没好脸色。"七娲一副当娘的样子，搞得这个命苦的堂侄不知怎样作答。

见婶婶使了个眼色，祖杰心领神会，便进到里屋，毕恭毕敬地给老零和庚父敬烟。

祖杰的举止礼貌而周到，端着菜厨房堂屋两头跑。七娲心想，要是祖豪也能像他这副模样，那该多好啊。不过她又想，其实每个人的际遇都讲究个命，而命都是老天爷先前给定好了的。

比如眼前的祖杰，说起来还挺可怜。也不知怎的，最近她老是想着怎样给祖杰提供一些帮助，哪怕叫祖杰把孩子送一个回来帮带带也行。可是那群活蹦乱跳的鸡鸭仿佛在提醒她，千万不能贪心，自家女儿也快要生了，到时候两头顾不上，向谁喊冤去？虽说老零去镇政府上班，那肯定十有八九不会吃闲饭，即使领导给他吃闲饭，他也不愿意闲着。他要是三天两头不着家，到时还能指望谁？所以她那个想法刚刚冒出来，又被吞了回去。

老零见人和菜都齐了，就招呼大家上桌。他说："今天什么也不说，简单吃个饭，改天房子建成了，大家再好好喝一顿，这一杯要敬老婆和庚父，同时也感谢侄子来看我。希望你生意兴隆。"

祖杰说："您去镇里上班，当干部了，以后家里有什么我帮得上忙的也尽管讲。"

老零说："叔这辈子平平淡淡，总算熬到了头，以前亏欠家里太多，今年不知道是不是祖坟冒烟了，能坐在这里跟你们喝酒，算是我们家最难得的一次家庭聚会了。"

"干！"庚父提议大家举杯。

他们一直喝到十一点多。祖杰说放心不下家里的老婆孩子，得走了。

七娲见状，说："别走了，喝了酒，怕路上太黑不安全。"

“您的担心多余了，这点路也就一脚油门的工夫而已。”祖杰说。

“我不是说油不油的问题，今晚你跟你叔确实喝了不少。”七娲再次强调，“安全第一！”

老零这时才发现可能会误事，却不知如何决定，因为祖杰去上门的那个村子离这也就几公里路，说远不远，说近不近，最后，他只好开口说了句“年轻人要小心为好，眼睛利不要紧”，事实上是把问题交给年轻人自己决定。

庚父家住隔壁村，他趁机说：“今晚喝得挺高兴，既然顺路，明天还要去县城办点事，我还是跟祖杰一起走好了，搭个顺风车。”

老零两口见庚父发话，自然不好再阻拦，分别说了些客气话，取出两串粽子给他们拿上，便送客了。

从村口公路边回到家来，老零对七娲说：“刚才被凉风吹了一下，有些头晕，怕明天上班迟到，先去睡了啊。”

“去吧去吧，就你这点本事，早先还死鸡撑硬颈，想继续在山上干，现在去镇里上班，好歹可以睡个安心觉吧。”七娲说。

“你懂个屁，哪里不用人操心，你以为坐办公室就舒服？”老零说，“还有没有热水？”

“在灶上。”七娲说。

老零潦草地洗完澡，搓干头发，回到卧室翻身便睡。

37　失眠

寂静的村庄响起了一阵清脆的碗筷碰撞声。七娲麻利地收拾好男人们饭后的残局，自己也洗洗睡了。

七娲好久都没感到这么温馨了。她抱着身板结实的老零，用宽松的胸口磨蹭他的肩膀，用脚丫暗示他的小腿，可是他却像头死猪一样淡漠，一点反应都没有，只有热乎乎的身体和满鼻子烟酒气息回应着她。

日子还长着呢，七娲心想，反正他又飞不走。这时往事一幕幕重现：跟了老零半辈子，觉得这个人既可敬又可怜，既可恨又可爱，三言两语说不清，两口子若即若离，糊里糊涂。你把他当男人吧，他也把你当男人，你把自己当女人吧，他还是把你当男人，自己做牛做马操持一家老少生活的时候他不是没看见，却从来也没说句嘴巴甜的话。跟他生了个小孩，他好像是去种地收玉米似的，从来不管土地的感受。七娲躺在床上胡思乱想，得出结论：只能认命了。

她迷迷糊糊睡不着，这时外面簌簌地下起雨来。山区的雨往往毫无预告，猝不及防就如同成建制的部队一排排杀将过来，不管白天黑夜，攻城掠寨，闹够了，又像流寇似的溜走，来无影去无踪。有时候又像瀑布，哗哗地直下几天几夜。

雨滴打在屋顶铁皮盖板上，叮当作响，把睡在屋檐下桑麻秆上的七号吵醒了。七号汪汪叫了两声，又把老零身旁辗转难眠的七娲给惊得睡意全无。几个小时前喝下的几碗玉米粥，此时已消化成水涨满小腹，急迫地催促她赶紧起床。

她起床去楼下小解，返回时，看见插在堂屋神龛上的一炷香火，已经掉完最后一点灰烬，剩下三根红色的木梗插在香炉上，像三根牙签。“祖宗保佑，这香火不能断。”她在心里嘀咕，并顺手从旁边的香袋请了三根供香，点燃插上。

关上灯，摸回卧室，她彻底睡不着觉。

她侧身坐在床头，看见窗外黑乎乎的一片，只有远处山坡上弄骨屯的屠夫家亮着灯。那户人家总是半夜起来杀羊，好赶在天亮之前将羊肉送到县城的肉摊子。他们家的儿子儿媳在汽车站旁边开有一家割肉煮粉，每天早上客人络绎不绝。

不一会儿，羊大声惨叫，声音传到了山下弄汤屯这边。第一次跟老零到家里来过夜的七号和女主人一样，彻底放弃了睡眠，它在院子里转来转去，嘴巴哼哼地吐着气，根本想不到山下的世界如此喧闹。七娲在黑暗中一面嘲笑黄狗的无知，一面回想白天和晚上的事情，心里不知是喜是悲。

天快亮了，在院子里团团转的老黄狗终于消停，这时关在笼子里的公鸡又叫了。失眠了整个晚上的七娲起床到厨房弄早餐，她得赶在天亮前煮好一锅玉米粥留给丈夫，烧好猪潲喂猪，同时喂那群鸡鸭。干完了这些基本家务，她要趁着太阳没有升高之前去地里摘两趟桑叶回来。

早上摘两趟桑叶，下午摘两趟，是她一天当中的必修课。养蚕从清明过后开始，一直延续到国庆节后结束。对养蚕的人家而言，每年挣钱的时机仅有短短半年，来不得半点马虎。

虽然老婆的动作很轻，习惯早睡早起的老零还是听到她在厨房忙活的声音，他也翻身起床，走到窗前关掉玻璃窗子，以免清晨的湿气窜进房间里来。当老婆在楼下当当地砍猪菜时，老零已经洗漱完毕。

他来到院子，看了看天，又看了看地，对着耸立在院墙旁边、挂满绿叶和白色花瓣的木兰树深深吸了一口气，接着走进厨房向老婆借手机，给莫七九打电话。

老零先问莫七九有没有找到二手摩托车，然后请他准备到的时候在村口等自己一下，今天有一件事情得麻烦他。对方说没问题。

老零把手机还给老婆，然后帮她提水放到大锅里煮猪潲。

“真是败家子，意思是说还要换个手机？一个手机的钱都可以买一头猪了。”

“落进水里没什么大不了，修修就好。”老零说，“镇上有维修店，只是昨天已经关门了而已。”

“说得轻巧，修一次也得要钱，工资还没领就开始消费了。”

“意外的事情谁懂？要是你懂，怎么不早告诉我？”

“你就骄傲吧。我去地里了，过几天零彤要回来，事情还多着呢。”

她背起竹篓的时候，老零从墙上拿了个草帽给她戴上，又帮她把牛套上了牛轭。“这牛还没得吃草，路上慢些，到了地里别踩别人家的桑树。”老零说。

“不要黄鼠狼给鸡拜年假慈悲了，手机修好后晚上什么时候回家，记得提前给我打个电话。”七娲说。

这时，莫七九的电话打进来了，七娲举起手机数落老零：“人家到了还不赶紧出去，要是我出门了你怎么办？”

夫妻二人于是分开，开始了一天的忙碌。

群山起伏，重峦叠嶂，清晨林间水雾蒸腾。七娲很快隐没在一片绿海之中，抢黄金似的摘起了桑叶。

第八章　奔波

38　考古队

因为主人喂得太饱，加上夜里各种声响太大，七号在零家大院失眠了一个晚上。第二天，精神欠佳的七号和老零继续搭莫七九的顺风车去往镇上。

车行到天池山脚下的山坳口，七号被老零放下车，它自己拖着大肚子回哨所。

哨所除了值班人员，其他人已趁太阳没有升高前赶早外出执勤。老零很清楚这些情况，因此没打算上山耽搁时间。

他和莫七九路过下坡路大转盘时，把昨天倒在水沟里的摩托车抬了上来，又合力将它塞进面包车的后备厢。摩托车露出一截屁股在后备厢外，活似老年的豹子骑在野牛身上。

一路下坡，进入小镇“阑尾炎”那儿时，摩托车受到颠簸，从面包车后备厢掉了下来。

“快到茅坑了还屙在裤子里，气死人了。”老零抱歉地说，“耽搁老弟时间了。”

莫七九说：“没事，没事！”

两人下车，将摩托车拖回车后备厢，再次绑好。此时，保安老杜正在打电话给老零，却打不通。老零他们准备到镇政府门口时，老杜正在路边剔牙。老零向他打了个招呼，下车后一边赔不是，一边拉他去摩托车修理店。还没拿到一分钱工资，就平白无故垫了上百块钱修车，老零只能自认倒霉。

中午，政府食堂开餐，老零没订餐，便去街上吃粉，顺便拿手机去营业厅修理。

服务员说：“乐观的话下午就能领，糟糕的话可能个把礼拜才能修好。”

“个把礼拜那么久，我岂不变成聋哑人，怎么开展工作？”

“现在电脑方便，开个 QQ 什么的都可以。我们的临时用机早已借完，要不倒可以给你一部先拿去用用。”

老零也无计可施。

下午上班，办公室有个年轻姑娘来敲门，收取工会费和党费。

年轻姑娘走后，老零开始在纸上计算工资和开支，算来算去，忽然觉得没劲。“若在山上，屁事没有。”他心想，“上了班，鸡毛蒜皮的事贼多。”

下午三点多钟，老零正在筛查本地区适龄青年名单，忽然有三辆外地越野车开进政府大院，动静挺大。老零起身去看，那是三辆从大城市风尘仆仆赶来的越野车，车上下来的人穿着清一色运动装，还有大包小包的设备，包括无人机、氧气罐和潜水镜等。

老零问旁边的人：“这些是什么人？”

旁边的人说："镇里请来的考古队和媒体。"

老零好奇地问："哦？哪里发现了宝藏？"

对方回答："听说是一条大船，古代的大船。"

"开什么国际玩笑，我们这山旮旯里哪有什么大船？平时最多也就是竹排，打打鱼虾才用那玩意儿，要说大船能走得动的，也就是七八十里外的靖西或龙州那边。"老零凭常识认定这群家伙纯属扯淡。

"古人的东西我们哪里猜得透？"另一个人解释说，"那艘大船被群众发现的时候正搁浅在一个山洞。"

"大船不下江河不下海，跑去山洞干吗？故弄玄虚！"老零觉得有些媒体最爱故弄玄虚，所以眼不见为净，转身回办公室了。

外面熙熙攘攘了一阵，很快又恢复了宁静，估计那伙人去山里找船了。老零抿了一口茶，继续埋头研究人员名单。

两个小时很快过去了，老零还没把名单研究清楚。下班时间准备到了，他担心错过回家的晚班车，就收拾好桌面，出门去大院保安处找老杜了解二手摩托车的情况，顺便去营业厅拿手机。

老杜闲得难受，正在院子里帮保洁员给花圃浇水，美人蕉、月季、朱槿和三角梅花枝招展，保洁员拿着园艺剪刀在修剪多余的枝叶。还有个把人找来塑料管接通水龙头，给蒙满灰尘的汽车"洗澡"。

这时一个大院住户打开窗子，说下水道堵了，问有没有人能够帮个忙。老杜说懂技术的工作人员还在乡下呢，不如让老零帮忙去看看吧。洗车的人也说，零哨长有空去一下吧。

老零自觉初来乍到，不好摆架子，就去了。半个小时后，老零带着一身臭汗和污水味道走出居民楼，党政办主任急匆匆地跑了过来，身边还带着一个文化站的同志。

“老零呀老零，想要找你好难啊，办公室电话打不通，手机修好了没？”党政办主任说。

“这不帮陈大姐修个水管嘛。什么事那么急？”

“你这是不务正业啊！”说完，党政办主任转身对文化站的同志说，“你跟他说吧。”

文化站的同志做了自我介绍，然后说他们遇到了麻烦。

“什么麻烦？”

“您这个活地图，鼎鼎有名啊！这个问题没您出面还真不行，谁不知道您是个老边境，当年对面国家修边境公路越过半米都被您搞回去。”

“好汉不提当年勇，你就不要拐弯抹角了。”

“考古队去勘测地形，拿捏不准那个有古船的山洞到底是在我国境内，还是对方国家的地盘，当地向导的村民也说不准。我们去找了哨所的同志，他们说没有义务协助我们的工作，而且说抽不出人手。我又打电话给国防办，对方说直接来找您就得了。”

听到“国防办”三字，老零就感到亲切了许多，他问那地方坐标方位是多少。文化站的同志报了坐标，老零心里一咯噔，那地方不是父亲早年所说的龙脉吗？那是一块是非之地啊，据说山下面在几十年前确实有一条小河，怎么会把船开进山洞里面去了？他自己觉得好奇。老零对党政办主任说：“可是我的手机还没修好呢。”

党政办主任说自己刚好有一部旧的机子可以借给他用。老零没法推辞，便上楼收拾东西。

几分钟后，文化站的同志开着一辆计生站的面包车，搭上老零向山里进发了。

山区的温度到傍晚就逐渐下降，被太阳暴晒了一整天的大地，开始用体内的蒸汽回报天空，绿色植被上端冒出湿热的水汽，让远山看起来灰蒙蒙的。面包车在边境公路上飞奔，老零对这里的地形了如指掌，一个多小时后，越来越逼近目的地，他们下车步行了一小段路。前方已经有人开摩托车来接应他们，换乘摩托车后又行驶了十几分钟，终于到达目的地。

这是一处海拔较低的山谷凹地，一个足球场大的湖泊被四周的山围起来，当地人称这里为水牛塘。老零清楚地记得，当年边境划界的时候，他和老哨长在这片地区来回走过无数次。但是，这片湖泊像一个长相不规则的西瓜，怎么破开双方都不满意：因为历史分界线已经沉入湖底，没人能够潜入湖底去立碑吧。

下午在镇政府出现的那群运动健将，此时个个已经被汗水打败，不停地伸长脖子咕噜咕噜喝水，还摘下帽子给自己扇风。

老零一到就对他们说："你们真厉害，没有站错地方，再往后退几步就出国了。"听到出国，大家都非常兴奋，纷纷拿相机和手机来拍照。

其中一个带队的对老零说："我们有卫星定位系统。但是这儿没有路，不能导航。"

老零说："有时候导航也会出现偏差的，尤其在山区，导航甚至会失灵。"

"那是那是，所以要请您这个活地图来呀。"文化站的同志应声说道。

"这边具体什么情况？船在哪？"

文化站的同志说，前段时间有一个村民的耕牛走失了，追寻到这里，眼看那头牛跑到国外，他却不敢再追上去，只能打电话给那边的亲戚帮忙拉回来。然而他的外国亲戚找了大半天还是找不到那头耕牛，他就在这里等着。不久他听到山里头一声闷响，然后山脚下冒出一串气泡，接着是混浊的水，最后冒起来几片木板。他当时以为见鬼了，心想是不是死人的棺材盖翻了冒出水面，心里害怕，拔腿就往回跑。没跑多远，想想又觉得不对劲，按常理来说，棺材板可没那么薄，于是他又往事发地跑回去，扯下树枝伸进水里勾起一块木板上岸看。刻在木板上的文字吓了他一跳。

“什么字?”

“熙字六营。”

“什么意思?”

“我也不知道什么意思呀，后来就向上级汇报，专家说这是清代广西提督苏元春和冯子材的部下黄马褂记名总兵马盛治的旗号。”

老零笑了笑，说：“这么大的名堂啊！那下面肯定有很多宝物，我们以前怎么没听说?”

“你们床板底下有黄金都不懂，更何况考古这门学问。”文化站的同志说。

“这地界是我们弄汤屯和弄鸟屯交界的共有山地，南面划给了对面国家，万一闹出动静怎么办?”

“还能怎么办？一切文物归国有，至于动静，我们倒想弄些动静出来，我们这地方你也知道，没有名山大川，没有秦砖汉瓦，土特产都是些不值钱的东西，老百姓从石头缝里刨出的一些东西填肚子都不够，再不弄一些动静出来，怎么会有人过来做旅游投资呢?”

“你的意思是准备开发这里咯？那是好事啊！现在搞边境旅游正

当其时。”

“单凭我们文化站可没有那个能耐，不过我想在自己任上做些基础的工作，打个报告方案报上去，从镇里推到县里，再从县里推到市里，看能不能弄个旅游景区什么的，也不枉费这一辈子了。”

“想法不错，趁现在太阳没落山，走吧！”说完，老零向文化站的同志详细介绍，哪边安全，哪边不安全，哪边有明确的分界线，哪边还存在争议。

文化站的同志听后说：“感谢老兄帮忙，我就知道您的格局比山上那群兄弟要大得多，他们毕竟没您经验丰富。”

“一码归一码，你不要扯上山上的兄弟，他们有他们的任务，你有你的职责，谁都不能越界。”老零说。

离开湖泊前，另外一个小组想要检测这片水域的深浅和流动方向。老零面对眼前这一片湖泊，给考古队们指出了边界线的走向，告诉他们从哪里下水比较安全妥当。随后，由另外一个小组跟在他和文化站同志的身后，向南面坡地走去。另外两个人操控着无人机遥测地形。

准备走到父亲的坟地时，老零停住了脚步，神情凝重。大家问他有什么情况，他摇了摇头，说：“没什么，继续走吧，如果你们不怕危险的话。”

文化站的同志停下来，问：“怎么？这个地方有危险吗？”大家站在山脊上望着眼前宝蓝宝蓝的一汪清水，也不敢乱动。

老零说：“以前这片水域下面是一个小村庄，村庄前有一条小河，小河流到山脚下就突然不见了，遁入了地下河。这条地下河钻过山底，通往对面的国家，没人知道山底下的岩洞有多少个出口，反正有好几个村子都靠地下冒出来的水生活。小时候，我听说有一年，大人在河边洗衣服，丢了一条头巾，那头巾上绣有名字，几个月后却在另外一个村子被捞起来，你说怪不怪？这条头巾肯定是从地下河流出去的。”

“为什么后来这村子跟那条河不见了呢？”大家好奇地问。

“我出生的时候这里就变成湖泊了，听村里的老人讲，一九五几年，下过一次七天七夜的暴雨，后来这里就被淹没了。”

“那纯粹是无稽之谈，如果原因真如他们所说，那么几百几千年前这里早就淹没了，肯定另有原因。”

“我当时也这么认为，后来终于搞清楚了是怎么回事。”

“怎么回事？”

“你们看地图的时候应该发现，在隔壁县有一个大水库，对吧？那是当年群众响应毛主席号召而修建的，”老零说着伸出两只手，一上一下打了个比方，“那边水库蓄水之后，水位上涨，重力下压，这边的地下河倒灌，水流不出去，就是这么回事。”

“有道理，还是你聪明啊！”

“可是很多人弄不明白，特别是对面国家的人。”

“那边怎么说？”

“他们觉得自己的耕地变少了呗。你们看那座山，那个白点是他们的哨所。他们跟我们一样，也有边境哨所。那里原来是一处高地，这边水位上升之后，他们就被湖泊包围了，高地的优势没了。”

“哦——”大家恍然大悟。

“问题是湖里面的鱼，两边的人都想打这些鱼的主意，可是很容易越界，一旦越界就容易出现纠纷，所以后来我们这边就禁渔了，把这片区域划为自然保护区范围。但人家没这么做，还是作为普通的林地，他们的村民经常放船打鱼。”

“这不公平吧。”

“所以为了服务边境群众，我们前几年相应搞了一些沿边公路，把附近的村子连起来，这是村村通道路规划的一部分。我琢磨着，你们发现的那些文物，对面国家应该也发现了。”老零站在山顶上比画，“以前这一带是清朝边境防御重点，那些船应该是在河谷的山洞里秘密建造的，作为运输物资和投送兵力的工具。估计没用上，后来清朝垮台，被封存了。水位上涨，把山脚的山洞全部淹没，也就没什么人知情。”

“原来如此。”大家听了老零一席话，觉得这水下面的故事挺复杂，如果深究下去，不是一时半会儿能够理清楚的，便问他说，“那你觉得怎么办？”

“我哪里知道怎么办啊？我们就是守住这片地方，只有等水库的水干了，或者哪天双方国家的政策搞通了，湖泊下面的争议地带得到划定分界，才能进一步处理。”说到这里，老零还跟大家讲了一个七八年前的故事。

当时正值冬天，两国陆地边界勘界立碑工作从沿海推进到这边，老零被上级征调参加了勘界工作。有一块代号为111号的老界碑立在山头，以它为标点，沿着山脊线往下，北面一侧有块不到一亩地的乱石岗，没有引起大家的注意。这里常年无人涉足，一直长满了荒草，可是老零来到那里时却发现，荒草丛中居然稀稀疏疏冒出一些新的杉树苗，再走近仔细看时，树苗的根部泥土是新的。

双方在定位测量时，对方提出拥有这片乱石岗的主权，因为他们带来了“地主”，也就是种下这些树木的边民群众。

面对对方的人证物证，我方工作人员一时找不到反驳的依据。

这时老零站了出来，从容地拿出相关文件，说这些树苗明显是新种下的，还没有到植树季节就种下树苗，肯定是有意为之，此行为属于破坏边界现状，不能作为勘界的依据。

对方问：“你有什么证据？可不要瞎说，法律是讲究证据的，你们拿不出证据，而我方很显然有人证物证，这片土地是属于我们的。”对方理直气壮，一副非我莫属的样子。

大家都把目光转向老零。组长问他，有什么办法吗？否则就得让步了，不能扯皮打持久战。

老零说，我们吃这碗饭的，可不能让祖宗丢脸，历史证据当然有了，大家稍等。说着，他拿出了随身携带的巡逻执勤相机，往回翻了好一阵子，终于调出半年前在111号界碑附近拍摄的照片。照片显示，当时这里一片荒草，并没有什么所谓的杉木苗。他拿出照片给对方看，指着眼前的土地说：“很显然，这些整齐的树苗是你们为了抢时间，提前种下去的，而且现在并不是种树的季节，争抢领土动机非常明显。由此可见，你们是故意这么做的，因此，群众和这些树苗不能作为画线依据。”

对方工作人员看到照片后，哑口无言。于是中国地图上，比一条发丝还细的版图，便归我方所有。

老零说，还有一次，对方修建边境便道，道宽两米五，经过665号界碑时，路基拐弯处越过我方边界半米，一般人用肉眼难以觉察。但是他们几个哨员去巡逻时在现场看出了端倪。哨员们依据最新生效的两国边界法律文件，指出对方的违法行为并上报上级，上级处理和裁决了此事，最终对方认错并改道，将越界的路基收了回去。

“也许大家觉得我们中国那么大，这些边角料不算是个事，尤其是住在边界线边的老百姓，世世代代有往来，这些地方多一点少一点不要紧，反正又不能搞生产、发大财，是鸡毛蒜皮的事情。但是有一件事情大家要搞明白，我们的老祖宗流血流汗，不就是为了这几寸土地吗？要是没人看住了，这里丢一点，那里割一块，最终我们连自己下葬的地方都会没有了。”

老零的一番话，让在场的人频频点头。文化站的同志说：“真是受教了，看来这地方不能轻举妄动，得回去向领导汇报才行，到时您得出面讲一讲啊，要不然我们无法推进项目，会挨打屁股的。”

太阳已经下山，天上的彩霞近在咫尺，兴冲冲出发的考古队却铩羽而归。老零和他们一起返回，路上，他忍不住回头，看了看那片湖泊背后的山脉，那里有一处缺口的山梁通向南边，爷爷、父亲、伯父和堂哥他们的尸骨都静静地埋葬在那里。他们和历朝历代的战死者一起，用血肉和魂灵滋养着山腰上的木棉树林。

39　女婿

五十三岁的民兵老零，终于过上了朝九晚五的日子，跟其他公务员一样上下班。

在他的办公桌上，电脑显示器孤零零地摆在那儿，他却不愿意去按下主机箱上那个圆圆的“肚脐眼”，他担心自己被这黑匣子吸进去。他盯着显示屏里面的倒影，发现自己的面孔像鬼魅，觉得既好笑又不好笑。

好笑，是因为这让他联想起从前的岁月。

那时人们送个口信都要走上大半天的路，如果去县城或市里，还得住招待所，耗费一两天才能弄完一趟活。现在，这家伙“叮咚”一声，就可以连接全球了。

不好笑，是因为它里面好像长了铁钩银钩，能勾住大活人的眼睛和魂魄。

他告诫自己，千万不能栽在这黑家伙身上。以前老听别人说自己有多忙多忙，原来他们都在忙着抓这个鼠标，盯着这脸盆大的屏幕。世界要是这样运转下去，那还了得？老零心想，还要人的手脚干什么呢？

“老古董！”针对他的这种疑惑，女儿曾经数落他说，“科技进步了嘛，什么叫科技，科学技术就是第一生产力。”

老零反驳说：“你懂个屁！邓小平说这句话的时候你才多大，现在倒来教育我了。科技那么先进，你派个机器人去山上走走看看？国家还要哨所、要我们这些人的双腿干什么？”

“老朽死脑筋，不跟你说了。”女儿自找没趣，不再跟他辩论，转身把头埋进她的手机。

老零自觉多少算个过来人。“以前没电视我们不也照样活过来了。”他想不明白。

每次从山上休假回来，交电费是他最主要的工作之一。因为七娲说过：“女人家不懂那些电。”

如果哪次回到家遇上电视机信号不好，他还会爬上屋顶，去调整比雨伞还大一倍的大锅盖。在屋顶上，他会跟父亲当年一样，望望天，然而天上鸟毛都没有，只有久望得令人脖子酸痛的蔚蓝天空。

女儿的心不在那蔚蓝的天空上面，却被蔚蓝天空下那看不见的无线电波吸引住了。

让老零始料未及的是，女儿后来真的嫁给了一个所谓的科技男，时髦的说法叫“IT 男”。那男孩叫农布丁，跟女儿读同一所中学，读着读着到高中便成为同班同学。

高中毕业时，女儿考上高职，那小子考上南宁一所农业学院的计算机信息管理专业。老零有一次去县城出差开会，领到一支笔和一本笔记本，顺路去县城送给女儿，在篮球场见过小农一次。那小伙子长相斯文，是山里难得一见的人才。老零怎么也想不通，为什么一个依靠算命和为人超度为生的道公可以培养出一个对科技感兴趣的儿子。

小农的父亲老农，是边境一带远近闻名的道公。他年纪比老零长几岁，年少时便拜一位修姓师傅学艺，还跟老零的父亲学过半年唢呐。打仗那几年，他参加了民兵队，应招去前线搬运伤员，后来成了家，在生产队挣工分之余重操旧业，补贴家用。

这辈子，老农用他的一技之长为自家几个孩子挣来柴米油盐，但孩子们却走上了一条新路。这好比登山的道路，看似是走向山顶，实际上是走出大山的另外一条路。除非世界一成不变，否则很少有人愿意让孩子走自己的老路。

老零想到这里时，心中便感到释然，虽然他自己逃不开做一个“小卒子”的命运，但毕竟跟老一辈人不同。而年轻的一辈，例如他的女婿农布丁，是树枝上的树枝，河流外的河流了。

农布丁这家伙高考成绩不佳，上不了本科，便退而取其次去南宁一所农业学院读了计算机信息管理专业，也算没有背离自己的兴趣。大专三年毕业后，他见零彤回到老家，自己也跟着回来，不知羞耻地对外说是为了爱情，实际上还不是跟零彤一样找不到好的就业岗位。他曾经去外面转过一圈，靠着学长和同学的资助，浑浑噩噩了好几个月，要么是受不了工厂的管制，要么觉得工资太低，自己又水土不服，最后灰溜溜地跑回县里。他在县城大张旗鼓地租了个门面，捣鼓起电脑维修的生意来。

听说起初生意还不错，因为县城有几家网吧经常需要他帮忙修机子、拉线路什么的，但是后来随着手机流行、家用电脑普及，去网吧的人逐日减少，专挣网民过夜钱的网吧接二连三关门。农布丁有时连店面租金都付不起，招牌摇摇欲坠。

“二〇〇八年他曾经有过一次发财的机会，”零彤后来告诉老零说，“那时他抓不住，不然就成为我们县里的首富啦!”

“什么机会那么难抓?”老零问。

零彤说，当时农布丁有个在外省的同学，想要跟他合伙做一笔生意，每人投资万把块钱。农布丁回家问他父亲要钱，他父亲说：“钱没有，牛倒有一头，不过这头牛不能卖，卖了牛，耽误了农活，我们全家都得饿肚子，你干脆把我和你妈拉去卖吧。”他因此再不敢跟家人提投资的事，直接跑回县城去了。

他跟同学说，凑不来钱，问同学那是什么生意。同学说：“你很熟悉的，就是电脑主机箱的硬盘。”

“硬盘?”

“对，80G 大的台式机硬盘。”

“这不是烂大街的货吗？哪有什么利润？”

“听我的，没错，趁现在价格没涨，先囤一批货，很快就能翻几十倍。”那同学说，“我另外还有一个同学，背景非同寻常，有很广的渠道散货。”

“要我做什么？亏本怎么办？”农布丁脑子有些木。

“我们这边通过国外的渠道送货到口岸，你从那边接收，带到城里来给我。我在南宁接收，一个硬盘提成三十块，如果你能够凑得到钱入股，跟我们一起合伙买进，到时按利润结算分红，那时就不是三十块钱的十倍八倍了。一句话，干不干？干哪个？你自己选。”那同学说得非常神秘，“这机会千载难逢。兄弟，听我的，没错，我们觉得你老家那边天时地利，而你是最合适的人选。”

“合不合法？还有啊，要进多少货？”

“绝对合法合规，只是有点小风险，不过我们的渠道可以规避风险。”

“那么神秘，到底是什么渠道？”

“这个由专人负责，你就别瞎操心了。赚钱机会来了，你到底要不要啊？快点做决定。”

“进多少货？货源呢？”

“这个……看在兄弟的面上，实话跟你说吧，目前我们初步计划进两个集装箱。”

“两个集装箱是什么概念？好几万个耶！”

“孤陋寡闻了吧？集装箱的话就不止几万个咯。至少也有十五万个。产地你就别猜了，反正海运到你家附近靠岸，然后分装，走广西云南边境，直接拉到重庆、广州散货，拉太远浪费运费。”

“成本？”

“你是行家还问我成本？别扯了，比市场批发价低一半，我只能告诉你这么多。兄弟想挣钱就一起挣，以后还有很多发财的门路等着哥们。你找够可靠的人帮我接货就可以了。”

“别说了，直接告诉我，他怎么没发财吧，我又不是听你讲故事，”老零对女儿说，“哪里有天上掉馅饼的事情？”

其实，女儿提到硬盘的事情时，老零已经隐约记起来，七八年前确实有过那么一桩案件。

当时我国发生严重的禽流感，东南亚一带的禽兽肉类都严禁进口，包括冰冻鸡鸭和鸟类。专家说问题是出在果子狸身上，当时他们集中人力巡逻边地山林，打击盗猎者和动物活体走私。山上也出了问题：哨所圈养的那群土鸡，变成了烫手的山芋，卖也不是吃也不是，后来全部放养，任其自生自灭了。

这时还有群众不断向他们举报：有许多陌生人在边境小道上背着包裹翻过山岭，进进出出，跟等候在国境线这边的外来人员频繁接触，形迹可疑，不懂是什么情况。

老零组织人马去边境伏击，看看是不是“三非四贩”人员。然而边界线太长，他们人手不够，只能联合其他哨所的哨员前往处置，结果还是顾此失彼，根本无法兼顾数十条山间小道、林间便道及数不清的丛林暗道。此事一经上报，就引起公安部门的注意。公安部门曾组织力量进行了一次突击。

结果发现，几个同对面国家边民有亲戚关系的群众，他们的袋子里面装的就是几块方方正正的电脑硬盘，以及一些桄榔粉、玉米粉之类。

“肯定有猫腻。”大家对形迹可疑的边民进行拦截盘问，他们却一脸无辜地说这是亲戚之间的正常往来。大家算了一下价值，没有达到走私的下限，而且这一带边民世代联姻，短时间内进进出出，无可厚非，便将他们放走了。

“你们去山上巡逻，把边防力量也引过去的时候，口岸这边可活跃了，”看到父亲仍然蒙在鼓里，零彤说，“他们其实在声东击西，还有更大的交易在几个边境口岸的互市点进行。”

“他们怎么搞？能够躲过检查？”

“化整为零呗。那时有人专门花钱跟当地人租用边民证，聘请摩托车队和三轮车进出口岸。那边的人将大货车的物品拆分以后，几块几块地藏进玉米粉里面，用玉米粉、桄榔粉等物品为由申请免税，只要总价不超过八千块钱，就畅通无阻。这边接货的人每次拉二十几块硬盘，分头离开，再到指定地点交货，这样搞了一个多星期，两个集装箱的东西就全部过境了。”

“这是明显的违法行为，钻法律的空子走擦边球。”老零说。

“可不是嘛。他们利用政策逃过了检查，但最终还是被追究了，那批货离开广西后，立即被公安部门盯住。要不是小农的那个同学有渠道，他们就全部坐牢咯。”

“什么渠道？”

“他们当时也没有跟小农透露，只是说他那几个同学躲在一个神秘的大院子里，守住一仓库的硬盘，半年不敢出门。执法部门都进不去。”

“后来呢？难道小农也参与了？”

“正是因为没参与，他才错过了发财的机会，一来他没有钱投资进货，二来他没有那个胆量和人脉去组织人马运输。原本他同学想把货物寄存在他的店面，但是他害怕被追究就拒绝了。你说一块硬盘成本多少钱？才两百来块钱，当时国内零售五百多块钱，他们躲过海关省去一百多块税钱，第二第三年金融危机平息之后，每块硬盘零售五百五十块钱。两个集装箱的货，通过网络发送到全国各地，他的同学投资二十来万，净赚一两千万！”零彤说，“那个案件因为他同学家里上面有人，后来就不了了之了。当然小农和他们的关系也断了，他们的电话号码等联系方式都换了，大家已经不在一个道上了，可惜啊。”

“不是不报，时候未到。人家有人家的阳关大道，我们走我们的独木桥，不要去羡慕别人，投机取巧、歪门邪道的事情，还是不要碰，不然睡觉都不安稳。”

“爸爸，你觉得妈妈睡得安稳吗？”零彤反问老零。

老零竟无言以对。

小农发财未遂的历史，是女儿成家之后告诉老零的。

前几年办喜酒前，老农他们家过来提亲，说两个年轻人在县城处得挺好，一个开店，一个在邮政所上班，互相有个照应，而且都是农村出身，知根知底不隔阂。老零在家里备好酒菜接待农家父子一行人，跟那小子打过一次交道之后，又趁去县城开会的间隙到他那门可罗雀的电脑修理店看了看，回到家里跟七娲合计一个晚上后，便毫不犹豫地同意了这门婚事。

后面看来，老零当初并没有看走眼，农布丁这小子不仅脑子灵活，而且做事讲原则，即使没能大富大贵，也值得托付。前两年门面不景气，农布丁转而去信用社办贷款买了一辆卡车跑运输，养家糊口倒也不成问题。

“咚咚咚”，这时有人敲门，盯着电脑屏幕发呆的老零，从往事中回到现实。

来人送来了一份文件。文件上列有几个待考察青年民兵名单及地址，落款是县人武部。老零知道这是谢科长发来的文件，他拿起办公桌上的电话，给县人武部政工科打去。

谢科长在电话那头问：“文件收到了吧？”

“报告科长，刚刚收到。我想说的是，兄弟欠你一份情，这次我一定去争取让他们上山，不然对不起你的承诺啊。”

“什么狗屁承诺？”

“你明知故问，想将我一军吧？为了我，你说找不到兵员来补充天池山，就不会离开人武部，这些年你错过了多少机会啊？我不能让你把这个亏一直吃下去。”

“哦，我都快忘了还有这回事，那么你想怎么办？”

“有个开车拉猪肉的老朋友，给我介绍了一辆摩托车，过两天到手。最迟一个星期内，我逐一去名单上的地址走一趟。招不到人，我让自己的孩子上山去。”

“你的女婿农布丁倒是不错，不过他会愿意吗？他要是愿意，你能同意？即使你同意，你老婆和女儿能同意吗？老零同志，别跟我说硬气话了。干我们这一行要讲感情，但更要坚持公事公办，知道吧？”

“明白。听你的。”

40 在路上

星期五下午，老零驾驶刚到手的二手摩托车，离开镇政府大院。他要去的地方叫卡怀村弄羊屯，在另外一个乡，紧挨国境线。

离开沿边公路，在乡道上连续行驶两个小时后，终于看见了弄羊屯。这是一个位于半山腰的只有二十几户人家的小自然屯，周围环境是典型的八分石头一分水一分地，山脚下是一小片平地，上面种满了桉树，桉树林一直蔓延到四周石山脚下。

老零拿出电话拨给对方，却发现手机没有信号。这时他听见了羊叫声。

抬头看去，远远看见有一个农妇在林间小道上驱赶着羊羔，羊羔散开跑进草丛。山脚下的桉树林荫下，零零散散活动着吃草的黑山羊，见有陌生人进来，忽然个个抬头呆立不动。老零从路边望去，它们像一个个精灵，露出圆溜溜的脑袋，有些公羊的下巴长满可笑的胡须，母羊喘着粗气。

老零停下车，问前面的农妇："龚爱国家怎么走?"

那妇人包着头巾，衣袖遮住双手，两手拿着树枝赶羊。她回答："在山那一头的采石场就是。"老零抬头朝她所指方向望去，确实看见了一片白花花的石山，石山被劈开后样子却不像是开采石料造成的，新鲜的石崖下有一栋石木结构的小屋，屋顶是蓝色的铁皮。

老零放开摩托车离合继续往前走。路面凹凸不平，尖锐的碎石把轮胎刺得噼啪响。

这里人烟稀少，房屋之间相隔有几百米，围着小平地分布。老零的摩托车开进去很吃力，发动机的声音显得非常大，惊起了隐藏在山间的野鸟，野鸟嘎嘎叫，叫声在山林回荡。但是却不见有村里人出来围观。要是在别的村庄，或多或少有一些小孩或者老人听闻陌生人进村，都会跑出来看新鲜，投来关注的目光。

终于到达所谓的采石场。

这是一处山脉的断崖，断崖上面有一个洞穴，洞穴周围的岩石被撬走，翻出的泥土像一堆烂衣服披在骨头上。洞穴前方有一些车轮印迹，车辙中间有人的脚印，一汪汪积水留在上面，可知这两天下过雨。

老零把摩托车降到一挡，开过积水，这时他注意到，上方洞穴的石片上有一行用红色油漆写得歪歪扭扭的字迹：弄羊仙人洞。

老零差点笑了出来。

“汪汪”，这时，有一只土狗从路旁边的灌木丛中冲了出来，朝老零投来恶狠狠的目光。

老零紧急刹车，打了一个喇叭，“嘀——”

“停住，回来！”前方房子背后走出一个老妇人，她抱着一捆柴火，一边叫唤跑出来的狗，一边放下柴火，谨慎地向老零走过来。

“找哪个？”她用老零几乎听不懂的壮语方言问。她家门前摆满了柴火，都是一些桉树枝和低矮的灌木枝。

老零熄火下车，用壮话跟她说：“我是镇上人武部的，其他人在家吗？孩子在不在？”

她听得似懂非懂，又用一种语音有点短促的壮语方言回答老零，大概的意思是老头子去乡里面办事了，孩子不在家。

老零抽出一支烟，走近屋子，笑着问她：“您是龚爱国他奶奶吧？您的孙子什么时候回来？”

“我是龚爱国他妈!”

“噢，对不起大姐，我搞错了。没想到您年纪这么大了，还有这么年轻的儿子，真是有福气呀。”

妇人终于弄清楚老零的来意，她招呼老零进家里喝水，老零说自己带了水，既然她儿子人不在，就不进去了。然后他从公文包里拿出《边境县国防民兵哨员招聘公告》和政治考察表递给龚爱国妈妈，并在上面留了自己的电话，告诉她:“如果龚爱国回来，请他速速联系我。”

“你要他去当兵啊？我不给，我不给，老头子当了一辈子兵，缺了半条腿回来；老大、老二也去当兵，现在都没有音信；老三刚刚读完书，我再也不同意他去当兵!”

老零费了九牛二虎之力才搞清楚她说的是什么意思，便决定坐下来跟她聊聊具体情况。

但是她除了摇头和用手比画，没能说出更多的内容。

老零只好打道回府，觉得这户人家应该有戏，值得再进一步做工作。

离开弄羊屯，有条三岔路口，都是机耕路。右边一条是原路返回镇上，路线较长；中间也是去镇里的道路；左边一条路线较短，可以通往二级路，绕一个大圈子可以从县城方向回到弄汤屯。老零犹豫了一下，选择左边那条路。

路上主要有四种风景：一种是山脚的玉米地，一种是山谷的速生桉，另外就是挂在石崖上的野生灌木丛，最后是深蓝的天空。天空下，飞着密集的蜻蜓，一团团蚊子在眼前飞舞，它们是蜻蜓的美餐，头顶上是偶尔划过天空的鸟雀。

空气沉闷，是快要下雨的节奏。

老零加大油门往前飞奔，一排排桉树被抛在身后。

这里是典型的石漠化山区，外面极少有物资进来，里面的东西也很难运出外面，包括生活垃圾。老零看到路边有不少被遗弃的塑料制品，五颜六色的塑料袋和饮料瓶子，已经被晒得发白。

半个小时后，老零在路边一处阴暗的石崖下看见一汪水塘，旁边长满了鱼腥草和野芋头。他心疼这些长势茂盛的芋苗和鱼腥草，便停下车，走去水塘边扯了一大把，心想今天晚餐有好菜了。

他从尾箱拿出皮带，把芋苗和散发着香气的鱼腥草捆在摩托车后架上，继续往回走。这时云朵已完全遮住太阳，天色变成淡灰色，他看了看腕上的手表，时针显示五点刚过。

“再晚的话回到家就天黑了，”老零心想，“还没跟老婆报告情况呢。”大约又走了半个多小时，手机才开始有两格信号。他给老婆打了个电话，报告自己的位置和回家的时间。

“你怎么搞的呀？今晚有客人，你有出差任务也不提前说一声。”老婆在那头抱怨。

“临时任务怎么能够提前知道，家里有哪位客人？”

“是亲家来了。”

听到是亲家老农，老零心里非常高兴，觉得刚扯那两把鱼腥草扯对了，晚上可以搞一盘鱼生。他叫老婆托祖杰帮忙买条草鱼。

“等你到家，鱼生都熟了。”

“鱼生鱼生，又不用火来炒，还不快嘛！”老零仿佛此时已经尝到了鱼生的味道。

老零路上看见的村庄、房子几乎都是空的，估计都移民走了。

路面长了野草，铺路的碎石被太阳晒得惨白，压路机的车辙清晰可见，说明这里很少有别的车辆来往。

老零一个人在空旷的山间小路上行走，像一只小船在大海上漂泊。

空旷使人感到恐惧，老零加大马力，猛踩油门。可是这条路的路况不允许他开得太快，沙沙作响的轮子似乎在提醒着他，碎石铺的路并不是很稳固。

寂静像海水一般向老零涌来，只有摩托车发动机的声音及轮子的沙沙声，在击退群山压过来的一股又一股寂静。老零十分心疼胯下这一箱汽油，因为随着座驾的跳动，他明显听到了汽油在油箱里晃动的声响。他希望尽快驶出这片不毛之地。

距离二级公路还有两个村庄，大概二十公里距离。老零不断切换着挡位。他很久没有这么依赖过机器了，虽然这是一台跑过几万公里的老铁牛。此时它不出问题就是最大的幸福，老零想，这毕竟不是自己的家伙，对它的脾气还摸不透，不知能否顺利撑到家。他在心里希望这辆摩托车的质量和莫七九的人品一样好。

摩托车机头的温度在升高，从下午到现在几乎没有停过火。老零不得不停下车来，打开随身携带的水壶，喝了一口水，又含一口水，往摩托车发动机喷去，希望能够使它降降温。只听见喷出的水在发动机的外皮上嗤嗤作响，冒出白色的水汽。

重新启动后摩托车好像温顺了不少。

后来他又路过了一片柚子林，柚子叶和柚子花散发的气味，让人感到浑身舒爽。

柚子林的尽头有一栋平房，隐隐约约看见楼顶上的一面国旗和外墙上的蓝色广告牌，广告牌上打着某饲料的巨大标语，并配上一个咧嘴大笑的农民肖像。平房正面，是一个巨幅床垫喷绘广告，只不过它已被风雨打得几乎褪色。

老零靠近平房时发现房子大门紧闭，门口停着一辆废弃的拖拉机，蒲公英等野草漫过车轮，几株狗尾巴花从驾驶座下面长出来。毫无疑问，这里又是一栋空房子。

终于驶到二级路。老零在二级路上飞奔十几分钟后，看见路边有几栋房子，遮阳伞盖到路上来。刚好合适，这里有小卖部了。

老零停下车走进小卖部，要了两瓶白酒，放进车尾箱，继续赶路。

路上手机响了，是祖杰打来的，他说草鱼已经买到了。老零告诉祖杰，还有个把小时就到家，今晚亲家公来，得好好喝几杯。

准备到家的时候，电话又响了，对方自我介绍说是龚爱国。

“哦！爱国你好啊！今天去哪里了咧？上午打你电话打不通，下午我手机又没信号。”老零跟他做了自我介绍，然后说了下午的情况，叫他赶紧填好那两张表，回头再到他家里进行政审。

龚爱国却说不必了，之前因为跟女朋友闹分手，头脑发热，在乡里看见县人武部的哨员招聘启事，就打电话去报了名，后来女朋友知道这事后，死活不同意，要他跟她去广东打工，不然就真的分手了。

“对不住了！零干事，真对不住了！害你白白走一趟。”

老零的心顿时凉了半截，但仍心有不甘，他问：“你母亲说你爸和你哥是怎么回事？”

“我爸一九七九年去参战，挂彩了，右小腿截肢；大哥是航空兵，十多年前执行训练的时候光荣牺牲，之前不给我妈知道，我也是后来才知道这件事……谢谢您了，我刚才到家，现在又要去县城，忙着呢!”老零听见电话那头传来摩托车突突的声音，听起来，应该不是国产发动机。

“那你们是光荣户了，祝愿你事事顺利，记得代我向你爸爸问好!”

41 死皮赖脸

这餐饭，老零和亲家都喝高了，照例让祖杰开三轮车送客。为了第二天有好精神，老零洗完澡后早早上床睡觉。

老零做了个梦，梦见未来的外孙当上了一名解放军上将，他开着坦克回来，接外公去人民大会堂见证他接受首长亲自颁发军功章的光荣时刻。是七娲把老零从梦中摇醒的。

“公鸡打鸣啦！今天太阳大，你还不早点起来去办事!”

“办什么事?”

“才一晚上你就装傻了？昨晚亲家交代你办的事忘了?”

“哦，糊涂了。这个事，我昨晚真不该答应，真不该贪杯。”

“才上班没两天就摆架子了！其他人管不了，亲家的忙你得帮!”

“哪能那么容易?”

“答应人家的事不能赖账，不然以后怎么做人哦。”

“哎，试试看吧。以后你千万莫要乱开口承诺，万一办不到，会丢脸，两头不讨好。”老零虽然责怪七娲女人家头发长见识短，但还是决定去碰碰运气。

“去了县城，顺便到医院看看你那风湿病。”

周六早上七点半的早班车像捞虾一样逐个村庄揽客，开往县城。

老零在路上几次想给谢科长打电话，最后都没有打，他害怕无处不在的闲话。

每年征兵季节，负责把关的工作人员就像每年开学季负责学校招生工作的校长，巴不得找个铁屋钻进去，完全屏蔽那些家长的骚扰。

“必须来个突击，出奇制胜，所谓兵不厌诈嘛。”老零想。

在汽车站下车后，他到站外的割羊煮粉店吃了一碗羊杂米粉，连汤水一起喝了个精光。他舍不得坐三轮车，便步行前往县委大院。

县城面积不大。四周的石头山，像铜墙铁壁一般让房地产的挖掘机和推土机望而生畏，半山腰上的工业开发区，徒有其名，除了一些倒了又竖，竖了又倒的围墙，以及一些钢架结构，没有看见什么实质性的厂房。

县委大院得天独厚，雄踞河流的上游，背靠青山，俯瞰城池，是这座山城最雄伟的建筑。

人武部所在的办公楼，老零进出过无数次，里面种什么花草、哪个位置常停几辆车，垃圾桶摆放的位置等，他均一清二楚。进了大院，左右观察周边环境之后，老零大步流星走进最高的那栋楼。他明白谢科长的作息习惯：一般周六周日谢科长还在加班写材料，周日晚上会修改发送上报。

然而当他跑到三楼人武部办公室门外的时候，却发现这里大门紧闭。门上的把手还挂着“有事外出”的去向牌。

走廊过道的墙壁上，是一排排崭新的喷绘墙报，有各种学习的内容，领袖开会和讲话的照片、领导视察的照片、本县武装工作的图解等。老零一眼就能辨认出，其中有一栏的插图是他自己的照片，照片上的他正在认真地擦拭界碑，下面是媒体的报道截图。老零摇了摇头，心想这东西又不能当饭吃，到处挂着怪别扭的，不过他还是拿出手机，对着墙上拍照，还站到自己的照片前来了个自拍。

谢科长今天去哪了呢？这不是他的风格呀，老零心想，难道他的工作也调动了不成？昨天不是还通过电话吗？

这次突然袭击扑了个空，老零只能打电话联系。电话响一声对方就接通了。

"有什么情况？"谢科长问。

"没啥情况，就是来看看你而已，难道不行吗？"

"跟你打交道那么多年，你葫芦里卖什么药难道我不懂？有什么事赶紧过来商量。"

"在哪？"

"人民医院。"

"去医院干吗？"

"老娘毛病犯了，我已经守了一个晚上，眼睛都快睁不开了，赶紧过来吧，别啰唆。"

老零于是走出县委大院，去街上买了几斤苹果，搭三轮车赶往人民医院。到了医院门口，谢科长已经站在那里等候。

谢科长说："这里不方便，咱们换个地方说话吧。"

"去哪？"

"跟着我就行了。"他们坐上了谢科长家的红色小汽车。

"你老娘怎么办？这苹果——"

"挂了电话，老婆就来接班了，老人已经入睡。我俩谁跟谁，你还买什么水果，老人都不爱吃，浪费钱。”

“心意要有嘛！对了，她没什么大碍吧？”

“我都说了多少次，劝她不要上街去捡垃圾了，她就看不得那些纸壳被浪费掉，人家扔在小区里的纸壳，她觉得那些都是钱，一张张去捡，最后累得腰又痛了，头还晕了，卖废旧那几毛钱都不够交床位费。”

“都是山里出来的老人啊，看见有用的草都想拿去当药卖钱，别说瓶瓶罐罐、纸皮塑料了，江山易改，本性难移。”

“是吧，她只懂得顾自己的感受，从来不在乎别人怎么看。”

“你到底要带我去哪？”见谢科长把车开往县委大院，老零忍不住问。

“还能去哪？自己的地盘最方便。”

“你不早说！”

“之前你也没问啊。对了，嫂子的身体怎么样？你下山去镇里上班，她是不是很高兴？”

老零就把七娲牙齿和胃病的情况说了一遍。

“虽然山下比山上好一点，但是忙起来也够呛，你得做好思想准备，最忙的季节快到了，以后的冬季征兵可能要改为夏季和秋季。”

“现在闲得很，刚刚去有一些不习惯。”面对老朋友，老零放下了戒备，吐槽了前两天迟到挨批评的事情。

“他奶奶的，真是狗眼看人低，他们真是没地方出气了，也不掂量掂量你老零是谁。不过话说回来，镇政府级别虽小，但是也管好几万人，权力大着呢，当然压力也大，你把本职工作做好就得了，其他事情不要去管太多，也管不好。公事公办，尽职尽责，工作几年就退休养老吧。”

“以前以为公务员工作闲，工资高，去了才知道，工资是比山上高不少，可是活儿也挺复杂，嘴皮功夫不好也不行。”

“基层一线肯定这样了，哪有走路鞋子不沾泥的活呢?”

“所以说在山上比较单纯，只是工资少了些，而且太闷，这就是矛盾。”

“其实你这个人吧，也挺不赖，放哪里都可以，要我说，主要是你的行政经验不足，今后慢慢适应就好了。”

老零便不说话了，他在心里想，还适应个球，再过三四年就退休了，现在上级给面子录取他去镇人武部上班，相当于让他老树开花，还不知道是悲是喜呢。三四年时间不长不短，如果到时没有人来接上，像上一任那样继续再干几年也不懂啊，老婆当然想要他去人武部上班多得一点工资，可是那样耗下去他心里难受。

“说吧，无事不登三宝殿，家里的房子怎样?这次还有多少资金缺口?”

谢科长打开办公室门，顺手给老零倒了一杯水，让他坐下，自己绕到办公桌前，打开抽屉拿出工资卡。

“哟，什么意思?！说句心里话，我老零感谢你这么多年的关心，但是这次我来找你可不是为了钱。”

“不是钱是什么?世上还有什么问题能够难倒你老零同志?”

老零于是跟谢科长说：“我亲家是个做道公的，你也早就知道，昨天晚上我下乡后回到家，跟他喝了一餐酒……”

谢科长打断他的话，说：“当然晓得，他怎么了?”

老零说：“他没怎么，但是他有个朋友需要帮忙。”

“什么忙?”

“他那个朋友的儿子……”

“哎，我跟你说啊老零同志，我们好歹也是战友，我们在同一个战壕里摸爬滚打，你的问题我尽量帮忙，你家小孩的问题，组织上也要尽量帮忙，可是你亲家的事情就扯得太远了，况且是你亲家朋友的儿子的事情，那更加是八竿子打不着啊!”

“那么急干什么，你听我慢慢解释嘛!”

“好吧，你说吧，除非你能够说服我。”谢科长把工资卡放在桌面上，“这是我昨天刚发的工资，还以为你鼻子那么灵，工资一到卡里你就上来了。”

老零于是把昨晚亲家委托他帮忙办的事一五一十向谢科长汇报，最后补充说：“不过，我亲家那个拜把子兄弟的娃儿体检时，出了点小问题。”

“什么问题?”

“肘关节过伸。”

“超了多少度?”

“超了两度。”

“那不行，一度都不行。这不是我们的规定，是国家规定、国家标准。”

“按照我理解，要他去当仪仗队肯定不行啊，但是当别的兵种，比如步兵、炮兵、坦克兵什么的，应该没有这么严格吧，就当是照顾少数民族地区的特殊性。再说，他这个肘关节是先天遗传的，又不是残疾造成的。”

“哎，我说老零，以前你不是这样死皮赖脸的啊，很讲原则的一个人，为什么要跟我纠缠这些？都说了是国家军委规定，部队有部队的规矩，规矩是拿来遵守的，不是拿来照顾特殊性的，这一点你应该比我明白才对。”

“我哪能不明白。只是，我们这地方人口基数少，翻遍地皮到处去找符合标准的兵源，你也知道是非常困难的。这些年你为这事吃了不少苦头，总是完不成指标，我看在眼里，急在心上啊。就不能灵活一些吗？只要总体上没有问题，一丁点瑕疵应该可以忽略的呀，你看我这手指。”

说着老零伸出了自己的左手。

“我这左手的无名指，十几年前巡山的时候被毒蛇咬了，现在伸都伸不直，后来年度体检还不是过了。”

“你那情况不同，第一，你是战伤工伤；第二，你毕竟是民兵嘛，要求肯定没那么严格。想要当正规兵还得身体素质百分百不打折扣，军队是国家力量和国家形象的象征，歪瓜裂枣怎能混进队伍？”

“你敢说这话百分百没问题吗？”老零终于使用了激将法，“前些年你有一个亲戚，心律不齐还不是进去了。这倒没什么，每年全国征兵不是也有新兵蛋子去到部队训练，再体检时发现不合格又被退回来的吗？那些体检不合格的新兵进去了，还占了许多人的名额呢。现在有好的苗子，就因为肘关节张开一点点，就错过了履行参军义务的机会，你不觉得可惜吗？”

“你这是在跟我抬杠啊！那件事有很多原因，里面很复杂的，说了你也不懂，有时候是机器检查的原因，机器出错的原因也占很大一部分。谁能保证机器不出错？”

“不能说没有人为的因素吧！能够上战场打仗就行，再说了，我们这片地区老百姓好不容易有一点参军积极性，不能因为条件太苛刻打击大家的积极性。如果这样，以后的工作怎么弄?”

“你这个老零，才去上班没几天就变得这么滑头，跟我讲起政治来。亏我还是专门搞政治工作的呢。要是人人都有你这样的想法，想进就进，想出就出，军队还有什么威严?”

看见谢科长有一点点松动，老零乘胜追击，虽然老零有些违心，但还是说出了亲家说的原话。他对谢科长说：“我亲家的拜把子兄弟说了，只要保证他儿子能顺利当兵，有些什么要求，只要他能做到的，就算砸锅卖铁也要做到。就听你一句话，疏通疏通。”说完这句话，老零耳根一阵发红。

“你这是想要贿赂我哦，亏你还是个老党员。这样吧，我看你这个穿山甲，没钻出个洞来是不会罢休的，为了让你有个台阶下，回去之后叫那小伙子去医院重新体检，再拿体检报告来给我看一遍。我还要找领导商量商量这事，看那小伙子的肘子到底过伸到什么程度。”

这句话让老零心里的石头终于落了下来，于是抽出一支烟递给谢科长。

谢科长说：“好呀，老零，什么时候鸟枪换炮抽好烟了，以前不都是抽几块钱一包的烟就解决了吗?”

老零神秘地笑了笑，说：“今天不是要见你嘛，以前在山上忙，回家见老婆都困难，这次好不容易进县城来一趟，抽一包好点的烟犒劳一下自己。”

“得了吧，收回去吧！”谢科长弯下身，从抽屉里掏出一包好烟递给老零，说，“我也是刚发了工资才犒劳一下自己，母亲住院还要不少钱。我们这行拿的是死工资，你可要省着抽，注意身体，抽了几十年烟图自己快活，后面你还要当外公带孙子呢，千万不能放松警惕，出什么岔子啊！”

“这事你也懂啊。”

“怎么不懂？我还等着你通知去喝喜酒呢。”

“那肯定，到时候兴许孩子的八字合，还要请你做寄父呢。你这个人解放军出身，又进过驻港部队，命比较硬，到时候就高攀上你啦。”

“没问题，百分百同意。不过，丑话说在前头，你那个亲家朋友儿子当兵的事，我可不敢给你打包票哦。”

“反正我今天没白来就行啦。”

说完，两人就出门，到街上选一家大排档吃饭，要了一碟青菜，一碟黄豆焖泥鳅，一碟油炸七寸，就着两瓶啤酒喝了起来。

42 打盹

和谢科长吃完午餐，老零去街上的银行排队取钱。平时，他的工资存折都是交给老婆管理，他自己“私藏”有另外一张银行卡，算是应急的“小金库”。

老零捏着排队号小纸片坐在营业窗口前的凳子上排队，前面尚有八个人在等候。他们有的要存钱，有的要取钱。等了大概半个小时，还差一个人就到老零了。

可是当营业窗口上的 LED 字幕准备跳动到老零的号码时，突然有一个中年男子大摇大摆地走了进来，直接插队扑到窗口上。

“喂！你不能插队。”

“你什么人？我插队怎么了？”

老零这时有点恨自己，今天出门没穿军服，当他想说我是个“军人”的时候，又打住了。因为，他没有军人证，哨所上的工作牌也已经上交了。万一人家较真的话，说自己冒充军人，这可不是闹着玩的。他只能改口说：“你不管我是什么人，凡事都要有个先来后到的顺序，你插队就是不对。”

“嘿嘿，这位大叔，看来你是第一次来银行啊，我是VIP，你懂吗？”

“你爱屁不屁，关我屁事，我要赶时间，已经在这里排队等了半个多小时了。”

那个中年男子站了起来，指着银行保安和大堂经理，说：“你们跟他说，真是乡下来的不懂规矩。”

“说谁不懂规矩？”老零强压住自己的怒火，“你插队还有理了是不？”

保安和大堂经理走了过来，将老零拦住。

中年男子若无其事地坐了下去，掏出皮包里面的一张VIP金卡，放入玻璃窗口下的凹槽。窗口内的营业员瞟了老零一眼，便开始受理VIP业务。此时其他窗口都挂着“暂停业务受理”的牌子。

老零有些气恼，但他明白什么是VIP的规则。保安和大堂经理走过来的时候，他说：“你们不要跟我解释了，我再等一等。”然后出门抽烟。

抽完了一支烟，那人还没有办完业务，过了一会儿，有一个年轻的女子走了进去，去到相同的柜台，站在那名中年男子的旁边，指手画脚，叽叽喳喳，不知道在说些什么。营业员忙个不停，十分钟过去了，仍没有办理结束业务。老零推开银行玻璃门，走进大厅问大堂经理怎么这么久，大堂经理说:“那位贵宾正在办理公司业务，还需要一些时间，麻烦你再等一等吧，如果你有银行卡，可以去自动取款机办理取款业务。”

老零捏着银行卡和排队号，看了一眼旁边的自动取款机，那边同样排了一条长龙，都排到街上去了。他只好在大厅里坐下来继续等。

接下来还是被几个 VIP 客户插队。

老零怕耽误事，有些气愤，忍不住又走到柜台前问营业员到底还要让他等多久。没等营业员回答，又有一个 VIP 客户过来，叫老零让一下，便毫不客气地一屁股坐进了柜台前的椅子上。这回是一个老妇人，满头银发，戴着金耳环，手腕上的玉镯很大。她在责问营业员，她的退休金数目怎么不对呢。营业员忙着跟她一问一答，已经完全把老零晾在一边。

老零不得不换个法子，去自动取款机那边排队。他真的搞不懂，银行为什么空着三个窗口却只开一个窗口，既然有四个窗口为什么有三个人不值班。如果说挂个“暂停业务受理”的牌子就可以堂而皇之不值班，那么边境哨所是不是也可以挂“暂停业务受理”的牌子而只留一个哨所正常巡逻，其他哨所堂而皇之地休息呢？他越想越觉得不可思议。

在自动取款机旁排了十分钟的队，终于轮到老零了，他用自己“小金库”的银行卡，顺利取出了可怜巴巴的五百元钱。他用手指摸了摸薄薄的纸币，感觉那质地非同寻常，好像在用手捏自己的头发，有很强的颗粒感。

距离下午回那孟镇的末班车发车时间还有三个多小时，老零计划办几件事：首先去医院看看导致他翻车的风湿病到底严重到什么程度，接着去药店给老婆买西瓜霜和胃康灵，再去电器店买一台电风扇和一个万能电视机遥控器，最后去菜市场买老婆爱吃的塘角鱼。

到医院挂了号，看了医生。医生说需要做验血、尿常规和B超，并递过来一张单子，叫他先去交费。老零来到收费处，递单子进去，里面的会计在电脑键盘上噼里啪啦打了一阵，然后问他："是刷卡还是现金？"

老零问："多少钱？"

"一百四十八块。"

"我有新农合账户卡。"

老零拿出家庭新农合参保卡来，递了进去，很快拿到发票。

抽血验血很快也很简单。抽血就像被一只蚂蚁叮咬一样，两瓶指头大的血样很快就装好了。老零拿着自己的血液样本去化验室提交，工作人员告诉他要半个小时后才出结果，尿检也如此。

老零来到B超室时，这里排满了人。他取了排队号一看，他前面有十八个等候者，他心里就打鼓了：每个人三五分钟至少也要一个多小时。他特意观察每一个进去的人，足足有七分钟才出来。他去问站在旁边的咨询员，一般情况下等十八个人要多久。咨询员是个实习生，告诉他说，看你前面的人是拍什么片了，拍骨头倒很快，如果是检查胆结石、肾结石，或者是检查五脏，那时间就要久一点，因为拍片时还要听回声，还要看CDFI血流信号。

老零于是逐个去问那些排在他前面的人都得了什么病、要拍什么片子，问完之后，有人开始议论这个老头是不是得了精神病。老零却一脸微笑，因为他已经了解到前面这些人大多都是要拍骨头或关节的片子。

趁着排队的间隙，老零去领了验血和尿检报告。验血结果单子上面共有二十二项，都是某某细胞、参考区间，有一半箭头朝上，一半箭头朝下，他根本看不懂是什么意思。至于尿检报告，一堆“阴阴阳阳”他更加看不懂。

一个小时后轮到他去做B超。等三份单子拿完，老零回到了诊室找医生，又排一次队，十五分钟后轮到他。

医生看了看病历本，见没什么病史，再看那三张单子，最后说：“你的问题已经很久了，虽不是非常严重，但是已经接近中晚期，不治不行。”

老零心想，这都是屁话，我也懂，关键是吃什么药。

医生问：“以前你吃的是什么药？”

老零说：“我自己抓了一些草药，勉勉强强能抑制疼痛，但是不能根治，平时也喝一点药酒，不知道问题出在哪里，隔三五个月天气变化的时候就犯一次，疼得难受。”

医生便在病历本上写了一堆“蚂蚁字”，写到一半的时候他问老零要不要打针。老零说不要打针。医生继续写“蚂蚁字”，写完了抬头说：“那就给你开三个疗程的药吧。”他随后叫老零去买药，目不斜视，继续看下一本病历本。

老零把病历本交到收费窗口的工作人员手里，工作人员噼里啪啦打了一阵键盘，说：“请问现金还是刷卡？”

“现金，总共多少钱？”

“六百九十八元。”

老零再次拿出家庭新农合参保卡来，递了进去。

工作人员客气地说："对不起，先生，参合户单次最高只能够补偿一百五十元，今天您已经使用了一百四十八元，您还要补交六百九十六元。"

"哦……那怎么办？"

"那就交现金或者刷银行卡呗。"

"哦，我手上没带这么多现金。"

"银行卡也可以。"

"卡忘记带来了。"其实，老零不好意思说他的银行卡里只有两位数金额。

卡里只有两位数金额的老零，灰溜溜地离开了医院。

在街上，老零顺利办了另外几件事，买了万能遥控器花二十块钱，买台式落地扇花五十块钱，买老婆的药品花一百七十六块钱，还剩二百多块钱，他觉得赚了。他高高兴兴地走去农贸市场，买了一张猪头皮和一条老婆最爱吃的塘角鱼，又花去七十多块钱。

距离末班车发车时间还有半个小时，老零步行来到车站，买了票，先上车占好位置，然后给七娲打电话，说事情都办妥了。

午餐喝了一瓶啤酒，在银行排队，又在医院奔波，他这时确实有些困。瞌睡遇上枕头，他在座位上放松身体，闭目养神，不知不觉打了一个小盹，直到汽车启动才醒了过来。

通往边境的县道是用碎石铺成的，是中国路网系统中的毛细血管，深入连绵起伏的群山。二十九座的班车开在上面几乎要占满全道，遇到会车时，只能双方各自把一边车轮开到路基外的草地里面去。有时两车在山崖边狭路相逢，有一方还得倒车，找地方避让。

因此司机虽然心急赶时间，但也不敢开得太快。走这条长路奇闷无比，司机一般都喜欢播放电影或音乐解闷。

眼前这趟班车播放的是本地山歌视频，单调的山歌对唱画面没有引起老零的兴趣。

老零犹如坐在摇篮里，摇摇晃晃，更没精神。不知走到哪段路面，他又迷迷糊糊地睡着了。

梦中，他见到老婆的胃病好了，他终于有本事给她换上一副金牙；女儿生了个大胖小子，小外孙一路读书上学进部队，当上了空军飞行员；山上的哨所人才济济，哨员们经常请他上去喝两杯，他给他们传授经验，讲述当年的事迹……

正当老零靠在座位上陷入美妙的梦境时，手机振动了，他下意识地伸手摸进裤子口袋，拿到眼前一看，是副哨长廖建忠打来的电话。

"老零，情况不妙，有人跑了！"

老零几乎从座位上蹦了起来，问："是哪个？什么时候？"

"小骆，今天说不来了。"

"他怎么说？"

"他说受不了了，在山上待不下，女朋友叫他回去，不然就分手。还有，其他几个同志也动摇了，都说家里忙，想离哨回家，怎么办？"

老零陷入沉默，许久之后才回对方一句话："等我回去！"犹豫了几秒钟，他又告诉对方："你先把情况向上级报告。我今天刚见了谢科长，你马上打他电话，看他有什么指示。同时，向派出所通报情况，密切关注边境动向。"

"是！"

终于到了弄汤屯村口，老零迅速下车，小跑到村口榕树下的小卖部，跟老板嘀咕了几句，放下东西便又回到车上。这回他坐在司机身后的座位上。

“零哨长，这么晚了还要上山啊？”司机问，他并不知道老零已经下山去镇里上班了。

“太阳从西边出来了。”老零说。

车子启动。老零拿出手机给老婆打电话，对方却在通话中，没能打通。他于是编发一条短信给七娲：“哨所有事，东西放小卖部，不一定回来吃饭。”随后他把手机塞到屁股下，双手抱拳，压得关节咯咯作响。他为小骆这个小伙子感到可惜，他觉得以小骆的素质，在山上磨炼几年，完全可以得到被推荐去当正规兵的机会……

第九章　重返人间

43　城里人

七娲在地里摘桑叶，但已经心不在焉，因为刚才女儿给她打了个电话。女儿转述女婿农布丁的话说，杰哥想叫他开车去一趟南宁。

“他卖菜好好的，要小农开车去南宁干什么？”七娲问。

“杰哥打电话给阿爸，阿爸没接，就打电话给小农了，说祖豪哥在南宁出车祸了。”

“天啊，怎么回事？消失这么久都以为他死了，搞什么名堂嘛！”七娲的脑筋很久才转过弯来，“他什么时候到南宁了？你们确定是他回来了吗？是他碰别人还是别人碰他？不要搞错啵！以前他在广东搞传销，就是这样骗家里人打钱去的。”

“他被大车碰到，他和一个工友开摩托车被撞了，现在正在医院抢救。”

“我的天哪，小农回来了吗？我马上给你爸打电话，他今天去县城办事，现在还没见回来，也没见打电话来。”

七娲拨了老零的电话，但老零太累了，此时的他正在车里打盹，根本没有听到手机的铃声。因为汽车震动，他的手机沿着缝隙滑到靠椅和车厢壁板的夹缝去了。汽车音响播放的山歌声比牛叫声还大，把手机的铃声掩盖了。

七娲连续拨了几次，老零都没有接听。“这个死佬怎么回事？”她骂出声来，又给祖杰打电话了。

祖杰说：“哥哥最近打过一个电话来，只说了医院的名称，并叫家里赶快拿钱去，说手机快没电，然后挂断电话了。”

“说得不清不楚的，怎么叫人拿钱？”七娲有些生气，“这个祖豪办事怎么有一截没一截的？猪脑袋！”

祖杰简单向婶婶介绍了事情的经过，说他哥在载一个工友去工地的路上，被一辆大车撞了，他俩的腿被碾压，正在医院抢救。“我问他具体什么情况，哪边的责任，他也不清楚，真是急死人。”祖杰说。

“你妹夫回来了吗？”

“他正从靖西赶去边境县城，我现在从家里出发跟他会合。我叔怎么回事？电话都打不通！”祖杰在电话那头说话声有些颤抖。

“谁知道怎么回事！好了，你赶紧去县城，开车不要急。我立刻联系上你叔，叫他想办法赶去南宁找你们。”

七娲下午这趟活刚刚开了个头，摘了一袋桑叶，现在不得不打道回府。

她赶着牛车往家里去，心里像油锅上的泥鳅无法安生，只能双手紧紧抓住牛鞭，用力鞭打牛屁股。黄牛一路小跑，准备到村口时，小卖部老板叫住了她。她问有什么事。小卖部老板说：“刚才零哨长把东西扔在这里，说有事情赶回哨所去了，他说会发短信给你。”

“死老头！也不舍得打个电话!”

七娲连忙抓起兜里的手机来看，她用的是一部老式的诺基亚老人机，经常有各种垃圾短信发进来，她都懒得看，也不会删除。现在她不得不在一堆垃圾短信中翻找老零的信息。手机短信太多，她气得想把手机扔了。

“这个死脑筋，为什么不直接打我电话？打过去他又不接，有什么天大的事不接电话！”她自言自语骂道，又问小卖部老板，“他走了多久？”老板说，大概半个多小时了。

几十分钟后，老零回到天池山脚下，七号拖着沉重的肚子，迈下台阶来迎接他。八戒不甘示弱，也顺着台阶冲下来。老零三步并做两步冲上山去，没空理会这两个畜生。副哨长廖建忠见他来了，紧绷的脸放松了许多。

来到营房前的木棉树下站定，老零一摸裤子口袋，“哎呀”一声，说，“手机掉了!”

“是不是忘在车上了？”廖建忠问。

“肯定在车上，赶紧跟我去追，”老零说，“快！”然后转身跑下台阶。只是可怜那七号，刚刚艰难地爬回来，又见老主子跑下去，觉得莫名其妙。“你们别跟来了！”廖建忠说着，拿了汽车钥匙就跟老零一起冲下山去。

他们很快启动停在山下的巡逻车，开上路去追班车。班车在盘山公路的下坡道上穿行，已经越过了几道山梁。巡逻车一路紧追，连续转弯，廖建忠不断猛打方向盘。他问老零有没有司机的电话号码，老零说：“哪里记得，这些司机一天换一个，今天这个司机，他老婆估计是个山歌迷，一路都播放山歌视频，声音大得要命，把我都搞晕了。”

巡逻车开得比往常还要快，老零紧紧抓住顶棚上的扶手和车门上的把手。他问廖建忠：“小骆到底怎么回事？”

“前两天轮到他休假，今天应该收假回来，但是他打电话过来说不回来了。不来的理由已经跟你说过。”

“枪支、子弹、地图没丢失吧？他把行李铺盖都拿走了吗？”

“武器和地图没问题，行李倒是拿走了一半，另外一半他在电话里说不要了。”

“他有没有穿制服回去？”

“没有，换便装回家的。”

“到底要搞什么名堂？待不下，至少也要提前跟大家说一声，走程序啊！我还指望他以后来接你的班呢，或者推荐他去当个特警什么的。”

“哎，人心隔肚皮，谁知道呢！这年头年轻人捆不住，想法比米多。”廖建忠感叹，“老零，你说接下来怎么办？你才下山几天，其他老同志也有些动摇了。”

“怎么动摇？”

“说没劲。是不是我哪里做得不好？如果大家对我有意见，可以把我换掉啊！”

“没你什么事。我猜得出今天的情况，包括你，你们当时都是冲着我来的，现在我走了，兄弟们的工资又上不去，日子一眼看到头，自然会闹情绪。我们要先稳住大多数人，把小骆离职的影响降到最低，这是特殊情况。”

“是！你看，是不是前面那辆班车？”

“对！我刚才在上面一不留神打瞌睡了。真是老了不中用了。”

廖建忠长摁喇叭，喇叭声响刺透天空，在山脉间回荡。那班车司机似乎不长耳朵，仍然匀速前进。

当他们快追上班车时，已经快要下到山脚小镇的街道了。廖建忠变道超车，在边防连队驻地前掉头拦下班车。

拿到手机后，老零发现有一堆未接电话，他自言自语地说：“他娘的，今天到底怎么回事？生意不是一般的好。”

“怎么啦？”

“家里打来一堆电话，不知道出了什么事。”

“不要着急，我这就掉头送你回去。”廖建忠拿出烟，抖出一支递给老零，让他赶紧打电话回去问问。

44 手足

零祖豪重返人间，让所有认识他的人始料未及，除了混血儿蓝龙。这些年，蓝龙已经把生意做到了城里。当祖豪活动在南宁各个建筑工地，老零一家人还在老家为生活上的琐事操透了心时，谁都想不到蓝龙会盯上祖豪。

二〇一六年夏至日过后一个星期，零祖豪因为右脚板外侧至脚踝关节部位被车轮碾压，脱了巴掌大一块皮，不得不在县人民医院接受皮肤移植。他屁股上的一块皮被割下，缝补到了自己的脚上。

此后第三天，他的工友搭档因为双腿膝盖以下被碾压坏死，为避免上半身瘫痪，医生给他做了麻醉截肢手术。

零祖杰的手机建有一个微信群，叫“菜园子”，百余号群成员都是跟他买过菜的客户，包括各种红薯藤关系的亲戚都在里面。

“我哥回来了。”零祖杰往“菜园子”群里发了一条信息，并配上一个哭泣的表情。为了减少住院费，祖杰将他哥从南宁市的医院转回到县里的人民医院继续治疗，刚刚办理完住院手续，就往“菜园子”里发了两张图，一张是费用清单，一张是他哥被包得像粽子一样的脚的图片。

群里立马冒出一堆双手合十的表情。

亲戚们你一言我一语，有年轻人建议祖杰发起众筹。晚上祖杰便坐下来依葫芦画瓢，发布了一个众筹的链接到群里以及朋友圈。可是几天过去，没有什么效果，里面只有几个亲戚十元二十元的捐款，距离目标金额还差得很远。

几个在县城做工的亲戚，买些水果和牛奶，就近去医院看望祖豪，偷偷塞个一两百元钱红包，算是仁至义尽了。

但祖杰的心还是有些发凉。他打电话给叔叔老零和婶婶七娲求助，两位长辈安慰他说，留得青山在，不怕没柴烧，他们正在想办法。哥哥动手术和转院期间，祖杰已经花光了自己所有的积蓄（其实就是少得可怜的周转资金和加油的钱），最后他不得不含泪向老婆和岳父求助。

祖杰老婆身子虚弱，脑门和脖子上因拔罐留有几圈褐色的印迹。她带着圆形的印迹和两个女儿搭车去医院看望祖豪。在住院楼病房里，她一边骂，一边尽着一个弟妹的责任，为这个“从天上掉下来”

的大伯打了饭菜，洗了衣服。

她问祖豪：“消失那么多年，都干了些什么？什么时候偷偷摸摸回到南宁的？都不回来看看我们，你到底讲不讲良心，还认不认我们？如果你真捡得黄金发大财了，估计我们这辈子也沾不了你的光，可是你看看现在，挖了好大的一个坑给我们跳啊，这两个孩子要读书，老人要养，你说我和祖杰怎么办？”

祖豪垫着高高的枕头，躺在病床上一脸傻笑，看着眼珠轱辘转的侄女，他露出被劣质香烟熏黑的牙齿，脸上的皱纹比苦瓜皮还皱。对于弟妹咄咄逼人的审问，他不知如何作答。

他确实欠弟弟一家太多了。弟弟倒插门去外村，结婚生孩子他都不在家，近些年在外面浪荡，都不敢在家乡人周围露面，不敢靠近老家一步。他受过的那些苦难以启齿，但又觉得好死不如赖活着，可是赖活着绝对不能回家丢人现眼，让老家的亲人蒙羞。所以这些年，他混迹于各处工地，住在工棚或者城中村，过着浑浑噩噩的生活。现在出了这档子事，叫天天不应，叫地地不灵，他却要求亲人来护理，简直无地自容。

最后，弟妹和两个羞涩陌生的侄女准备离开时，他才说：“是我没混出个人样，没脸回家，可是出这种事你叫我去找谁？在这世上我也只有一个亲弟弟。”

“亏你还想起自己有个亲弟弟！这么多年的清明节，你想过山上的祖坟吗？你家都长了青草，被人家当成牛棚了，你知道吗？我不说了，气死人了！”

骂完了大伯，祖杰的老婆感到一阵头晕，不得不去门诊挂号，看她自己的病。

她家里有三个姐妹，作为长女，她负责延续家族血脉，按父亲的要求，招一个郎回来守一亩三分地和为父母养老送终。另外两个妹妹都外出打工，远嫁他乡了。平日里，因为身旁没有兄弟，老家没有靠山，祖杰在村中没少受别人白眼，经常无助地在被窝里向老婆倾诉，说他想念哥哥，他一直相信哥哥没有死，肯定还在人间。两个女儿行走在乡间，被人欺负，偶尔吐出一句话说，等我伯父回来揍你们，人家却说你们的伯父早就被打死了。

祖杰做梦都想不到，他日夜期盼着的哥哥，归来时却是这副衰样。

祖杰一家最后东拼西凑，拿出了两万多块钱。

祖杰开着三轮车去县城的路上，一边想起村里的风言风语，一边落泪，他这些年的隐忍和努力，因为哥哥的出现，几乎前功尽弃。

老零这边先是向他的三个姐姐和姐夫求助，又和女婿农布丁分别向各自的朋友求助，才好不容易凑出两万多块钱。农布丁这段时间正在靖西为沿边公路拉建材，急着要回工地。老零请假去县城与祖杰会合，付了医院的费用，他们打算一起搭车去南宁的建筑工地找包工头讨说法。

“去找他没用。”祖豪却说。

“怎么没用？你不是在那里干了几个月吗？工钱还没结呢，再说你是在去工地的路上出的事，老板总该付些工伤费吧！”祖杰说。

“我还欠他的钱呢，他没来找我算好咯。”

“替人打工怎么还欠钱？”老零问。

祖豪支支吾吾地说：“全部买六合彩了，都是跟他借的钱，还没还完。”

听祖豪说到这里，祖杰转身捡起板凳，准备往病床上砸去，嘴上骂娘，幸亏老零在一旁阻止，否则兄弟俩真的要互相残杀了。

“你真是败家子，早知道这样，我就不接你电话了！”祖杰甩门出去。老零用恶狠狠的眼光盯着祖豪，不知对他说些什么好。毕竟祖豪祖杰从小就成了孤儿，而自己也没多少时间管教他们，这一切能怪谁？

看到老零一家开始陷入混乱，正谋划着一笔大生意的蓝龙，坐在深山老林里的赌场一脸得意。几年前他从牢里出来，筹备东山再起，原本有一桩好买卖即将实现，却被不知趣的老零和他的哨员们在国境线上给硬生生破坏了，他为此一直怀恨在心，日夜琢磨着怎样给老零一些颜色看看。如今老零下了山，哨所上换了年轻人，他跟那些年轻人没打过什么交道，就想从老零身上下手，上演一出隔山打牛的戏码，震慑震慑山上的哨员，警告他们，谁要是挡住他蓝龙的财路，准没好果子吃。

但是被眼前事务缠得团团转的老零，仍然蒙在鼓里。

45　大暑

祖豪的搭档仍躺在重症病房，他老家的亲戚都来看望了。他的女人带着一大一小两个娃风尘仆仆地从山区来到南宁的医院，一家几口挤在医院的过道上，每天只吃包子馒头填肚子。

见了自家男人的惨状，女人已经哭得不成样子。孩子们懵懂无知，在几个婶娘姑婆的照顾下，小猫一样躲在人来人往的医院角落，形形色色的病人，让他们眼花缭乱。

他们家已经卖了猪牛来垫付医药费。那些猪牛是男人常年在外辛辛苦苦打工换回来的生活本钱，是女人在老家对付土地和贫困的助手。现在这些助手，因为他在城里的一次意外，一夜之间清零。

因为剧痛和医院的麻醉药，男人现在已经神志不清，他的眼神涣散，鼻子和嘴巴插满了输氧输液的塑料管，一只手吊着消炎点滴，另外一只手的手指无力地抚摸着孩子的手。

女人在床前哭死哭活，他自己只能动动眼珠，流着眼泪。他的搭档零祖豪已经转移回县里，而他失去了双腿，一时半会儿有家不能回。祖豪曾经打过电话给他，询问病情，他只“嗯嗯”几声，没话可说，不断轻轻叹气。他已经把事情交给了老家的亲戚来处理，他只想好好休息。

一天，一个戴着金边眼镜的年轻人来看零祖豪，在医院进进出出，还带了警察过来。

后来，这个面相文雅的年轻人，又以事故当事人家属的身份，再次来到了县医院找零祖豪，向他详细了解一些当时的情景，又是录音又是做笔记。

“大家都是出来做工的，出了事谁都不愿意，好在还有一条命在，不过该算清楚的还是要算清楚。”这个年轻人手里拿着一本名叫《论人类不平等的起源和基础》的书，一边漫不经心地翻着书，一边对零祖豪说，“我们这边请了律师，如果你们觉得不公平，就把事情交给法院裁决。”

二〇一六年小暑，交警部门做出事故责任认定：居民零某豪，因无证驾驶无证电动摩托车越过非机动车道抢红灯，违反交规，四罪并罚，在“6·25非机动车与城市垃圾转运车相撞”的恶性交通事故案件中，负全责。

以上消息迅速在弄汤屯附近几个村子传开。

老零做梦都没想到，失踪多年的堂侄突然出现，居然带来这么大一个乱摊子让他收拾。

不久就有小道消息传到老零这里，说这一切都是他的老对手蓝龙一手策划的。有人说在南宁的车祸现场见过蓝龙的马仔出没，也有人说，那个来找零祖豪的戴金边眼镜的年轻人，其实就是蓝龙的马仔之一。

“胡说八道！”老零不相信这些传言，觉得在把事情弄清楚前，救人是第一要务。

因此他在第一时间组织亲戚中的几个青壮男人去医院献血，然后凑了些入院费用。

险情在几天后解除，但这一事故导致的两个人住院治疗的医药费共计十九万块钱，按照交警部门的裁决，这笔费用零祖豪逃不掉。十九万块钱相当于起一栋三层小楼房的钱。一边是躺在医院的亲人，一边是捉襟见肘的收入，怎么办？

老零召集家族里的长辈们到家里来商量对策，最后大家一致建议：把零祖豪兄弟俩的宅基地和村头的两片田地山林一起卖了，拿去救急。

“行不行？”老零问兄弟俩。

“行！”祖豪没过脑子就表示同意。

祖杰瞪了哥哥一眼，无话可说，毕竟再也没什么更好的法子。

消息传出，村里的异姓买家则趁机压价，说国家的土地不能买卖，只能依据政策通过土地流转的方式转让永久使用权，最后仅开出五万块钱的价格，说如果不同意，就算了。

祖杰没办法，只好忍痛签了字，画了押。

二〇一六年大暑，受不了闷热的蚯蚓，纷纷钻出地面，却被暴烈的阳光晒死。一条条几乎被蒸熟的蚯蚓，被七娲家的母鸡啄食。

村口路边的大榕树挂满了果实，一颗颗黄豆大的褐色、黄色榕树果，散发出甜蜜的芳香，引来山间无数鸟儿争抢。那些被风雨吹落的果实，掉在路面上，被来往的行人和汽车碾压，好像大地长出的湿疹，现出一片狼藉。

零彤抱着大肚子在家里看电视、吃西瓜。七娲忙前忙后，一会儿去地里摘桑叶，一会儿回到家忙活各种家务。山上的水柜因为干旱经常断水，她常常跑去山上叹气，因为起到一半的房子，入秋前要重新动工，不然临近年底工钱又要涨了。而重新动工的费用，全靠卖蚕茧。

这时，祖豪的脚伤痊愈，拄着拐杖，踩着自己屁股上的那块肉，一瘸一拐地回到了弄汤屯。他看着自己的祖宅被人推翻平整，无处可去，只能去叔叔家。

正在啄食蚯蚓的鸡群，见有陌生人闯进来，咯咯咯地叫唤着。零彤起身去打开二楼窗子，往下看，看见了堂哥祖豪。

“大哥！”她眼泪飙出了眼眶。

“彤妹啊！”祖豪扔下拐杖，扑通跪倒在地。

当天晚上，老零照例召集家族里的长辈和各家男主人集中到家里吃饭，大家你一言我一语，像办喜事似的。祖豪像一个坐了十几年监狱后重获自由的人，成为晚餐的主角。他向大家讲述了这些年的曲折经历，令在场的人纷纷击掌惊叹，除了他的弟弟祖杰。

酒后，长辈们一致同意各家出一个人第二天出工，帮忙修缮老零的父亲当年留在晒谷坪菜园里的泥瓦棚，给祖豪暂时搬去落脚居住。

立秋这天，又一个爆炸性的消息传来。

为了揽到更多的活赚外快，祖杰承接了乡村网购投送的业务，卖菜之余兼职送快递。然而立秋那天，他在分拣包裹的时候，看到了一份快件，是寄给哥哥的，寄件人是南宁市中级人民法院。

祖杰的手在打抖，心脏在怦怦地跳。

他开着三轮车在赶往老家弄汤屯的路上，分别给叔叔老零和婶婶七娲打了电话，说祖豪收到了法院寄来的快递，不知又是什么事。

七娲丢下摘了一半的桑叶，赶着牛车回家了解情况。

当时的老零正在县委组织部了解办理离职手续的程序，接到祖杰电话后，他叫祖杰少安毋躁，说："我马上赶回来。"

"叔，您没有必要辞职呀，我们两兄弟从小到大给您和婶婶添了那么多麻烦了，您何必再做牺牲？婶婶正生您的气呢，您要是没了工作，下半辈子怎么办？"

"你怎么也跟女人一样婆婆妈妈的，谁说我没工作了？至少哨所上还有我的位置呢。"

"您还想再回山上去？"

"我不上山，哨所都快人去楼空了，谁去巡逻，谁去看那些界碑？没有人在山上守着，你还想在山下安心卖菜？大家还能安心种地吗？”

“赶紧回来，先商量我哥眼前的事吧。您不在，我们都不知道怎么办。”祖杰在电话那一头陷入迷茫，“我们一家得罪了谁？怎么那么倒霉呢？”

“怨天尤人没用，男子汉大丈夫，没什么扛不住的！我辞职的事情也是迫不得已，你一个人知道就好了。”

离开县委组织部，老零给谢科长打了个电话，简要告诉他自己的离职决定，便急匆匆地赶回家。

一家人拆开快递，是法院的传票。被传唤人零祖豪。案由是民事责任纠纷，传唤事由：开庭。应到时间：二〇一六年八月十七日。

距离开庭日期还有十天时间。

事情很明白，对方律师收集了所有证据，只要当事人车主零祖豪当庭承认不是他的搭档主动要求乘车，而是他自己主动拉搭档乘他的车，那么车主就要赔偿对方伤残医疗费、精神损失费、误工费及未成年子女赡养费共计三十万元，反之则不需要承担这笔费用。

七娲已经无心摘桑叶，带上女儿坐车去医院产检。她觉得作为一个女人家，这些事情已经不是她能够掌控得了的，为了这个家，她已经尽力了。

连续几天，除了老零，几乎所有亲戚都来到泥瓦棚劝说祖豪，不要做笨人哦，到时在法庭上千万不能承认是你约他去搭的车，毕竟二十万元不是开玩笑，否则下半辈子都抬不起头。

祖豪给搭档打电话，搭档那边传过话来，说反正他知道当时的情况，该怎样就怎样吧，他的腿已经没了。

那边的律师已经在积极地准备开庭诉讼。

时间在弄汤屯这边一分一秒地过去，祖豪踩着“屁股上的肉”，在村口和叔叔家之间徘徊着。备受煎熬的他多么想得到一些安慰，听到一些暖心的话，可是村里面所有人，无论男女老少，见了他，都笑嘻嘻地劝他千万不要做傻瓜。他自己不知道怎么办，私下问过老零，但身心疲惫的老零不置可否。

“你叫我怎么做人？大家一起在外面做工，睡一个地铺，一起扛砖头扎钢筋，一起吃工地上的老鼠肉，现在我还能走路，他却丧失劳动能力了……”

老零在电话里说：“你就凭良心吧，自己掂量掂量。承认了，下半辈子你就抚养人家的小孩，我们也帮不了你；不承认的话，你自己的生活你自己去过。为了你，我们尽了最大的努力，现在家里的情况你也懂，你妹妹的孩子准备要出生了，你弟弟还有一大家子等着他赚钱养家糊口。”

老零自知既不能违背良心，也不能打肿脸充胖子，只能把事实摆出来，让孩子自己决断。自从那天在班车上打了个盹后，副哨长廖建忠报告山上的小骆不辞而别，家里人告知山下的侄子闹出事故，他把单位该请的假都请了，该奔波的事情都奔波了，随后和老婆闹的冷战也闹了。如果不是疲倦至极，他都不敢躺下睡觉，因为他害怕一觉醒来，这个世界又变了样。

没有得到叔叔的明确指示，祖豪只好打电话给弟弟祖杰，但祖杰直接把电话给挂断了。

46 审判日

这个夏天对老零而言是冷的。

他兴冲冲地去镇人武部上班，屁股没坐暖，山上便出了状况，人心离散；他开着烂摩托车走几百里山路去全镇村屯走访适龄青年，张贴招聘启事，做征兵动员，但几乎无果而返。

谢科长多年前曾说，如果找不到兵员将天池山哨员名额填满，他就不会接受工作调动离开现在的岗位。一句承诺，他在县人武部待到了现在。

老零也说过，如果没有人上山来补充力量，他干到退休了还要干。现在，是轮到他实现诺言的时候了。天池山哨所不能一日无人，八公里国境线不能一日不巡逻，十一块界碑不能一日没人守。若因为他本人下山造成边防事故，那可是要遭人戳脊梁骨的，甚至可能会背负骂名，永世不得翻身。

本来，谢科长找小骆上山，让老零下山，完成哨所人员的新旧接替，是一件大好事。老零以为从此可以放心在镇上工作，但谁知人心难测，小骆居然放了大家的鸽子。牵一发而动全身，小骆把事情搞复杂了。

老零去边防派出所报告，让警察追踪小骆离开哨所后的动向。派出所工作人员答复他，小骆离哨并不违法，不能强制召回，他只是违反了合同规定，损失点名誉，小骆本人也愿意做出一些赔偿。

“近期没见他有什么异动，”派出所工作人员说，“这些年在您手上毁约下山或者提前终止合同的民兵，也不止一两个，您老为何这样敏感，是不是发现有什么猫腻?”

“通过上级政审派遣来的人能有什么猫腻？我怎么懂？！”老零很是气愤，只怪自己识人识面不识心，贪图享乐下山去，才造成今天的局面。

老零忧心忡忡地找到镇领导汇报情况，说自己想要辞职返回哨所。“我不回去，那几个老同志也都想走了，国家还要不要天池山哨所？还要不要人守界碑？”老零觉得自己说的话听起来有些假大空，可确确实实是他个人的真切想法。

镇人武部书记说：“你自己要考虑好了，有什么个人损失，后果自负。”此外并无别的指示。

当老零正在忙于处理祖豪的事情时，亲家老农却不断来电询问通融朋友孩子当兵的事，这让他感到十分生气，直接把亲家怼了回去：“现在到底什么事情最大？每一件事情都让人头大，当兵重要，车祸人命重要，哨所那边人员不保也重要，你叫我怎么办？难道让你儿子上山顶替不成？”

“我就这么一个儿子，也是你的女婿，如果你真忍心，就动员他上山去顶替你呗，在山上有什么大不了？只不过说，你把到手的肥肉扔了，以后天王老爷想帮你都帮不了咯！”

“少落井下石！你们这些人就知道找关系往上爬，有谁理解我的难处？”

“你是大功臣，国家靠你一个人顶着，你厉害，没有你天就会塌下来呗。”

“你要不是亲家公，我真想揍你一顿。要是你换成我，你能怎么做？”

“想怎么做就怎么做，老天爷都安排好的事情不可违逆，想上山就上山呗。”

“我倒是乐意，可家里的婆娘难道不会闹？拍拍屁股辞职？你说得倒轻巧。”

一辈子心定如泰山的老零开始浮躁起来。他既不能欠谢科长的人情，辜负了承诺；也不能强求女婿上山来走自己的老路，苦了自己女儿；更不能让天池山哨所在他身后人去楼空，阵地不保；最对不起的人是他老婆七娲，苦了一辈子，眼看即将享受天伦之乐，一切却要从头开始，凡是常人都难以接受。

那天，祖豪从南宁的医院转回县医院时，心神不定的老零，硬着头皮回到家里召开了家庭会议，表达自己的想法：辞职上山。

老婆、女儿、女婿一致反对，祖杰不置可否。

女婿说：“你下山后一块钱工资都还没得领，又要离开，这简直是闹笑话。”

女儿说：“我妈为你苦了一辈子，你还想继续去当和尚吗？”

七娲板着脸沉默不语，去院子喂她的鸡。

祖杰离开之前，留了一句话给他叔，说：“这件事，作为晚辈不好说，你要听听村里面的人怎么议论。”

祖豪的事必须由老零亲自出面处理，而自己尚有公务缠身，老零恨不得变成孙猴子，拥有分身术，但他不能，他只能在收假之后按时去镇里上班——不然考勤表上会记下污点，他可承受不起那份耻辱。

八一建军节那天，老零带镇里几个民兵代表去县里参加纪念活动。傍晚回到家时，零彤已经叫丈夫农布丁来接她回婆家，此时距离她的预产期还有两个多月。

家里空荡荡。老零等到天黑，也不见老婆回来，打电话去，是大姐接的电话。

“她怎么跑你那里去了？”老零问。大姐早年嫁到隔壁县，后来生儿育女，家里人多地少，过得并不是很好。

“明知故问。”大姐说。

她还在电话里说：“弟妹牙齿疼得厉害，脸都肿了，吃不下饭，说不出话，你要辞职再上山，我和你姐夫也不同意。”

此时，家里的蚕虫刚刚上架吐丝，已经不吃叶子了。离开家前，七娲把所有的格子架都挂了起来，一条条白色的手指大的蚕虫，蠕动着圆滚滚的身子爬上格子架，寻找自己的归宿，颤动地吐丝。它们要在这个夏天作茧自缚，建自己的小屋，最后破茧成蝶，完成生命的轮回。

老零走上堆满砖头的屋顶，看到水泥地板上有一袋玉米还没倒出来。他走过去将蛇皮袋拎起，把散发着清香的玉米倒出来铺开。“这婆娘到底搞什么名堂?”他自言自语，“玉米熟了，摘回来也不晒就跑了。”

当天晚上，老零打电话给镇领导，说家里又出了急事，想请两天假，并谈到自己在考虑是否辞职上山。镇领导在电话里说：“同意请假。你是一个老党员，至于辞职一事，你要对自己的言行负责。”

中午时，老零见饭堂人多没去打饭，只喝了几杯空腹酒，没吃什么硬货，现在肚子饿得难受，于是动手做了晚餐，胡乱填完肚子，走出大院来喂鸡。

头顶上，月亮出奇的亮，明晃晃地悬挂在空中，将村子周围的山峰照得雪白。老零觉得漫漫长夜可不能闲着。以前他们在山上的哨所种过玉米，在玉米成熟的季节，大家最害怕野兽半夜来吃，于是所有哨员提着袋子去玉米地摘玉米，摘完了玉米就拿回营房煮上十几个当夜宵，那是多么甜美的事情。

老零找来牛轭，备好牛车，从牛栏里牵出老黄牛，套上牛轭，向村子附近的自家玉米地驶去。

月光下，牛的脊背像一汪溪水，一起一伏，闪闪发亮。这头老黄牛养了好些年，价值六七千块钱，前阵子差点被卖掉用来给祖豪住院救急。那天看牛的贩子已经来到家里，七娲呜呜地哭，幸亏谢科长收到老零的求助电话后，雪中送炭，立马给他转借了五千块钱，否则这头牛已经成为别人家的了。

玉米地在公路边，老零停下牛车，解开车辕，把牛鼻子绳绑在一棵手臂粗的苦楝树上，便提着几个袋子走进玉米地。

这时节的白天奇热，野猪和其他野兽躲在山林中避暑，晚上气温下降，是它们出来偷食玉米的最佳时机。老零觉得自己的行动非常正确，虽然在外人看来，这夜晚摘玉米的做法实在罕见，只有二十世纪六七十年代生产队时期才有。

老零置身于高过人头的玉米林，好像站在阅兵式仪仗队的中间，这些玉米秆和叶子经过白天太阳的暴晒，以及晚上地面湿气的包裹，散发出一种特别的气息，这是小时候的味道。老零一个一个把玉米棒子掰下来，放入随身拖动的蛇皮袋里。遇见特别瘦小的玉米棒，他还剥开玉米皮，用牙齿去啃两口，甜甜的玉米浆让口齿生香。

大约一个小时后，老零已经摘满了六个大袋子的玉米棒。

他喘着粗气，将袋子搬到路边准备装车时，却发现黄牛不见了。

那棵苦楝树歪过一边，刚才绑着牛绳子的部位，露出一片白花花的韧皮。

“畜生，跑哪去了？”老零叫道。

要是牛走丢了可不是闹着玩的。老零丢下玉米，想循着牛的脚印去找，可是夜里哪里看得清牛脚印？月光把地面上的一切事物，都涂上了同一种银白色。他想静下心来去听牛的走动声音，听到的却是蛐蛐的鸣叫和山风吹拂树叶发出的呼呼声。

这片玉米地的下方，是占地几十亩的喀斯特石海小盆地，长满国家二级保护植物任豆树以及各种杂树、草药。因为荆棘遍地，路面难走，很少有人涉足那里，且不说毒蛇野兽出没其间，如果在白天走进去，没有半天工夫也走不出来。

老零从牛车里拿出手电筒，顺着一束长长的光线，向石海走去。他觉得里面没有路，这牛肯定是饿了，想跑去吃肥草，一定不会走得太远。

不知过了多长时间，手电筒的光线越来越弱，老零用手拍打手电筒，每拍打一次，光线又能加亮一阵子。最后光线实在亮不起来了，他觉得自己必须往外走了，因为二级路就在旁边的山腰上。

老零踩在尖利的石头上，抓住一根根灌木树枝，费了九牛二虎之力终于爬到了二级路。站在水泥护栏边，他拆出手电筒里的两颗电池，前后换了位置，重新打开，想要再照一下石海里面的情况，但手电筒的小灯泡已经宣告服务工作结束，它的亮光比萤火虫还弱。

月亮和稀疏的星星，很快被云层遮蔽，山间峡谷刮起了凉风，沿海台风登陆掀起的热带对冲气流正在入侵这片地域。老零用鼻子嗅了嗅，感受了一下空气的湿度，知道一场暴雨即将来临。但是他不能往回走，因为这头黄牛是家里最贵重的财产。他沿着周边的小路走去，在山林中徘徊，希望听到一声牛叫。

风越来越大，周边的树林哗哗直响，已经听到暴风雨的脚步声从远方传来。老零打电话给祖杰，想叫他开三轮车来，帮忙拉那些玉米回去，不然那些玉米就遭殃了。但是祖杰罕见的处于关机状态。

“搞什么鬼！”老零自言自语。

他看到数公里外的哨所，还亮着灯光，像大海上的灯塔悬挂在海平面上。他想打电话去叫兄弟们来帮忙，但是这三更半夜，这事又纯属私事，万一别的村庄闹水灾，他们还要去应急救援，最后这个求助的想法被他打住。

凌晨五点半，暴雨终于停歇，天蒙蒙亮，大地像一篮青菜被人从水里提起来，凡是高于地面的东西都在往下滴水。

老零走到自家玉米地旁边的那棵苦楝树下，被雨水淋了两三个小时，衣服全部湿透，身上有些冷，脚下的解放鞋灌满了水，走起路来那响声就像青蛙叫。他打着哆嗦把那些玉米扛上牛车，然后把牛轭套在自己的脖子上，双手提起牛车的车辕，往家的方向起步前进。

他艰难地走了百来米，开始遇到陡坡，地面湿滑而且坑坑洼洼，每走一步都很艰难，他感觉到有一座山压在自己的肩膀上。

“哞——”

一声熟悉的声音从前方传来，老零忽然像个老将军卸掉了浑身的铠甲，身轻如燕，这是牛叫声啊。他猛地一抬头，看见半坡拐弯处，老婆竟然牵着老黄牛朝他走下来。七娲胸口起伏，衣服裤子和头发全部湿透了，贴在她的身体上，她的鞋子和裤脚沾满了泥浆。

七娲站在那里停住不动，一双眼睛像两把步枪一般向老零瞄准。

老零往后趔趄了两步，把牛车横在山路上，停了下来。

“怎么回来了？你不是去大姐家吗？这畜生害死人了！知道要拉玉米干重活就偷溜了，到处找不见。你在哪里找到它的？”老零用壮话问老婆。

“你管我去哪里。你这么厉害，自己把玉米拉回家啊！为什么要怪这头牛？”

夫妻俩正在说话时，祖杰也从坡顶的拐弯路口走了出来，在他身后是老零的大姐。

老零一下子明白是怎么回事了。

这一天，大姐和祖杰一起协助七娲把家里的蚕茧摘下来，装进袋子，拉去蚕茧收购站卖。辛辛苦苦养了一个半月，换得三千来块钱，扣除桑树肥料、人力时间和饮食成本，利润并不多。但这三千块钱只是一个账上的数目，蚕茧收购站没有现金支付。多年来这地区的桑蚕市场形成一个不成文的规矩，蚕农卖蚕茧的辛苦钱，要到年关才能结清。如果哪家急着要现金，去找有钱的小贩卖掉蚕茧，那么价钱只能是市场的九成。都是冒着烈日和风雨的煎熬，从石头缝里抠出来的血汗钱，没有多少人愿意白白把劳动成果拱手贱卖。七娲觉得今年家里已经出了大血，她好不容易积攒的这些收入，必须存到过年再取出来。

祖杰当天晚上便回去了。大姐在娘家住了一个晚上，和弟媳聊了一个晚上关于侄女准备生小孩的事情，第二天一大早就坐班车去县城转车回婆家。

卖了第一批蚕茧，现在要向第二批蚕茧冲锋。七娲一声不吭地在蚕房里打扫卫生、撒石灰粉消毒，直到下半夜她才熄灯，上楼洗澡休息。

次日一整天，老零两口子互相不说一句话，像机器人似的干活。老零想，女人家这次发动的冷战，看来是一场持久战，希望只能寄托在女儿的身上了。因为前天晚上找牛被风吹雨淋，昨天清理蚕架又累了一天，到了晚上，他有些头晕，所以早早上床休息了。睡觉前，他给女婿发了一条短信，叫他赶紧把零彤送回来。

凌晨公鸡打鸣时，老零醒来了。他伸手摸床边，发现没人，起身看见七娲坐在床尾抽泣。他悄悄走下床沿，走去摸她的头发和肩膀。“对不起！”他低声说。

“呜——”七娲忍不住哭出声，转身紧紧抱住老零。“你是个狠心的人，”她说，“去吧，去吧，爱去哪里就去哪里吧，家里不指望你，你回到你的山上去吧！”老零紧紧地抱住他的女人，在黎明前的黑暗中悄悄流下了眼泪。

开庭前一天，脚上踩着“屁股肉”的被告人零祖豪，拿着法院的传票，在叔叔老零、堂妹夫农布丁的陪同下，离开弄汤屯，坐班车辗转边境县城、百色市区，去到南宁。他们请不起律师，也不需要律师辩护。

开庭当天，原告一方来了许多人，包括原告的妻儿及其他亲戚，原告尚在医院做恢复治疗，无法出庭，他的代理辩护律师准备的材料有一大摞。

最终，祖豪在法庭上承认，当时是他主动邀请原告坐他的车一起上工地。“我们前一天晚上并没有喝酒，交警的检测结果可以证明，我们是害怕错过工地上的早餐，为了抢时间，我加大马力闯了黄灯，结果那辆垃圾转运车就冲上来了，它的速度太快，我们倒进了车底，结果被车后轮碾压。后面我就懵了，脑子一片空白。只要不坐牢，我愿意接受法院的裁决。”他在法庭上做出如上供述。

法官大锤落下。

法院当天便做出判决：“6·25非机动车与城市垃圾转运车相撞”交通事故公民伤残赔偿纠纷案，由被告承担责任，分期赔偿致残者及其未成年子女抚养费共计三十万元。

这个晴天霹雳般生出来的天文数字的债务，又一次在弄汤屯一带的村庄炸开了锅。

三十万元赔偿金，像冲破大坝的洪水，瞬间倾泻到一无所有的零祖豪头上。

这个数目对于一般乡下人而言，可能意味着下半辈子黑暗的岁月，但祖豪从法院走出来，就好像从监狱里刑满释放出来一样。或许，苦难已经让他麻木了。

村里许多人见了祖豪都不愿意正眼看他，背后里纷纷说他傻，是个败家的大傻帽。他的故事很快传遍了整个边境县的各个乡镇。他却不以为然。村中有发酒疯的人指着他鼻子吐口水，他却说：“做人要厚道，做人要厚道……”

他去南宁出庭的那天，弟弟祖杰在家蒙头睡大觉，他不愿意也不敢面对结果，无论结果如何。

法院宣判过后不久，原告并没有收到应得的赔偿金。法院的强制执行人员来到弄汤屯调查零祖豪的财产，当他们见到零祖豪住在简陋的泥瓦棚时，束手无策，无功而返。

接着，几天后原告的老婆带着小孩上门来讨要赔偿金，最后也只能无助地大哭。从地里摘桑叶回来的七娲见状，好心请他们到家里吃了两碗玉米粥，并给三个孩子各封了一百元钱红包。七娲一把眼泪一把鼻涕，安慰这个可怜的女人，同时三句不离口地责备她的堂侄，她对被害人的妻子说："日子还长着呢，慢慢来吧。零家世世代代都住在这里，不会做老赖，只要人还在，总会有办法……"

前段时间的几场大风雨，把边境公路边的木棉树上的棉絮从枝头打下，掉落在路边的草丛和灌木丛上，像一朵朵白云。七娲摘桑叶来回的路上顺手收集了不少，拿回家里塞进自己缝制的布包做成枕头，想留着给自己未来的外孙。这时她看见被害人的孩子怪可怜的，就把那几个小枕头拿出来送给他们当礼物。

"拿去吧拿去吧，大家都不容易，互相体谅，面对现实吧。不要苦了孩子。"七娲抹着眼泪，送那一家四口去到村外。对方对眼前这个女人和零哨长的故事早有耳闻，要说苦，大家都苦，也就没什么多余的话说。"大嫂子，谢谢你们，算我们倒霉……"临别时，那个女人的神态比七娲还坚强。

此后半个多月，祖杰没有联系他哥和叔婶，每天卖菜经过弄汤屯而不入。直到听闻老零真的辞去那孟镇人武部的干事职务，重新回到天池山哨所的消息。

祖杰是拉了满满一车大白菜回来的。坐在他身边的还有另外一个看起来挺老实的中年男人。

祖杰推开泥瓦棚的门，对他哥说："你自己摆个摊，以后你就在这里设个卖菜点吧，我的三轮车早已经卖给这位兄弟垫付你的医药费了，我跟他说好了，以后他每天早上顺路给你送货。另外，听说城里人喜欢吃野菜，冬天的时候吃火锅特别需要野菜，你到时候去山上摘野菜回来，他可以帮你带去街上卖。”

祖豪目瞪口呆。

跟祖杰来的那个兄弟，对祖豪行了一个拱手礼，说：“兄弟，我们的情况差不多，以后合作愉快！”

第十章　两个小堡垒

47　在山上

中秋节后，老零办完镇人武部工作的交接手续，回家安顿好老婆和女儿，如期回到天池山。一切还是那么熟悉，那么令人振奋，山上的风景仿佛可以让人忘记一切人间苦痛。

跟老零一起上山的，还有地方军分区的领导、政工干部、宣传干事和县人武部部长及政工科谢科长共五人，他们给哨所带来了国庆节的慰问物资。

第二天，雾气笼罩大地，云海之上山峦耸立。老零带领十位穿着军装的同志走下天池山，去野外巡查军事要点。那些要点包括堑壕、坑道、掩体、防空洞等，根据特殊的地形特点，零散分布在前线常人难以涉足的隐秘地方，当然这些地方也不适合边民耕种。

当他们巡逻到662号界碑附近时，远远地看到有几个村民正在山冈上挥动铁锹锄头。“他们想干什么？”老零每年都会到此巡查十几次，那里有一条几十年前修建的堑壕，老零说着，指挥大家迅速包抄过去。

村民们看到巡逻民兵过来，以为是保护他们的，仍然若无其事地干活。哨员们围到他们身边时，被眼前的情景吓了一大跳，这条堑壕已经被鲜红的泥土填盖了一大半。

领导藏在大家身后，看老零如何处置。

“我们是天池山哨所的，现在命令你们赶紧停工。”老零走上前去，边说边拿出随身携带的相机从各个角度进行拍照存档。

村民们笑呵呵地向他们敬礼。

一个村民说：“零哨长你们巡逻辛苦咯，感谢你们巡逻放哨！有你们在，我们才能够安心地搞生产，来来来，大家抽支烟喝口水。昨天啊，对面国家几个穿绿军装戴大盖帽的边防兵远远盯住我们呢，好在我们没有越线，不然中枪都难说哦！”

谁知老零却一脸严肃地说：“大家烟可以抽，水可以喝，但前提是你们要立即停止掩埋堑壕的行为，这可是部队的军事设施，打仗用的，破坏堑壕属于违法行为！情况严重的话，我们完全可以把你们抓起来交给派出所。”

“现在不是和平年代吗？仗早就打完了，以前挖的这些沟沟坎坎留着还有什么用？我们看见青草长在这堑壕里，多浪费呀。村里人来放牛，牛跑到这里就摔进去了。前段时间，还有一头牛掉进壕沟断了腿呢！我们现在把它填平了种点树，种一排是一排，好过什么都不种，您说是不是？”

“你们是真糊涂还是假糊涂啊，现在看起来是没有仗可打，但也不能把打仗用的设施都破坏了，都说做人不能过了河就拆桥，你们要是害怕耕牛掉进去，打几根木桩、立两块牌子，提醒大家多注意就行了。”弄清楚原委，老零只好耐心地跟他们解释。

“那按照您的意思，一百多年前清代挖的那些战壕也要留着喽？现在什么时代了，再说，我们国家不是越来越强大了吗，以后打仗哪里还用得上这些土旮旯，飞机大炮直接过去，导弹无人机，嗖嗖嗖，收拾侵略者快得很！”

“你们该了解一下法律，《中华人民共和国军事设施保护法》第四条规定，禁止任何组织或者个人破坏、危害军事设施；第四十六条规定，破坏军事设施，构成犯罪的，要依法追究刑事责任。法律摆在这里，你们谁都不能触犯，现在不要说我们不提醒你们，到时候犯了法还不知道怎么回事。”

村民们听后面面相觑，见今天穿军装的人比往常多了一倍，便不敢造次，只能乖乖地收拾农具，站在一旁抽烟，他们想耗一耗时间，等这群巡逻的人离开之后再做打算。

老零看出了他们的心思，便说：“这样吧，如果你们觉得工程太大，那我们一起来把填进去的泥土挖走。这些军事设施可不是三两天能够挖成的，俗话说养兵千日用在一时，大家一时糊涂，关键时刻却可能会给部队的行动酿成大祸。”

村民们没法，只能认了。

于是执勤的哨员们纷纷放下武器，和这几个村民一起跳进堑壕，一铲一锄把翻填下去的泥土沙石清理出来。

那天巡逻结束后，军分区和县人武部领导把老零带到了山下，只轻描淡写地说是“一起吃个饭”。

领导久不久请吃饭，或者陪领导吃饭，是工作接待礼节安排上的需要，本没什么特殊。

但那天晚上，情况却非同寻常。

首先是气氛不对。几个熟悉的面孔陆续就位，有边防连的大队长和政委，还有镇派出所的两位负责人，大家一言不发。其次，参加饭局的人员中，居然有天池山的逃兵——小骆。

小骆着便装，戴假发，进了门，脱掉假发，老零才看清是他。

“什么情况？”老零转头问谢科长。

“认真听领导指示。”谢科长神秘莫测地瞥了他一眼说。

吃饭的地方，是中国人民解放军驻边境县某边防部队某边防连的食堂包间，但自从进了门，老零等了半个多小时，仍不见上菜。

领导看出了老零的疑惑，面带笑容，站了起来，说：“大家移步吧。”

几个人于是起身走向一间密室。

路上，小骆特意凑到老零身边，侧身对着他的耳朵说：“零哨长，对不住了！”

“理解！”老零简直难以置信，但还是忍住激动的心情，会心地笑了笑。根据多年的工作经验，老零已完全明白，小骆是上级精心布下的一个暗桩。

当暗桩是一项走在刀尖上的工作。老零既为自己此前的误解懊恼，又为小骆的过人勇气钦佩万分。

在密室，领导通报了边境的最新形势，小骆做了情报汇报。最后，领导做了“收网行动”的工作部署。

会后，老零连夜上山回到哨所，立即布置哨员们加强警戒，并要求大家通知各自家属近期谨慎外出。

48　幻觉

布置完任务之后，老零离开营房，像往常一样独自走到山顶悬崖的石台上抽烟。边境看似安静，其实暗含着暴风骤雨。天池山就像风暴中的海上礁石。老零劳累了一天，坐在礁石上享受巨浪前的片刻宁静。

老零到哨所工作大半辈子，不知有多少次，他来回走在边境线上，碰触、抚摸、观赏着丛林泥路两旁的一草一木：榉树变高了，栗木长果子了，枫树红了，桐花白了，刺梨黄了，野葡萄紫了，桉树被雷劈断了，杉树苗长新芽了，老松树掉果子了，光秃秃的木棉树冒出叶芽了……

日复一日，老零丝毫没有感到腻烦，只因脚下这片土地曾经浸透鲜血，曾经哀号满天，那死去的父兄，那缺胳膊断腿的亲戚，他是他们的寄托，是他们闭上眼睛前的希望，而他的存在，就是一份生与死的承诺。

每天出勤巡逻回到哨所后，略感疲惫的老零卸下身上的装备，总爱独自来到悬崖边的石台坐下。他把左腿伸直，右腿弯曲九十度，让右脚脚踝搭在左腿膝盖上，双手挽住右腿足三里的位置，做成一张人体弓箭的模样。这是他最习惯的姿势。

也许是习惯了长年累月的与世隔绝、扛枪守哨，平日里老零很少说话，他嘴里的话就像很多年前山上水柜里收集到的雨水，不会随便舀出一滴来浪费。要是舀出一瓢来，也要达到以一当十的效果，先是洗米洗菜，再到洗脸刷牙，剩下的沉淀两天，洗完衣服再拿来浇菜地。至于洗澡，就等老天爷下雨了。

边境的夜晚出奇的安静，老零一旦嗅出山雨欲来的味道，他便脱下军服，只穿一件背心走出屋外，看着远处的电闪雷鸣，就着屋檐排水管流下来的水，洗个战斗澡。如果是暴雨，没有闪电的威胁，他直接抽一条毛巾，跑到哨所前的空地享受一场天浴，结束的时候连衣服也洗好了。

后来上山的哨员们逐渐适应他的习惯，并慢慢受到他的影响，养成一种静若山石、动若猛虎的性格。这其实是边境山民身上那种普遍美德的强化。

熟悉老零的人都明白，早些年要从他嘴巴里抠出一些话来，比伸手进野猪的嘴巴取牙齿还要难。平时他喜欢沉思，像石头一般，在沉默中任由苔藓一点一滴生长，任由灌木的根须一厘一寸延伸。石不能言最可人，苔藓和灌木就是石头的语言。有时，岩石上也会偶尔开出一些细碎的野花，那是来自大地深处的小小梦境，是孤独灵魂的一点幻想。

常年被农活压弯了脊背的农民在忙碌的间隙常会幻想。他们幻想饱餐一顿，幻想宽敞的房子和一辆新摩托车。只是很多人把幻想隐藏进肚子里，隐藏在欲说还休的嘴唇上，隐藏在忙个不停的双脚下而已。老零的肤色、手上的老茧，看起来和山下的农民没多大区别。虽然身穿军服，但他骨子里依然是个庄稼汉，或者是个修行老僧，在艰难地参悟。

老零坐在石台上抽烟，向北面眺望，烟雾模糊了现实和幻想的界限。

老零想，亿万年前，眼下这地方应该很平整，估计那时的天神们耐不住寂寞，琼浆玉液喝多了，闲着没事，跑下凡间来撒野打架。

他们巨大的脚后跟、脚趾头、膝盖、拳头、肘子、脑门，把这里碰翻、踩烂、抓碎、压扁、撞歪，形成许多窟窿，他们玩够了又飘然离去，留下一堆坑坑洼洼、凹凸不平的作案痕迹。

随后是数不尽的野草、野花、野菜、藤蔓和灌木丛。它们使劲地生长了亿万年，才将这里遮上一层绿色，远远望去，仿佛一片凝固的波浪，远一处近一处隐没在波浪间的村屯，像是零星洒落的碎纸屑。

傍晚时分，四处飘浮的灰白色山岚，抹去了天际线的轮廓。夕阳像喝醉酒的汉子，晃晃悠悠地消失在峡谷山坳的炊烟尽头。天和地是不是倒挂过来了？锅和盖是不是弄反了？特别是凉凉的晚风吹来时，喝了点酒的人总容易产生幻觉。而幻觉，又往往能让人忘记那曾经的种种委屈和不为人知的苦痛。不过，想太多也没用。老零琢磨着，不管别人的感受怎样，至少在他自己看来，很多事情越想越复杂。

是七号的陪伴，让老零的寂寞在很大程度上得到排解。因为，只有陷入寂寞才能够消除寂寞。

香烟已差不多吸到过滤嘴的部位，老零的鼻子隐约感到一丝异味，眼睛也几乎要被逼近的烟雾熏出泪水。他松开双手，意犹未尽地把烟蒂从嘴唇上拿开，微微弓下身，抬起右腿，用脚尖把烟屁股踩灭。

坐在悬崖之上，他的心空荡荡的，只感觉到手拿香烟时，烟头传来的那一点热度。

如果没有七号的提醒，他大约已分不清夜晚来临。因为长时间注视远方，他的视力已经渐渐适应悄悄变暗的天色，虽然光斑在绿浪上缓缓移动，但昼夜交替的界限依旧几乎让人难以觉察。

“过来。”老零转过身，伸出手，郑重地邀请他的伙计，当然，语气里还有命令的意思。七号摇着尾巴，慢吞吞地向老零靠近，眼神露出伤感。老零见七号那样子，自己的鼻子也一阵发酸。

他下意识地又抽出一支烟点上，把打火机放在身边，然后继续向七号伸出手。不料七号即将接近老零时，却飞身一跃，从他的面前跨过，跑下石台，溜进了小道后方的营房。

“干什么去？”老零咳嗽了一声，继续用本地壮话对着黄狗的身影说，“今晚你还吃不够吗？”作为回应，营房里传来了几声汪汪的叫声，还有两声猪叫。

那都是听得让耳朵起茧的声音了。老零伸了伸腿，膝关节好像舒服了不少。嘴上的烟刚吸了几口，不舍得扔掉，任由七号撒野去吧，他心想，毕竟它不是人，没有人这么容易情绪化。

49　鬼针草

国庆黄金周期间，边境口岸小镇上人来人往，人流量比往常多了十几倍。

夜里，那孟镇街上的元本养生馆第七间桑拿房里的蒸汽，正把几个专做冻肉买卖的男人熏得汗流浃背。他们打着澳洲葡萄酒的酒嗝，策划着三天后在中国边境地区做一单大买卖。

养生馆的五楼从西到东共七间房，第七间过道一侧有扇看不出来的隐门，如果从后面往回数，第七间也可以说是第一间。内置隐门有指纹识别按钮，装在可活动的关公塑像后面。塑像前，两只指天椒大小的电源火焰，像一双血红的鬼魅之眼。

把过道尽头的大门推开，门口立即接通十三米高的螺旋钢管扶梯，直达养生馆后院的停车场，这群人刚才就是从扶梯鱼贯而来的。平时只有猫和老鼠走这条路，蒙满灰尘的阶梯边沿，留有一串串拇指大的脚印。

在商量事情的人中间，有个长相文雅、戴着金边眼镜的年轻人，帮助老板切除仇人的手指是他的日常工作。传说他没别的爱好，唯一的爱好是拿着啄木鸟小刀在手指上比画，一边比画一边看世界名著。他看的名著都是精装版的，每次拿到新书，都要把书套和腰封扔进垃圾桶。对待内页，他的做法是看完一页就撕掉一页，撕掉的那一页随手扔上头顶，然后闪电一般挥动手里的啄木鸟小刀，“嗖”地将撕下的书页划开，薄薄的纸片分为两半飘下。他曾经从头到尾撕掉过《小王子》《瓦尔登湖》《基督山伯爵》和中国四大名著。而被撕掉和划开的那一页页纸，免不了跟雪茄一起变成红木烟灰缸里的灰烬。

最近，他看的一份新的印刷品很薄，叫《边防民兵执勤手册》，红色塑料封皮，内文有手绘的插图，是他新收的马仔从天池山的逃兵小骆那里搞到手的。此前，小骆在边境密林某个隐蔽的赌场，把手册的来源和主要内容介绍给老板蓝龙，于是蓝龙组织了这么一次水雾缭绕的会议。

会议的后果是三个月后的一份法院审判书及一篇简略的新闻通稿。与许多刑事案件相比，那条新闻其实没多少特别之处，但它发生的场所和涉及人员比较特殊，所以还是能引起一些人的留意和转发——这些新闻的内容，就像小狗身上的鬼针草和苍耳——但没有多少人知道除草的人是谁，也不知道他们和他们背后的亲人承受着多大的压力，例如老零家中的女人七娲。

国庆黄金周最后一天，晚上八点钟，七娲陪闺女吃完晚饭，收拾好碗筷，便拿着手电筒出门。她先是来到猪圈清点母鸡的数目，又踩着月光，沿碎石路爬上后山储水柜，查看水管接口到底被什么东西堵住了。前者事关女儿坐月子的营养，后者事关建房子的进度。

弄汤屯位于国境线北侧、天池山脚下数公里之外的地方，若从山上望去，像落在盆景里的几颗米粒。这几颗米粒中，有老零日夜守望的家。世代在这里居住的除了零家，还有其他数十户不同姓氏的人家。他们就像最普通的鸟雀，无法振翅高飞，离开业已熟悉的巢穴。他们又像本地特产的植物，一旦离开这片土地就失去了活力和光泽，他们需要这里的光照和岩石提供能量及生长的元素，即使被太阳烤焦，被风雨摧残，他们那些肉眼难以觉察的根系仍然紧紧地抓住那点薄薄的泥土。

几十年前那个夜晚，有序的星空突然混乱，一串串炮弹从苍穹南面飞下来，恶狠狠地砸到弄汤屯背后的山坡上，刹那间地动山摇，鬼哭狼嚎。后来硝烟散去，那些被炸开的弹坑和岩石窟窿，经过泥土自然力的长期愈合，现在已经变成十几个天然储水柜。

水柜周围的亚热带藤蔓和阔叶植物，把根须肆意地伸到弹坑内，让枝叶疯狂地生长、蔓延。在烈日灼灼的夏季，山上的石头也仿佛被直射的阳光点燃，但这片地方依然闪亮出鲜活的透绿色；而秋冬干旱季节来临时，别处的植被慢慢瘦下来，变成石堆，这里还是一片草木葱茏、姹紫嫣红。

弄汤屯的十几户人家，正因为坐拥战争造就的集雨设施，喝水不成问题，才没有像别的边境村庄那样举家内迁。政府在前几年把电网拉到这里，随着卫星信号的覆盖和普及，当地村民终于过上有电视节目陪伴的日子。每当空寂的夜幕落下，大家打开电视，也不再那么枯燥烦闷。

比如这天晚上，零彤晚饭过后准时把屁股挪到电视机前，一边嗑着香脆的南瓜子，一边屏住呼吸，把整个身心交给了韩国的古装剧。

三十出头，黑发齐耳，两只耳朵各戴一枚晶莹剔透的纯银耳钉，零彤看起来仿佛清晨的白蘑菇。她的双眼宛如山上的野葡萄，比露珠还亮；她的面孔红润光洁，反射着荧屏的光影，专注的神情好像是电视机的一块配件。

电视机是客厅里最崭新最耀眼的家电，背靠在未曾刮泥的水泥砖墙下方。劣质的瓷砖地板，倒映出电视屏幕的轮廓。整个空阔的客厅，除了电视画面在跳跃，没有一样东西在动。

剧情一步步发展，即将到达结局大高潮：女主角轻手轻脚地推开房门，刚从门缝露出头发，就突然“哇”的一声尖叫，哭晕倒地。女主角的痛哭声，通过卫星信号的传递，以及42寸大彩电的扩音效果，又一次刺激到了屏幕外的零彤。

零彤的身体已经十分笨重。她的肚子跟国产空警-3000的椭圆形机头差不多，突出地暴露在电视声波正对面。在女主角的哭声中，她的身体突然发紧，下身随即传来一阵被撕裂的尖痛感，感觉就像切菜时被菜刀割到手指似的。接着，整个腰部一阵发冷和痉挛，她这才意识到自己是谁。哦，我是一个有孕在身的人啊，她幡然醒悟，然后感到一丝不可名状的害怕：自己的坐姿完全变了形。

本来晚饭过后，零彤按照往日惯例开始追剧时，总是小心翼翼地叉开双腿，托着肚子，正襟危坐在沙发中央的。谁知今晚母亲做的饭菜太可口，特别是桃树柴火烧制的野牡丹炖老母鸡，香鲜味浓，肉嫩汤甜，让她忍不住多吃了一碗饭，多啃了一个鸡腿，胃口比平时翻了一番。七娲见女儿表现上佳，心满意足地出门数鸡。零彤则像一头乖巧的母牛，挪到自己专用的那张沙发坐下追剧，生怕错过今晚的大结局。

这张沙发舒适无比，是老零年初专门为了女儿回家待产，托人从口岸对面订购回来的外国货，规格和设计十分适合这片地区人们的使用习惯。女儿坐在上面，手脚的摆放不长不短，屁股和后背压靠的弧度设计不多不少，极其自然。

可是随着电视剧情的变化，零彤不知不觉改变了自己的坐姿，一种美餐过后的慵懒之感让她放松了警惕，根本意识不到肚子里的胎儿正遭受挤压。虽然这八九个月来，胎儿在一定程度上已适应母亲的小任性，但是母亲并不知道胎儿的发育变化要比剧情快很多。

前几天睡觉前，两侧肚皮被孩子的手脚拱出疙瘩，疼得零彤嗷嗷叫，她还一边幸福地跟孩子隔空握手，一边轻轻地拍打孩子的脑袋，娇气地骂他真调皮，不知道心疼妈妈。刚才，因为电视剧狗血剧情的感染和进食过多的负担，零彤呼吸紧张，脑部和腹部供氧不足，导致胎儿条件反射做出异动，母体出现了子宫压迫的情况。

惊恐之中，零彤隐约闻到一股异味。“啊！”她叫了一声。她低头斜看地面，只见老猫往客厅西北角走去，那里是她的卧室房门。

雪白的瓷砖地板上，是老猫踩出的一串脚印，整整齐齐，像一朵朵落地铺开的梅花，在灯光下闪烁。

零彤已经完全从剧情中退回现实。她先是撑住沙发扶手，低着头，缓缓起身，直至看见并确认自己的裙子正在啪嗒啪嗒地往下滴血，沙发下面的地板已经浸湿了一大片。

零彤立即意识到事态不妙，想走出几步，去拿手机给母亲打电话。但是晚饭前，因为害怕电磁辐射，她把手机放自己房间里了。

刚迈开脚，零彤就发现自己一点力气也没有，每抬一次腿都如举千钧巨石，她不得不再次坐下来。电视机的声音很嘈杂，她下意识一瞥，看见母亲的手机放在电视架上。此时胎儿在她肚子里踢得厉害，她有种大事不妙的预感，于是下意识呼唤祖豪。

“阿哥呀，快来帮帮我！”零彤有气无力地呼唤。

然而堂哥零祖豪，此时正在百米外的泥瓦棚里睡大觉，根本没听见零彤的叫唤。

零彤只能忍着剧痛，挪回房间拿到手机，分别给父亲和老公农布丁打电话。之前母亲教给她的那些应急措施，一点也用不上。母亲当年是在家里由军嫂接生的，然而她现在必须要到医院去才行。

父亲没有接电话，打了五次之后，零彤放弃了。不接电话是父亲的特权，特别是他在执行特殊任务的时候。若平时例行公事沿边巡逻，还可以接打电话，一旦有特殊任务在身，父亲的手机必须设置静音或关机。

好在老公第一时间接通。

零彤一边哭一边催老公快点回来。农布丁明显感觉到事态不妙，他在电话那头安慰她说：“我马上就回来，快叫豪哥想办法。千万要冷静，一切听妈妈的指挥。”

50 堡垒

边境线上无比安静，老零的手机在无声地呐喊。

此刻，老零趴在湿凉的地面，隐约感到战友七号缓缓地向他身边靠紧，并传来一阵暖意。他为这温暖心存感激，因为除了同床共枕的老婆，他和七号就是这边境线上最默契的一对了。如果今晚的行动，真出现火拼及无法控制的场面，老零相信，他和七号绝对不会畏惧，因为他们构成这条边境线上坚不可摧的堡垒。虽然他只是一介民兵，没有军衔；虽然它只是一条土狗，没有战犬之名。

起初，七娲隐约听到哭声，以为是哪家夫妻在相互争吵，仍无动于衷，继续埋头整理那些掉进水柜堵住出水口的枯枝败叶。

山里人家夫妻间平时互相打闹，在七娲眼里已习以为常：她的男人老零一个月不回两趟家，有时倒落得耳根清净。她压根没意识到家里会发生什么意外。按照医院给出的预产期，闺女还有两周时间才分娩，距离临盆还早着呢，一切都在她的掌控和计算之中。

七娲平时像头老母牛，只会默默地干农活，但是对于女人生孩子这件事，她自认为有十分把握，因为村子里有一半以上的媳妇，都是她传播的生育知识，也是她帮忙指点的孕期和产后护理。为此，村委会主任在村级党组织选举前，曾动议推荐她为妇女主任人选。消息传到她那里，被她一口回绝了。她说：“我们家已经有一头老牛为人民服务一辈子了，犯不着我这个长头发的给组织瞎掺和、添麻烦。”村委干部无话可说，只得摇头回去汇报。

但是这回，自信的七娲因为一时疏忽，还是出事了。

直到祖豪在山下的叫声传到七娲耳根，她才觉得情况不妙。她起身爬出水深过腰的储水柜，并对祖豪大喊：“阿豪，什么事？”

不巧的是，在搬动木板盖住另外半边水柜时，七娲忘了转移原先放在上面的手电筒。咯噔一声，手电筒掉进了水里，她不得不再次探身下水。好在月光明亮，铁皮手电筒的反光清晰可见，她屏住呼吸，俯身钻进水中，把手电筒抓了起来。可是手电筒内部进水，已经亮不了了。

七娲自言自语骂了一声娘，抹了抹被水打湿的眼睛和脸，捋了捋湿头发，然后拖着湿漉漉的身子，在微凉偏冷的夜风中往回赶。

“婶，快回来啊！”祖豪在山下喊，“彤妹出事了！”

但七娲还没赶到家，整个村庄突然黑了起来。

停电了。

在边境地区，停电是家常便饭，每户人家必须学会适应。问题是，早不停晚不停，偏偏在今晚停，这下麻烦就大了。

被夜风吹着的七娲，心神不宁地往家里赶。整个村庄无比寂静，她匆匆行走在碎石路上的脚步声清晰可辨。月亮和满天星辉照着山村的屋顶和一团团树冠。枇杷树、扁桃树、臭椿树、杨桃树、荔枝树、芭蕉树，还有村口的大榕树，每一棵树都指向回家的路。但一路上都没有看见灯光。

祖豪打着手机电筒一瘸一拐地冲上来，给婶婶照亮脚下的路。

“快去叫车，现在还开什么手机哟，这点光线比头发还细！”七娲加快步伐小跑，同时用一句土话骂了侄子。祖豪于是离开，跑去村口叫车。

七娲心跳加速，大叫女儿乳名，随后听到零彤从窗口传来的喊声：“乜呀——出血了！”

“乜”是壮语妈妈的意思。

七娲已经彻底明白，女儿提前分娩了，但还不至于羊水破裂。她是一个做事缜密、十分冷静的女人，在方圆几个村子里，这样的情况她见多了。她于是回复女儿：“天崩不下来，不要乱动！我马上就到家！”

零家屋前有块空地，几年前开始着手建新房时，首先把空地围起来，用石料砌了一道比人稍高的围墙。

老零在围墙正中竖起一个大木门，门楣上是七娲悬挂上去的一面圆形镜子和一把黑铁剪刀。

道公说，这是照妖镜和辟邪刀。七娲当时深以为然。现在，冷冷的月光下，那面镜子远远看去闪闪发亮，像一只独眼巨兽的眼睛，冷冰冰地盯着迎面而回的七娲。

零家养有一只防范老鼠的母猫，最近生了一窝小猫。这群东西蹲在围墙上，眼睛发蓝发绿，一字排开，在院子里几棵树影映衬下，像一群鬼魅，令人心里发毛。

漆黑之中，七娲迈进围墙大门。因为不敢直视那块圆镜，她低着头，然后看到门边地上有一根灰白色的东西，她以为是白天遗落的木柴，便伸手去捡，因为最近每两三天杀一只母鸡炖给闺女进补，木柴消耗特别快，一根木柴也不能浪费。可万万没想到，这根“柴”

不是真的柴，她手里抓到的竟是一条肉乎乎的蛇。平时去山里干活，遇上豹猫野兽什么的，她一点都不怕，她最怕的是蛇，倒不是因为蛇有毒，而是因为道公曾经告诉她，蛇喜欢住在坟堆里，有晦气。

摸到那根东西，意识到那是一条蛇的那一刻，这个母牛一样的女人，浑身像被闪电击中一般，吓得惊魂落魄，摸蛇的那只胳膊紧张到抽筋，接着浑身一阵痉挛。

“乜呀——”

七娲一声慌叫，倒在地上。身体跟狗趴屎似的重重地摔到院子里的空地上，嘴巴不幸磕到泥土上。白天，在亚热带阳光的曝晒下，泥土变得坚硬如铁，她门牙上的一排假牙，此时毫无防备地被磕了出来。

早几年，零彤高职毕业那一阵，七娲因为常年过度劳累和缺钙，加上小时候有蛀牙，刚四十多岁牙齿便开始松动，一颗接一颗掉落。老零可怜她，积攒了好几个月工资，带她去市里的口腔医院配上了一副纯钛全冠义齿。老零这个大方体贴的举动，把她的一颗心烘得暖乎乎的，一度让她在村子里幸福了好久。

如今已经管不了那么多，七娲毫不犹豫地把崩裂开的义齿拔下来，攥在手上，加速往屋里走，三步并做两步回到二楼客厅，见到了女儿。

零彤的情绪已经稳定下来。七娲一边问女儿打电话的情况，一边有条不紊地按照之前的准备，拿出接生物品包裹，点亮蓄电池灯，给零彤应急止血。

关于女儿临产的情况，七娲早已在心里安排好整个应急流程。第一个是白天方案，只要女儿身体感到不适，开始出现宫缩，就马上带她到村口公路边，搭班车或者过路便车去县人民医院。第二个是夜晚方案，有两套：一套是女婿在家的情况下，开卡车把女儿送往医院不成问题；另一套是去租用村里小卖部王家的三轮车送去。

这时，祖豪急匆匆地跑到家里，见婶婶给妹妹止血，本能地转过头，背对着大婶汇报情况：小卖部没有三轮车！祖豪把原话转告道：“老王老婆说，老王今天到县城老同学家喝喜酒去了，她不知道那个老不死的死鬼喝死了没，但愿他赶紧喝死去吧，要不打电话叫他赶紧回来接应？”

“你个癫仔！这种情况还嚼什么舌头！”七娲简直快气疯了，她命令道，“快帮我去楼下提那锅热水上来！”

祖豪“哦”了一声转身下楼。

七娲在心里盘算，叫老王回来接应，开三轮车往返需要三个小时，可能会误事，万一酒驾出闪失，更是得不偿失。她也有过开摩托车送女儿去医院的念头，不过很快被自己否决。山路崎岖，道路不平，恐怕人还没到医院，孩子就被震出来了。于是她果断做出新决定，用牛车拉女儿去医院。

祖豪提一个大铝锅上楼来。七娲顾不得传统习俗中男人不沾产妇事的忌讳，令他配合自己，把女儿腰腿上的血迹擦去，然后一起把女儿扶下一楼，让女儿坐在门口的一张木椅子上等待。

七娲让祖豪摸黑去大院外摆好牛车，自己把老黄牛从牛棚里拉出来，套上牛轭。祖豪跑上二楼房间，抱出两床棉被，和婶婶一起铺展到牛车上，随后，二人一起小心翼翼地把零彤扶到车上躺下。

“婶，这样行吗？”祖豪惊诧地问。

“不行也得行！你赶紧去你大爷家借摩托车，赶去天池山叫你叔回来！”

祖豪心领神会，瘸着腿跑进村里了。

七娲心想，与其坐以待毙，不如马上行动，走到哪算哪，等山上哨所汽车下来就一切顺利了。而且路上肯定少不了过路的机动车，到时再拦下换车也不失为中策。运气要真不好，女婿的卡车那时也会赶到路上接应。实在不济，老牛车快牛加鞭，总会在零点前抵达镇卫生院。

卧在牛车上的零彤总算舒服了一些，不过还是感觉到胯下有一股暖流——那是血液的温度。此外，一阵接一阵的宫缩，正在考验着她的耐力。她继续给老公农布丁打电话，告诉他自己已上了牛车，催他赶紧回来。

电话里的农布丁不断大声地安慰她说，他已经开车离开工地了，现在从靖西岳圩镇走沿边公路回来，只要两个小时就能到家。

事到如今，零家的两个女人，已经把正在边境线上蛰伏的老零忘到九霄云外了。同时，她们在潜意识里希望祖豪带来奇迹，哨所巡逻车能够及时出现在面前。

为了挡住夜风的侵袭，七娲将棉被边沿竖起组成堡垒，把牛车上的女儿围了起来。夜晚的路上看不出车辙和人的脚印，只有月光下的木棉树投映着斑驳细碎的光亮和影子，以及即将临盆的产妇的一串串呻吟声。

祖豪开着摩托车，向天池山飞奔而去。

七娲母女离开弄汤屯不远，身后的村子陆续亮起灯。

通电了。

进入梦乡不久的边地女人纷纷起床穿衣，带着手电筒离开家门追了上来。

不一会儿，山间的沿边公路上便汇聚了许多束刺破夜晚的光线。七娲的身边叽叽喳喳地围上一群人，她泪水奔涌，几乎想跪下来跟她们说一声谢谢。

51 木棉树下

随着一声枪响，老零和战友们闪电出击，配合公安干警实施围捕以蓝龙为首的跨境走私团伙。经过半个多小时的战斗，“收网行动”顺利完成。

天池山的队伍胜利返回哨所时，天已大亮。松了一口气的老零拿出手机，看到了一堆未接来电。他顿时心里怦怦直跳，一种不祥的预感袭上脑门。

他回拨过去，电话那头传来了七娲的哭声。

原来，就在他和战友们配合公安干警实施“收网行动”时，女儿零彤却在镇卫生院痛苦分娩，因羊水栓塞导致脑部缺氧，变成了植物人。

天池山上，湿气浓重的晨风带着山岚呼呼吹来，凉凉的，丝绸一般扑到老零的睫毛和鼻子上，凝结成了晶莹剔透的露珠。

选择是痛苦的。但时间和行动能让人忘却苦痛，或至少让苦痛暂时隐藏。

站在哨所前的老零，看着晨曦中蜿蜒而去的国境线，却不知如何决定自己的命运：是继续坚守，还是回到家人身边……

一只不起眼的亚热带蚂蚁，沿着岩层的纹理静悄悄地爬上了天池山上。

木棉树下，国旗前方，哨员们的裤脚和鞋子都已被山间的露水打湿，鞋面上沾满草叶的碎片。新一天的晨练结束。

老零大踏步走到队列前，开始点名：

“二号！”

“到！”廖建忠答。

“三号！”

“到！”刁炜宏答。

“四号！”

“到！”隆正军答。

“五号。”

“到！”黄伟国答。

“六号！”

“到！”胡大年答。

“七号。”

“汪汪！”“到！”零祖杰和七号抢着回答。

“八号！”

“到！”“哼哼！”农布丁抢在八戒前面回答。

老零瞥了一眼八戒，清了清嗓门说道：“中华人民共和国广西边境县天池山国防民兵哨所，2019年10月1日军事拉练结束，现清点人数，一共八人！”